KB058862

The Low Tier Character
"TOMOZAKI-kun";
Level.2

야쿠 유우키 -지음
Yuki Yaku Presents

플라이 일러스트
Illustration Fly

이승원 옮김

Lv.2

미즈사와 타카히로
Takahiro Mizusawa

히나미 아오이
Aoi Hinami

미 유즈
Yuzu Izu

토모자키 후미야
Fumiya Tomozaki

육상부

히나미의 연설이 시작됐다.

"안녕하세요. —— 히나미 아오이예요."

The Low Tier Character
"TOMOZAKI-kun"; Level.2

CONTENTS

나즈바야시 하나비

Design Yuko Mucadeya + Caiko Monma
(musicagographics)

약캐 토모자키 군

2

야쿠 유우키 지음 ㅣ **플라이** 일러스트 ㅣ **이승원** 옮김

커버·권두·본문 일러스트 | **플라이**

토모자키군

야쿠 유우키 지음

플라이 일러스트

Lv.2

The Low Tier Character
"TOMOZAKI-kun"; Level.2

캐릭터 소개

1 난관 이벤트 공략 후에 동료가 되는 캐릭터는 대부분 능력치가 좋다.

"홋. 물러 터졌는걸, 히나미."

일요일, 오후 세 시.

리얼충들이 친구들과 노래방이나 볼링장을 가거나 쇼핑을 하며 친목을 다질 시간대.

나는 방에서 콘트롤러를 쥔 채 텔레비전 앞에 앉아서 혼잣말을 중얼거리고 있었다.

역시 손꼽히는 약캐 토모자키, 그러니까 바로 나답다. 이런 점도 하나같이 기분이 나쁘다니깐.

"자아, 쾅~."

내가 중증 오타쿠 느낌이 물씬 풍기는 혼잣말을 중얼거린 순간, 스테이지 구석으로 튕겨져 날아간 것은 히나미가 조작하는 닌자 캐릭터, 파운드다.

텔레비전 화면에 나오고 있는 것은 어택 패밀리즈, 줄여서 어패다.

"홋홋홋. 아아, 개운해라."

이걸로 내가 이겼다. 텔레비전에 결과 화면이 표시됐다.

우리 학교의 퍼펙트 히로인, 히나미 아오이—— 아니, 나에게 있어서는 요즘 두각을 드러내고 있는 신인 슈퍼 게임 플레이어 NO NAME인 그 녀석에게 나는 아직 한 번도 지지 않았다. 오늘도 벌써 열 번은 싸웠고, 지금까지의 대전 횟수를 다 합치자면 오십 번은 싸웠을 것이다. 즉, 50승 0패. 그 녀석이 분통을 터뜨리는 모습이 눈앞에 어른거리는 것만 같았다.

뭐, 『인생』이라는 전장에서는 내가 한 번도 이긴 적이 없지만 말이다.

바로 그때, 히나미가 어패의 채팅 기능을 통해 나에게 메시지를 보냈다.

『아직 피곤하지 않으면 한 판 더 하자.』

나는 그 짤막한 메시지에서, 히나미의 『이기고 싶다』는 끈질긴 열정, 그리고 『지친 상대에게 이겨봤자 기쁘지 않다』는 금욕적인 면을 느끼고, 입가를 슬며시 추켜올렸다.

"용케도 마음이 꺾이지 않는구나."

그런 히나미 덕분에 기분이 좋아진 나는 즐거운 듯한 목소리로 혼잣말을 중얼거리면서 어제 있었던 일, 그러니까 기타요노의 이탈리안 레스토랑에서 히나미와 회의를 한 후에 영화를 보러갔던 걸 떠올렸다.

***

우선 내가 하고 싶은 말은…… 이럴 리가 없었다는 것이다.

"으음~. 그러면 말이 너무 많다고나 할까, 비꼬는 것처럼 들리지 않을까?"

"비, 비꼬는 것 같다고?"

점점 더워지고 있는 6월의 낮. 봄의 온기가 여름의 열기로 변하고 있는 중간지점.

나와 히나미는 쇼핑몰 1층에 있는 오픈카페에 있었다.

"그게 아니라, 좀 더 솔직한 마음을 그대로 전하는 이미지로 말해봐."

입이 거친 퍼펙트 히로인은 노브랜드 상품을 주로 취급하는 가게에서 팔 것 같은 겉옷을 걸친 채, 우아하게 턱을 괴면서 나에게 지시를 내렸다.

어패로는 최강, 하지만 인생에서는 엉터리 게이머 nanashi인 나는 순순히 그 지시에 따를 수밖에 없다.

"으음. 후반부의, 히로인들이 차에서 뛰쳐나오면서 총을 겨누는 장면의 박력이……."

하지만, 이 생각만은 떨쳐낼 수 없다.

"자, 다시 해봐. 설명하는 듯한 어조가 남아 있어. 좀 더 감정을 담아봐."

"감정……. 히로인들이! 차에서 뛰쳐나오면서!"

역시, 이럴 리가 없었단 말이다!

"뭐, 나쁘지는 않지만 손짓을 조금 섞는 편이 좋을 것 같네. 과장스럽지 않을 정도만 말이야."

나는 나름대로 용기를 내서 영화를 보자는 제안을 했던

건데 말이다.

　나는 히나미와 단둘이서 영화를 본 후, 『여자애와 영화를 보고 나서 어떤 감상을 말하면 분위기가 달아오를 것인가?! ~내용과 말투 편~』의 교습을 받고 있었다.

　"소, 손짓? ……히로인들이 이렇게! 차에서! ……아니, 그것보다 히나미."

　"왜?"

　나는 말을 멈추며 고개를 히나미를 향해 돌린 후, 궁금했던 점을 물어보았다.

　"이 레슨 때문에 영화를 보자는 제안을 받아들인 거야?"

　히나미는 눈을 두 번 깜빡였다.

　"당연하잖아? 그 외에 어떤 이유가 있겠어?"

　히나미가 당연하다는 듯이 그렇게 말하자, 나는 한숨을 내쉬었다.

　"……아, 예. 그렇습니까~."

　이 녀석답기는 하지만, 그래도 여러모로 좀 그러네.

　나는 일전에 구교장실에서 콘노 에리카에게 한 소리 했었다. 그 후로 교실 안의 분위기는 변하지 않은 듯 하면서도 미묘하게 변했고, 또한 내 마음속의 생각도 미묘하게나마 변한 결과, 나는 히나미 아오이에게 같이 영화를 보자는 제안을 했다. ──하지만, 그런 내 행동은 전부 리얼충 레슨의 일환으로 귀결되고 말았다. 역시 히나미 양이야.

쉬운 상대가 아니라니깐. 그리고 역시 나야. 성장 속도가 정말 느려 터졌다니깐.

뭐, 하지만 나도 이 녀석의 성격이 더럽다든가 자신감이 넘친다고 여기면서도 역시 대단해, 존경스러워, 하고 생각하는 식으로 심정이 변했다. 그래서 이게 데이트 같은 게 아니라 레슨의 일환이 되더라도 딱히 충격을 받지는 않았으며, 오히려 건전하다고나 할까, 앞으로의 일을 생각하면 차라리 잘 됐다는 생각이 들었다.

"……저기."

"아. ……왜, 왜?"

"왜는 무슨. 내 말을 듣고 있는 거야?"

나를 향해 고개를 내민 히나미의 커다란 눈동자와 내 시선이 부딪쳤다. 자연스럽게 흔들리는 아름다운 머리카락이 내 볼을 살며시 쓰다듬자 약간 간지러웠다. 너, 너무 가깝잖아.

"미, 미안해! 무슨 일이야?"

나는 무심코 고개를 돌렸다. 하지만 내가 이러는 건 그저 남과 시선을 맞추는 게 여전히 거북하기 때문일 뿐이다.

"저기, 지금은 네가 감상을 말할 때의 레슨이야. 이게 끝나면 여자애가 감상을 이야기할 때 맞장구를 치는 레슨을 시작할 거지. 그러니 빨리 이 레슨에 합격하란 말이야."

"저, 정말입니까?"

"당연하잖아. 자, 그럼 다음은……"

히나미 양은 여전히 스파르타했기에, 나는 주도권을 계속 빼앗기기 일쑤였다. 그게 너무 분해서, 나는 이런 제안을 해보기로 했다.

"그전에 확인할게 있어. 히나미, 내일 시간 돼?"

"뭐? 갑자기 무슨 소리를 하는 거야? 저기, 나는 할 일이 많거든? 이틀 연달아 너를 신경써줄 수는…….."

"어패."

"뭐?"

히나미는 기대에 찬 눈동자로 나를 쳐다보았다. 어패에 관한 일에서는 정말 알기 쉬운 녀석이다.

"어패, 10선승제로 붙어보지 않을래?"

"……바라는 바야."

역시 히나미야. 어패에 관한 이야기에는 쉽게 넘어온다니깐.

그리고 일요일에 10승을 먼저 해서 기분이 개운해진 겁니다. 어라? 나, 왠지 히나미의 더러운 성격이 옳은 것 같지 않아?

***

다음 주 월요일. 교실, 조례 전. 토요일에 회의를 했기에 오늘 아침에는 회의를 하지 않기로 했다.

"아! 토모자키, 토모자키!"

"응? 어, 이즈미."

조례 몇 분 전에 교실에 들어온 이즈미가 나에게 말을 걸었다. 여전히 좋은 향기가 나고, 얼간이 같으며, 가슴 또한 크다.

"내 말 좀 들어봐!"

"무, 무슨 일 있어?"

"나…… 암기를 완벽하게 한 것 같아."

이즈미는 심각하면서도 중후한 톤으로 그렇게 말했다. 내가 과제로 내줬던 어패 시합 움직임 암기를 말하는 것이리라.

"오오! 진짜냐?!"

"응! 진짜야!"

구교장실에서의 사건 이후로 나는 이 미묘하게 변한 세력도 안에서 예전에 비해 다소 나아진 생활을 하고 있었다.

"그럼 슬슬 나카무라와 대결해도 되겠는걸."

"정말이야?! ……만세."

이즈미는 주먹을 말아 쥐며 기뻐했다. 사랑에 빠진 여자애가 저렇게 순수하게 기뻐하니 귀여웠다.

보다시피 예전보다는 자연스럽게 대화를 나누고 있다. 굳이 따지자면 대화 능력이 뛰어난 이즈미에게 끌려가고 있는 것에 가까워서 내가 성장했다는 느낌은 들지 않지만

말이다. 거기에 화제도 내 특기 분야인 어패이고 말이다.

그러니 나는 경험치를 쌓기 위해 한 걸음 더 내딛기로 했다.

"아, 그러고 보니 다 되어가네."

"응? 뭐가 말이야?"

매일같이 특훈 중인 나는 암기해둔 이야깃거리 중에서 이즈미에게 써먹을 만한 것을 떠올렸다.

"곧 나카무라의 생일이지?"

"……그렇기는 한데, 토모자키가 나카무라의 생일을 어떻게 안 거야?! 그리고 왜 그 이야기를 나한테 하는 건데?!"

이즈미는 얼굴을 붉히면서 그렇게 말했다. 아, 역시 직접적으로 나카무라를 언급하는 건 섬세하지 못한 행동이었으려나요? 히나미 양, 어떻게 생각하시죠?

"아, 그게…… 아하하."

"웃지 마! 그리고 한 달 후니까 아직 한참 멀었단 말이야!"

이렇게 핀트가 어긋한 소리를 할 때도 있지만, 애교로 봐줬으면 한다.

하지만 예전에는 외톨이었던 나도 조금은 진보했는지, 지금처럼 반에서 이즈미와 어패에 관한 잡담을 나누거나, 미미미나 타마 양, 히나미와 함께 이야기를 할 때도 들었다. 조금은 외톨이 비율이 줄어든 것이다. 이건 대단한 일이라고.

하지만 잘 생각해보니 『반 안에 이야기를 나누는 사람이 몇 명 있다』는 걸 대단한 일인 것처럼 이야기를 하는 나한 테도 문제가 있는 걸지도 모른다. 그냥 못 본 척 해주기 바란다.

난점을 꼽자면 콘노 에리카의 그룹이 여전히 나한테 엄격하다고나 할까, 나한테 들릴 목소리로 「역겹네~」, 「눈매가 말이야」, 「뭐 저렇게 필사적이야? 완전 별꼴이야!」 같은 말을 하며 내 마음에 효율적으로 대미지를 가하고 있었다. 완전 싫다니깐. 그래도 그 점 이외에는 평온했다.

하지만 지금 생각해보니 여자애들과 교류를 하고 있으니, 다른 남자들이 기분 나빠할지도 모른다고나 할까, 아니꼽다는 듯이 쳐다봐도 이상하지 않을 것 같은 느낌이 들었다.

그러니 그 점에 대해 히나미와 상의해보는 편이 좋을까, 하는 생각을 하고 있을 때……

4교시 직전의 쉬는 시간, 그 일이 일어났다.

"토모자키."

"……응?"

목소리가 귀에 익지 않은 누군가가 내 이름을 불렀다. 고개를 돌려보니, 그 사람은 바로—— 미즈사와였다.

미즈사와. 나카무라와 자주 함께 다니는 시원시원한 느낌의 갈색 파마 미남이다. 또 한 명의 들러리인 타케이와 다르게, 미즈사와는 『들러리』라기보다 나카무라를 몰래 떠받치는 참모 격이다. 가정실습실에서 미미미와 타마 양에게 이런저런 말을 할 때, 그런 느낌을 진하게 받았다.

"으음, 또 호출이야……?"

내가 작은 목소리로 묻자, 미즈사와는 「하하하하!」 하고 밝은 목소리로 웃었다.

"아냐! 그냥 평범하게 말을 건 거야. 인마, 대체 남들한테 불려가는 데 얼마나 익숙한 거야?"

미즈사와의 목소리는 가벼웠다. 하지만 나는 상대방이 아무렇지 않게 『인마』라고 부를 만큼 자신이 약캐라는 사실에 감개무량함을 느끼면서, 호출이 아니라는 사실에 안도했다.

"그냥 말을 걸었을 뿐이라고?"

"맞아. 왜 그렇게 당황하는 거야? 일전에는 그렇게 대단했으면서 말이야."

"일전? 아, 콘노 에리카와……."

"그래!"

미즈사와는 즐거워하듯 웃음을 흘렸다.

"그렇게 에리카에게 원한을 제대로 산 녀석은 처음 봤어."

"시, 시끄러워!"

나는 말문이 막혔지만, 가능한 한 밝은 톤으로 딴죽을 날렸다. 이것도 연습이다. 표정 또한 가능한 한 밝게 유지했다. 나는 톤과 표정을 안정시키기 위해 매일같이 조금씩 연습을 해왔다. 하지만 한 수 위인 상대에게는 잘 먹히지가 않았다.

"토모자키."

미즈사와는 진지한 표정을 지었다.

"저기…… 그 말, 멋졌어."

"어, 멋졌다고?"

나는 얼빠진 목소리로 되물었다.

"그래. 그건 네 진심에서 우러나온 말이지?"

나는 그때, 구교장실에서 콘노 에리카를 향해 외쳤던 말을 떠올렸다. 크아~.

그게 내 진심인지 생각해보니 약간 부끄러워졌지만, 뭐 사실이기에 긍정하기로 했다.

"뭐, 그래."

그러자 미즈사와는 기뻐하는 듯한 표정을 지으며 웃었다.

"그렇구나. 뭐랄까, 싫지는 않았어."

"……뭐?"

"그런 말은 너무 진지하고, 숨 막히는 데다, 촌스럽잖아? 그러니 역겹다고 생각하는 녀석도 있겠지만…… 콘노 같은 애 말이야. 하지만 나는 그 말이 정말 좋았어. 그리고 나도 실은……."

미즈사와는 말을 멈췄다.

나는 미즈사와가 입에서 나온 뜻밖의 말에 귀를 기울이다, 무심코 「……실은?」 하고 되물었다.

"나도 그 말에는 동의해. 게다가 그런 말을 당당하게 할 수 있는 너를 보고 좀 감동했다고나 할까? 그리고 나도 네 편이라는 걸 전해두고 싶었어."

"내, 내 편……?"

나는 지금까지의 고교생활에서 나와 전혀 인연이 없었던 그 고상한 말을 곱씹었다.

"뭐, 그렇다고 딱히 달라질 건 없지만 말이야. 다음에 딴 애들하고 다 같이 밥이나 먹으러 가자!"

"딴 애들……."

나는 그 말을 듣고 불길한 느낌을 받았지만, 가능한 한 가벼운 톤을 유지하며 「오, 오케이」 하고 대답했다. 이때는 이즈미 같은 애들을 참고했다. 그 가벼운 어조의 오케이는 듣는 이들의 기분도 좋게 해준다.

"물론 슈지는 빼고 말이야."

"으, 응?"

미즈사와는 내 심정을 꿰뚫어본 것인지, 아니면 처음부터 그럴 생각이었던 건지, 내 불길한 예감을 불식시켰다.

"당연하잖아? 너, 슈지와 같이 밥 먹는 건 싫지?"

"그, 그게…… 으, 응."

나는 애매하게 말끝을 흐렸다.

"토모자키."

미즈사와는 진지한 표정으로 내 눈을 쳐다보았다. 그리고 씨익 웃으면서 입을 열었다.

"이럴 때는 「응, 싫어」 하고 딱 잘라 말하는 편이 재미있다고."

느닷없이 조언을 받고 정곡을 찔린 나는 「어?」하고 말하며 당황했지만——곧 납득했다.

"……그건 그래."

상대방의 리얼충 내공을 느끼고 마음속으로 혀를 내두르고 있을 때, 미즈사와는 이야기를 진행했다.

"그렇지? 그럼 누구누구를 부를까……."

미즈사와는 내 눈을 지그시 쳐다보았다.

"아오이는 어때?"

나는 그 말을 듣고 또 당황했다.

"아, 그래. 히나미 말이구나."

나는 동요했다는 걸 들키지 않기 위해 태연을 가장하면서 대답했다.

"참, 너 요즘 아오이와 사이가 좋지? 그리고 여자애를 한 명 더 불러서 밥 먹으러 가면 좋을 것 같은데 말이야."

"그렇구나. 뭐, 동감이야."

나는 얼굴의 근육을 이용해 가볍게 미소를 지으며 그렇게 말했다.

"그렇지? 그럼 또 말 걸게~!"

"오케이~."

나는 또 이즈미 스타일의 오케이를 사용하면서, 내가 요즘 히나미와 사이가 좋다는 걸 다른 사람들이 인식하고 있다는 사실에 놀랐다. 미미미와 이즈미한테서도 그런 말을 들었다. 뭐랄까, 역시 리얼충은 인간관계의 변화를 눈치채는 능력이 뛰어난걸…….

그건 그렇고, 밥이라. 본심을 털어놓자면 너무 갑작스러워서 좀 겁먹을 것 같지만, 아마 이 정도는 평범한 고등학생한테 있어서는 별것 아닌 이벤트일 것이다. 고등학생은 정말 대단하네. 항상 이벤트에 치이면서 살잖아.

하지만 그런 이벤트라면 히나미에게 도움을 받으면 어찌어찌 될 것이다. 그 녀석에게 의지해야 하는 게 마음에 걸리지만 말이다.

그리고 그 날은 점심시간에 한 번, 방과 후에 또 한 번, 미즈사와와 이야기를 나눴다. 미즈사와에게서는 리얼충 아우라라는 게 뿜어져 나왔다. 미미미나 이즈미도 리얼충이지만, 남자 리얼충은 온몸으로 위압감이랄까, 약육강식! 하고 외치는 듯한 분위기를 자아내고 있기에 여자 리얼충보다 몇 배는 무서웠다. 그래서 엄청 긴장했다. 이것도 경험치가 되려나.

뭐, 앞으로 어떻게 될지는 모르겠지만, 친구라고 부를수 있을 만한 남학생, 그것도 리얼충스러운 인간이 생긴다는 게 좀 기쁘다고나 할까——.

그때 내가 외쳤던 말에 동의해준다는 것도 솔직히 좀 기뻤다.

***

"자아, 오래간만에 회의를 해볼까."

"잘 부탁드립니다."

방과 후, 제2피복실. 그 사건 이후로 여기서 회의를 하는 것은 처음이다.

나는 어느새 이 먼지투성이 공간에 자신이 익숙해졌다는 사실을 눈치챘다.

"그럼 우선 앞으로의 목표를 확인할까 하는데, 기억하고 있지? 작은 목표 말이야."

히나미는 이야기를 진행했다.

"응. 물론이지.『히나미 이외의 여자애와 단둘이서 외출하기』잖아?"

"그래."

히나미는 고개를 끄덕였다.

"하지만 생각하면 할수록 무시무시한 목표네."

"나, 슬슬 너의 그 나약한 소리에 질리려고 하거든?"

히나미는 비단처럼 아름다운 흑발의 끝자락을 매만지면서 담담한 목소리로 독설을 토했다. 발을 바꿔서 꼴 때 언뜻 보인 허벅지가 창밖에서 쏟아져 들어오는 빛을 반사하면서 눈부시게 빛났다. 역시 이 녀석은 몸매를 비롯해 전반적인 외모가 정말 끝내준다니깐.

"그런데, 어떻게 하면 되는데? 같이 외출하자고 말로 잘

꼬드겨서 오케이를 받으면 되는 거야?"

내가 그렇게 말하자, 히나미는 고개를 저었다.

"그것보다는 이야기를 나누다 자연스럽게 목표를 달성하는 게 가장 좋아. 단순히 목표 달성만을 생각하며 행동한다면 간단히 클리어할 수 있는 목표이기도 하거든."

간단하지는 않다고 생각하는데 말이다.

"흠, 자연스럽게 목표를 달성해야 하는 구나."

"응. 그리고 단둘이서 외출을 하더라도, 너는 아직 스킬이 낮으니까 제대로 대화를 나누지 못해서 실패할 가능성이 커. 그러니 우선 그런 부분을 강화해야 해."

"그, 그렇구나. 대화 스킬을……."

"하루아침에 해결할 수 있는 문제는 아니지만, 그걸 어떻게 하기 위해 암기를 하는 거잖아? 열심히 하고 있지?"

암기. 즉, 남과 대화하면서 언급할 이야깃거리를 외우는 것이다.

히나미와 대화를 나누지 않은 이 며칠 동안도, 나는 지금까지와 마찬가지로 이야깃거리를 암기했다.

"하고 있어."

"그렇구나. 뭐, 내가 보기에도 하고 있는 것 같긴 했어."

"보기에도?"

나는 의표를 찔린 나머지 되물었다.

"나나 미미미, 하나비와 이야기할 때도 때때로 이야깃거리를 내놓잖아."

"——아."

그렇다. 이즈미와 이야기를 할 때도, 미미미나 타마 양이나 히나미와 이야기를 할 때도, 내가 암기한 것들 중에 지금 꺼내놓을 만한 이야깃거리가 없는지 계속 생각했다. 그리고 있다면 기회를 봐서 꺼내놓으려고 했다. 뭐, 히나미라면 그 정도는 바로 눈치챘을 것이다.

"앞으로도 그런 식으로 계속 노력해. 암기만 하는 것과 실제로 써보는 건 달라. 그럴 수 있다는 건 네가 그만큼 성장했다는 증거야."

말투는 퉁명하지만, 히나미는 입가에 미소를 머금으면서 그렇게 말했다.

"그, 그래?"

나는 칭찬을 받고 약간 우물쭈물했다.

"뭐, 이야깃거리를 내놓으려는 생각이 앞서서 말투가 부자연스러워지거나, 마치 중요한 이야기라도 시작하려는 듯한 말투로「저, 저기, 말이야!」하고 말해놓고「어, 얼마 전에 텔레비전에서……」같은 별것 아닌 이야기를 내놓는 건 반성해야겠지만 말이야."

히나미는 연기력을 발휘해 내 기분 나쁜 말투를 재현해가며 자신의 말로 내 마음을 후벼 팠다.

"앞으로 더 노력하겠습니다……."

나는 풀이 죽었다. 히나미는 그런 내 얼굴을 보면서 만족한 것처럼 웃었다. 이 녀석, 예전보다 더 악랄해진 거 아냐?

"하지만 개선점이 하나같이 명확한 건 다행이야. 그럼 앞으로 어떻게 할 건지 말인데…… 그것보다, 요즘 들어 달라진 상황 같은 건 없어?"

"상황…… 아."

나는 그 말을 듣고 머릿속에 불현듯 어떤 생각이 떠올랐다.

"그러고 보니, 오늘 미즈사와와 이런저런 이야기를 했어."

"미즈사와? 그러고 보니 너희가 이야기를 나누는 모습을 우연히 보긴 했어."

"응. 그래서 오늘은 이동교실 전에 도서실에 못 갔어."

"그랬구나. ……으음. 뭐, 어쩔 수 없네."

히나미는 『중간 목표』, 즉 『3학년이 되기 전에 애인을 만들기』라는 당치도 않은 과제를 달성하기 위해 노력을 계속하라고 나에게 말했다. 그 일환으로 가능한 한 『공략 히로인』인 키쿠치 양과 이야기를 나누라는 지시를 내렸던 것이다.

"이동교실은 월요일과 수요일에 하니까, 모레는 꼭 가볼 생각인데……."

"응. 그러면 됐어. 오히려 잘된 걸지도 몰라. 그런데, 미즈사와는 뭐래?"

오히려 잘됐다는 말이 신경 쓰였지만, 나는 우선 방금 받은 질문에 대답하기로 했다.

"뭐, 얼마 전에 콘노와 다퉜잖아? 그때 내가 했던 말에 동의한다더니, 다음에 여럿이서 밥이나 먹으러 가자더라고. 히나미도 끼워서 넷이서 가자던데?"

"……흐음, 미즈사와가 그런 말을 했구나."

히나미는 미간을 찌푸렸다. 좀 뜻밖이었다.

아, 미간을 찌푸리는 것 자체는 드문 일도 아니지만, 눈앞에 있는 나 이외의 다른 사람이 한 말 때문에, 게다가 그 말에 악의가 없어 보이는데도 저런 표정을 짓는 것은 드문 일이었다.

"왜 그래? 무슨 문제라도 있어?"

"왜 그런 걸 묻는 거야?"

"아니, 그게……."

"별일 아냐. 하지만 여럿이서 밥을 먹으러 가는 건 마침 잘됐네."

히나미는 입술에 손가락을 댄 채 생각에 잠겼다. 화제를 바꾸려는 것처럼도 느껴졌지만, 표정에는 변함이 없었다.

"마침 잘됐다니?"

"아까 이야기했지? 대화 스킬. 정확하게는 데이트 스킬 말이야. 그걸 익히기 위한 효율적인 연습이 될 것 같아."

이미 화제는 다른 걸로 바뀐 것 같았다.

"연습……. 확실히 나와 너, 그리고 미즈사와와 누군가 같은 식으로 팀을 짜서 연습할 수 있다면 편하기는 하겠네."

"그렇지?"

나는 그런 상황을 상상해봤다.

완전 리얼충스러운 풍경이네, 라는 생각이 들지만 근처에 히나미가 있기에 안도하는 나 자신이 싫었다. 그런 생각을 하고 있을 때, 히나미가 또 입을 열었다.

"게다가 데이트하는 연습만이 아니라, 데이트 신청을 하는 연습도 할 수 있을 것 같네."

"뭐? 데이트 신청?"

그 말은…… 설마…….

"왜 모르는 척 하는 건데? 다른 한 명의 여자애한테 네가 같이 밥 먹으러 가자는 소리를 하는 거야."

"……역시 그런 거야."

뭐, 예상은 했습니다.

이렇게, 인생이라는 게임의 수행 과제가 착착 생겨나고 있었다.

***

그 후로도 이어진 히나미와의 회의를 통해 정해진 것들을 정리하자면, 다음과 같다.

내가 나, 히나미, 미즈사와라는 인간관계를 고려해 다른 한 사람을 직접 고른다.

그리고 고른 후에는 그 사람에게 어떤 말로 같이 밥을 먹자고 권하면 좋을지 직접 생각해본다.

그리고 그 사람을, 내가 생각한 방식으로, 내가 직접 끌어들인다.

즉, 내가 생각하고, 정해서, 행동해야 하는 것이다. 내 원맨 플레이다. 나에게 모든 것이 달려 있다. 이걸로 괜찮은 거냐. 이거, 그거지? 사자는 자기 자식을 절벽 아래로 떨어뜨린다는 거지요? 하지만 나는 모기 유충인뎁쇼. 정말 이래도 괜찮겠습니까?

하지만, 인생 최강 플레이어인 히나미 양의 지시이니 적절할 지시일 테고, 그렇다면 어패 최강 게이머 nanashi인 나, 토모자키 후미야는 전력을 다할 수밖에 없다.

그래서 나는 집에 돌아온 후, 혼자서 생각에 잠겼다.

첫 번째 생각. 누구를 끌어들일 것인가.

이건 그렇게 고민하지 않았다. 내가 끌어들일 수 있는 사람이라고 해봐야 미미미와 타마 양, 이즈미, 키쿠치 양 정도다. 그중에서 키쿠치 양은 타입 면과 파벌 면에서 볼때 힘들 테고, 타마 양도 그런 자리에는 익숙하지 않을 것같았다. 일전에 가정실습실에서도 위험한 상황이 벌어졌었다. 이번에는 나카무라가 없다고 해도 문제가 발생할 가능성은 충분히 있다.

그러니 미미미나 이즈미 중에 한 명을 골라야 할 것이며, 미즈사와와 더 가까운 사람은—— 뭐, 이즈미이리라. 이즈미가 속한 콘노 에리카 그룹은 나카무라 그룹과 가까운 사이이니 괜찮으리라.

그러니, 일단 타깃은 이즈미로 정했다.

그럼 두 번째 생각. 어떤 식으로 끌어들일 것인가.

그게 가장 고민되고 어려울 것 같지만, 의외로 간단히 정해졌다.

히나미가 알려준 정보를 기반으로 해서 저장해둔 이야깃거리 중 하나가 희망의 빛줄기가 된 것이다.

참고로 그 이야깃거리는 이미 이즈미에게 한 번 써먹었던 바로 그거다.

『곧 나카무라의 생일이지?』

즉, 이걸 구실로 써먹는 것이다. 이름하여 『나카무라의 생일 선물로 뭐가 좋을지 모르겠다고? 그럼 미즈사와에게 물어보면 되겠네! 그 두 사람은 사이가 좋잖아! 그리고 히나미도 그런 쪽으로 좋은 아이디어를 내놓을 것 같으니까 같이 가면 되겠네! 어? 나는 필요 없는 거 아냐? 대작전!』이다. 내가 생각한 거지만 정말 끝내주는 아이디어다.

그리고 다음날 아침, 제2피복실에서 열린 회의에서 내가 생각한 작전의 취지를 이야기하자……

"……뭐, 네가 그걸로 괜찮다면 됐어. 그런데 정말 괜찮겠어?"

이런 의미심장한 말을 하며 허락해줬다. 「그게 무슨 소리야?」 하고 물어도 대답을 해주지 않았기에, 일단 이대로 밀어붙이기로 했다. 유일한 불안이었던 『이즈미는 나카무라에게 줄 선물을 살 것인가?』에 대해 히나미에게 물어보니, 거의 백 퍼센트 살 거라고 말했다. 한 달 전이니 아직 사지 않았을 거라는 말도 들었다. 그렇다면 이대로 밀어붙일 수밖에 없다.

***

교실에 온 나는 일단 이즈미에게 같이 밥을 먹으러 가자는 말을 해야 하지만——.

그 전에 통과해야 하는 관문이 있다. 바로『내가 이즈미에게 같이 밥 먹으러 가자고 말할 거라는 걸 미즈사와에게 알린다』라는 임무다.

그러지 않았다간 내가 멋대로 정한 거나 마찬가지인데다. 애초에 미즈사와가 다른 사람을 끌어들였을지도 모른다. 즉 이것은 인간으로서의 예의라는 것이다. 히나미가 그렇게 가르쳐줬다. 「저기, 이건 리얼충인지 아닌지를 떠나서, 누구나 다 아는 거 아냐?」하고 말했다. 완전 질렸다는 눈빛을 머금으면서 말이다. 하지만 나는 무너지지 않았다. 왜냐면 독설을 듣는데 익숙해졌기 때문이다. 반성은 하고 있습니다.

그래서 나는 조례 전에 미즈사와에게 말을 걸었다. 미즈사와는 나카무라보다 일찍 등교할 때가 많다는 점을 노린 것이다.

"미즈사와."

나는 자신이 평범하게 『미즈사와』라는 말을 입에 담을 수 있다는 사실에 놀라면서 상대방의 대답을 기다렸다. 평소 같으면 「미, 미즈사와」 하고 더듬거리면서 말했을 것이다. 나, 대단하구나.

"응? 토모자키구나! 왜 그렇게 심각한 표정을 짓고 있는 거야?!"

"뭐? 시, 심각?"

"그것보다 무슨 일인데? 엄청 긴장한 것 같은데, 어깨에 들어간 힘을 빼라고!"

미즈사와는 웃으면서 내 어깨를 두드렸다.

얼굴에 훤히 드러날 정도로 긴장한 것 같습니다. 나, 하나도 대단하지 않구나.

뭐, 됐어. 나는 원래 이런 놈이잖아! 다음 단계로 넘어가자!

"아, 그게 어제 했던 말 기억나? 같이 밥 먹자고 했었잖아."

"아하, 그거 말이구나."

"나와 미즈사와와 히나미, 그리고 한 명 더 불러서 같이 가기로 했었지?"

"그래."

"나, 이즈미에게 같이 밥 먹으러 가자고 할 생각인데, 어, 어떻게 생각해?"

내가 상대방의 반응을 살피려는 듯한 어조로 그렇게 말하자, 미즈사와는 내 눈동자를 관찰하듯 쳐다보았다. 조금 더 자연스러우면서 자신만만하게 말했어야 하는 걸까.

"……뭐, 좋아."

"정말? 그, 그럼 나중에 내가 이즈미에게 말해볼게."

미즈사와는 내가 말을 마치기를 기다린 듯한 타이밍에 입을 열었다.

"너 말이야."

그리고 씨익 웃었다.

"뭔가 하고 있지?"

"뭐?"

미즈사와는 내 머리를 손가락으로 가리켰다.

"아니, 이상하다는 생각이 들었거든! 머리 모양을 보아하니 요즘 들어 미용실에서 머리를 깎기 시작한 것 같네. 기왕이면 세팅이라도 좀 하지 그래?"

나는 뜻밖의 말을 듣고 허를 찔렸다.

"으음, 티, 티 나?"

미즈사와는 「당연하잖아!」 하고 말하면서 내 머리카락을 만졌다.

"……게다가 꽤 잘 깎았는걸. 나, 미용사가 되는 게 목표라서 그런 쪽으로는 해박해."

"그, 그렇구나."

내가 이런 반응밖에 보이지 못하는 것은 리얼충이 아니기 때문일까. 나는 무심코 고개를 돌렸다.

미즈사와는 당혹스러워하는 나를 개의치 않으며 내 머

리카락을 계속 만졌다.

"지금까지 그림자 캐릭터였던 네가 어찌된 영문인지 미용실에 다니기 시작했다! 게다가 아오이나 이즈미, 미미미와도 사이좋게 지낸다! 말투 또한 밝아졌다! 게다가 결정타는 자기가 직접 이즈미에게 같이 밥 먹자고 말해보겠다? 이런 걸 단순히 우연으로 치부하는 건 무리잖아?"

"으……."

나는 정곡을 찔려 당황했지만, 『말투 또한 밝아졌다』는 말을 듣고 마음 한편으로 기뻤다.

"뭐, 간단히 말해 그림자 캐릭터 탈출 대작전을 시작한 거지? 하지만 너무 행동력이 넘친다고나 할까, 너 혼자 생각한 것 같지는 않거든? 어때? 내 말 맞지?"

"아, 아니, 딱히 그런 건 아닌데……."

미즈사와는 연설가라도 된 양 손짓발짓을 섞어가면서 당당한 어조로 내 정곡을 계속 찔렀다. 나는 그의 추리 스킬과 토크 스킬에 혀를 내두르면서 마음속으로 당황했다. 히나미가 나를 도와주고 있다는 걸 들키는 건 좋지 않을 것이다.

"전체적으로 정리를 해보자면, 너는……."

나는 묵묵히 미즈사와의 말을 듣고 있었다. 미즈사와는 내 머리카락이 아니라 얼굴을 손가락으로 가리키며 이렇게 외쳤다.

"──오타쿠 탈피 서적이라도 읽고 있는 거야!"

오타쿠 탈피 서적 의혹(2주 동안 두 번째)을 받았다. 여동생 뿐만 아니라 미즈사와에게도 이런 소리를 들으니 충격이 이만저만이 아니네요.

***

그리고 점심시간. 수업이 끝난 후, 다들 교과서를 정리하는 가운데…….

나는 이 타이밍에 이즈미에게 말을 걸기로 했다.

미즈사와는 자신의 추리를 늘어놓은 후, 「이즈미를 부르는 건 좋아. 힘내라고!」 하고 말하며 허락 및 응원을 해줬으니 노력할 수밖에 없다. 일단 마음을 진정시키고 싶지만, 고개를 왼쪽으로만 돌려도 이즈미가 눈에 들어오니 진정할 수가 없었다. 이즈미가 옆자리라는 게 이런 식의 폐해를 낳을 줄이야. 참고로 점심시간까지 말을 걸지 않은 것은 작전……이 아니라 그저 주눅이 들어서 입을 다물고 있었던 것뿐입니다.

뭐, 할 말도 정해졌고, 이미지 트레이닝도 몇 번이나 한데다, 톤이나 말투 연습도 했다. 그러니 그렇게 어렵지는 않을 것이다.

──그런 식으로 방심을 했다간 생각지도 못한 실수를

벌인다는 건 나도 알고 있다. 그런 식으로 몇 번이나 실패를 했던 것이다. 그러니 방심하지 않기로 했다. 자아, 가자!

"이즈미."

"응?"

이즈미는 동글동글한 눈으로 나를 응시했다. 정말 아름다운 눈이다. 나에게 이렇게 순수한 눈길을 보내주는 것만으로도 고마웠다. 그런 게 아니라…….

"저기, 어제 곧 나카무라의 생일이라는 이야기를 했었잖아."

"또 그 이야기를 꺼내는 거야? 그리고 아직 한참 남았단 말이야!"

이즈미는 얼굴을 새빨갛게 붉히면서 항의했다. 나는 언제부터가 『곧』이고, 언제부터가 『한참』인지 물어보고 싶다는 마음을 억누르면서 입을 열었다.

"아무튼, 이즈미는 나카무라에게 줄 생일 선물을 살 건지 궁금해서 말이야."

"사, 살 생각이기는 한데…… 자, 잠깐만 지금 대체 무슨 소리를 하는 거야?!"

이즈미는 양손으로 자신의 얼굴을 향해 부채질을 했다. 열기를 식히려는 것 같은데, 그런다고 식지는 않을 거라고.

하지만 아직 선물을 사지 않았으며, 이제부터 살 거라는 건 확인했다. 좋았어.

"실은 미즈사와, 히나미와 함께 밥이라도 먹자는 이야기가 나왔는데, 한 명 더 불러서 같이 가는 건 어떨까 해서 말이야……."

"그렇구나. 아, 그래서 나한테 말을 건 거야?"

나는 미리 준비한 대사를 약간 과장스러울 만큼 밝은 톤으로 입에 담았다.

"뭐, 그래. 그리고…… 너, 나카무라에게 줄 선물을 살 거잖아? 미즈사와는 나카무라와 친하니까, 뭘 선물하면 좋을지 알지도 모른다는 생각이 들더라고."

"맞네!"

이즈미는 손뼉을 쳤다. 그녀는 납득한 듯한 눈길로 나를 쳐다보았다.

"히나미도 그런 걸 잘 알 것 같으니까, 다 같이 사러 가는 건 어떨까…… 싶은데 말이야."

"괘, 괜찮아! 왠지 좀 미안할 것 같아!"

"뭐?"

미안할 것 같다고? 나는 뜻밖의 대답을 듣고 당황했다.

"원래는 밥이나 먹자는 약속이잖아? 그런데 내 쇼핑에 어울리게 하는 건 미안하잖아!"

이즈미는 밝은 목소리로 그렇게 말하며 손을 내저었다. 나는 그 모습을 보고 눈치챘다. 그렇다. 이즈미는 이런 성격이었던 것이다.

클래스 최상위인 콘노 에리카 그룹의 멤버인데도, 주위

의 분위기와 시선을 신경 쓰는 타입이다. 남을 위해 움직이거나, 남을 신경써주는 것을 잘하는 타입인 것이다. 하지만 거꾸로 말하자면 남으로부터 도움을 받는 것을 거북해 한다고 해석할 수도 있다. 승려는 전투에 적합하지 않는 것과 마찬가지다. 특기가 있으면 그것과 반대되는 일은 잘 못하는 경우가 많다.

그러니 남이 아무런 보답도 바라지 않으며 자신에게 협력해준다는 상황을 거북해 하는 것이다.

아, 실수했다. 어떻게 극복하지. 이대로 거절당하는 것도 좀 그런데 말이야.

"그런 건 개의치 않아도 돼!"

"으음~, 그래도 마음에 걸리네. 너희는 슈지에게 줄 선물을 살 거야?"

어, 어떻게 할까. 그런 이야기는 안 했었다. 하지만 멋대로 거짓말을 하는 것도 좀 그런데……

"모, 모르겠어."

"그렇지? 그럼 너희도 사게 된다면 그때 같이 가는 건 어떨까?!"

타협안을 내놓으면서 은근슬쩍 거절하는 것 같은 분위기다.

아, 어떻게 하지. 보류하려는 것 같다. 다음에 다시 제안을 해볼까도 생각해봤지만, 그건 싫으니 억지로 밀어붙여서 어떻게든 결판을 내고 싶다는 심정이 들었다. 이게 도

주인지 공격인지 모르겠지만 말이다.

"으음, 그렇게 신경 쓸 필요는 없을 것 같은데……."

"그래?"

"……뭐라고 할까."

"응~?"

나도 우물쭈물하기 시작했고, 이즈미도 점점 난처한 듯한 태도를 취했다. 큰일 났다.

뭔가 방법이 없을까…… 하고 생각하다, 불현듯 생각난 게 있었다.

하지만 이래도 괜찮은 건지 의문이 들었지만, 나는 초조한 나머지 타당성을 검증해보지도 않고 될 대로 되라는 투로 이렇게 말했다.

"나, 나도 살 거거든."

"뭐?"

이즈미가 굳어졌다.

"나도 나카무라에게 줄 선물을 살 거야."

"……뭐?"

이즈미는 영문을 모르겠다는 듯이 나를 쳐다보았다. 뭐, 저러는 것도 무리는 아니다. 아마 내가 한 명 더 이 자리에 있다면 이즈미보다 더 영문을 모르겠다는 표정을 지었을 것이다. 내가 왜 나카무라에게 줄 생일선물을 사는 건데. 사이 나쁘잖아.

……어떻게든 변명을 해서 만회해야만 한다.

"아니, 뭐랄까…… 화해하고 싶다고나 할까?"

"화해?"

이즈미는 내 궁핍한 핑계를 듣더니 표정이 약간 밝아졌다. 어, 대체 뭘 기대하는 거지? 나는 약간 신경이 쓰였지만 계속 말을 이었다.

"뭐, 일전에는 좀 일이 꼬여버렸지만 어쨌든 마니아끼리 화해를 하고 싶다고나 할까…… 나카무라, 어쨌든 좋아하게 된 것 같잖아? 그리고 알고 보니 나쁜 녀석 같지도 않더라고. 어쩌면 친해질 수 있을 것 같다고나 할까……."

나는 의외로 변명이 술술 입에서 나와서 놀랐다. 뭐야, 나름대로 스킬을 갖추게 된 걸려나?

"그래서 나카무라의 생일에 화해할 계기라도 만들어볼까 하는데……."

내가 그렇게 말하자, 이즈미는 멍한 표정으로 나를 쳐다보았다.

그리고 잠시 침묵하더니, 환한 미소를 지으며 이렇게 말했다.

"——괜찮네!!"

이즈미는 양손으로 내 어깨를 잡더니 마구 흔들어댔다. 어, 왜 이러는 거지?

이즈미가 흔들어댈 때마다 내 머리는 그에 맞춰 마구 흔들렸다.

"괜찮네! 정말 괜찮은 생각이야, 토모자키! 실은 나도 좀 그렇다고 생각했어. 뭐랄까, 나는 슈지와, 저기…… 사이가 좋잖아?! 그리고 요즘 토모자키와도 자주 이야기를 하잖아? 둘 다 좋은 사람이랄까, 나와 사이가 좋으니 잘 지냈으면 좋겠다는 생각이 들었어! 아, 미, 미안해."

자기가 어쩌고 있는지 눈치채고 화들짝 놀란 이즈미는 내 어깨에서 손을 떼며 사과했다. 그런 와중에 나는 『사이가 좋다』는 말을 이즈미에게 듣고 감동했다. 인사치레일 거라는 소리는 자제해줬으면 한다.

"으, 응……."

"그러니까, 친구들이 다투면 슬프잖아? 나와 친한 두 사람이 사이좋게 지내면 나도 기쁘다고나 할까? 왜, 왠지 후덥지근한 소리 같네. 그래도 나, 그런 거 정말 괜찮다고 생각해!"

"으음, 그, 그렇지?!"

엄청 성인군자 같은 말을 늘어놓는 데다, 그게 내가 듣기에는 진심인 것처럼 들렸기에, 나는 그저 맞장구를 칠 수밖에 없었다. 마치 후광이 뿜어져 나오는 것 같네.

얼굴도 예쁘고 화장도 했으며, 교복도 나름 유행하는 느낌으로 잘 소화하고 있는데도, 이렇게 마음이 순수했다. 게다가 가슴도 컸…… 윽, 성인(聖人) 앞에서 잡념을 품으면 안 된다.

"그러니까, 나도 협력할게! 같이 선물 사러 가자!"

뭐랄까, 괜한 생각을 하다 보니, 이야기가 이상한 방향으로 나아가고 있었다.

하지만 그녀를 끌어들이는 데는 성공했다. ……그렇게 생각해도 되겠지?

"으, 응! 저기, 고마워."

이렇게 『나카무라의 생일선물(중략) 어라? 나는 필요 없는 거 아냐? 대작전!』은 어느새 『나카무라와 토모자키, 화해 대작전!』으로 변경되었다.

그리고 그 날의 방과 후…….

"──결과적으로, 성공했어."

내가 보고를 하자, 히나미는 또 의미심장한 목소리로 이렇게 말했다.

"수고했어. 하지만 전에도 물었는데, 정말 괜찮겠어?"

"아, 그 말이 계속 신경 쓰였어. 뭐가 괜찮겠냐는 거야?"

"그야 원래는 미즈사와와 같이 식사를 하기로 한 거잖아?"

"그래."

아, 그러고 보니 쇼핑으로 바뀌었다.

"좀 생각해보면 알 수 있겠지만, 앉아서 밥만 먹으면 되는 식사와 걸으면서 여러 곳을 돌아다녀야 하는 쇼핑 중, 네 수준의 초심자에게는 쇼핑이 훨씬 난이도가 높을걸?"

"……아."

나는 그제야 눈치챘다. 확실히 밥만 먹는다면 히나미가

옆에 있으니 대화도 어떻게 될 테고, 그 외에는 딱히 생각할 게 없으니 불안하지 않다. 하지만 쇼핑이 되면…… 나도 뭘 살지, 같이 쇼핑 중인 사람에게 무슨 말을 할지, 애초에 어디에 가서 뭘 둘러보면 될지…… 아아, 생각해야할 게 너무 많다.

"보아하니, 거기까지 생각이 미치지 않았던 것 같네……."

히나미는 한숨을 내쉬었다.

"하, 하지만, 그러지 않았다면 오케이를 받지 못했을 거야."

"자기 쇼핑에 어울리게 해서 미안하다는 말을 듣는다면, 그럼 밥만 먹자고 말하면 되지 않았을까?"

"아……."

내가 낮은 신음을 흘리자, 히나미는 고개를 절레절레 저으면서 한숨을 내쉬었다.

결국, 저는 자처해서 난이도를 올려버리고 말았습니다.

＊＊＊

그날 밤, 가족들과 밥을 먹을 때의 일이다.

사부님 왈 「네가 총무를 맡는 건 부자연스러울 뿐만 아니라 아마 여러모로 무리일 테니까」라는 이유로, 뒷일은 히나미가 맡아서 해주기로 했다. 그래서 나는 마음 편히 저녁을 먹고 싶었다. 참고로 내 옆에는 여동생이 앉아 있었으며, 맞은편에는 어머니가 앉아 있었다. 그런데 어머니는 식사를 조금만 하고 자리에서 일어나더니, 부엌에서 집 안일을 하기 시작했다. 미니 다이어트를 하고 있어서 저녁 은 많이 먹지 않는다고 한다. 30대 후반인데도 다이어트 같은 걸 잘도 한다는 생각이 들었다. 참고로 아버지는 일 때문에 아직 귀가하지 않았다.

텔레비전을 멍하니 보면서 아무 말 없이 식사를 하고 있 을 때, 호주머니에 넣어뒀던 핸드폰이 진동했다. 어, 메일 이라도 왔나?

"어."

핸드폰을 꺼내보니, 스마트폰 화면에 『그룹에 초대되었 습니다』라는 문자가 표시되어 있었다. 메시지 어플리케이 션의 알림이었다. 이게 뭐지. 처음 보네. 초대?

일단 터치를 해보자, 『생일선물♡작전회의』라는 제목의 대화 룸 같은 것에 초대되었으며, 그것을 승인할지 거부 할지를 묻는 선택지가 표시되었다.

"……이게 뭐야?"

이 채팅룸을 만든 사람은 히나미인지, 『히나미 아오이 님께서 초대하셨습니다』라는 문자가 표시되어 있었다. 아 무래도 다른 멤버가 볼 수 있는 곳이 있어서 터치해보니, 『초대중』이라는 곳에 『타카히로』, 『유즈 양』이라는 이름이 표시되어 있었다. 『유즈 양』은 아마도 이즈미일 것이며, 『타카히로』는 미즈사와일까.

이렇게 초대되는 것은 처음이지만, 추측을 해볼 때 이번 쇼핑의 일정을 정하기 위한 그룹 채팅 같은 것이리라. 그런 곳에 초대된 것이다. 아마 메시지 어플리케이션이 이런 기능이 있으며, 총무인 히나미가 그 기능을 사용한 것 같았다. 내 추리 실력, 어때? 애초에 이런 걸 모르는 것 자체가 문제라는 건 나도 짐작이 되니 언급하지 말아줬으면 한다.

내가 그런 생각을 하면서 화면을 쳐다보고 있을 때, 『유즈 양』이 『초대 중』에서 『참가 중』으로 바뀌었다. 오오, 리얼 타임이네. 곧 이 알림을 보고 바로 초대에 응한 것이리라. 역시 리얼충인 이즈미답다. 남이 만든 굴레 안에 주저 없이 들어갔다.

그럼 나도 승인을 터치할까…… 하고 생각했지만, 왠지 긴장됐다. 이 채팅룸을 만든 사람은 히나미이며, 멤버인 미즈사와와 이즈미에게 쇼핑에 대해서도 이야기를 해뒀지만, 그래도 내가 이 채팅에 참가해도 되는 건지 주저됐다. 리얼충이 아니라서 이럴 때 머뭇거리는 것일까.

내가 머뭇거리면서 스마트폰의 화면을 쳐다보고 있을 때, 언짢은 목소리가 내 귀에 들어왔다.

"무슨 일인지 모르겠지만 혼잣말을 중얼대니까 엄청 시끄럽거든? 밥 먹는데 방해돼."

옆에 앉아있던 여동생이 미간을 찌푸리며 나를 쳐다보았다. 내가 고개를 돌려보니, 여동생은 나를 무시하듯 고개를 돌리면서 식사를 다시 시작했다. 저녁 식사 때 자리에 없을 때가 많으면서 잘난 척은 엄청 해대는군.

"별거 아냐."

"흐음. 뭐, 야한 게임이라도 시작했어?"

"뭐? 나는 그런 걸 해본 적 없어. 진짜야. 믿어줘."

"정색하니까 더 기분 나쁘거든? 그리고 딱히 의심하는 건 아냐."

여동생은 더러운 걸 쳐다보는 듯한 눈빛과 도끼눈의 중간 정도의 눈빛으로 나를 노려보았다.

"잠깐, 어? ……LINE? 오빠가?"

나를 노려보다 우연히 스마트폰의 화면을 본 듯한 여동생이 깜짝 놀란 듯한 목소리로 그렇게 말했다.

"……그래."

"흐음. 신기하네."

여동생은 불만 섞인 목소리로 그렇게 말하더니, 식사를 하면서 나를 힐끔힐끔 쳐다보았다.

"왜 그래?"

"별거 아냐."

"별거 아니긴 무슨."

내가 추궁하듯 그렇게 말하자, 여동생은 귀찮다는 듯한 어조로 이렇게 말했다.

"오빠가 LINE을 하는 게 신기하다고 생각했을 뿐이야. 그것도 그룹 채팅이잖아."

"그렇긴 한데……."

"혹시 좀 거북한 그룹에 초대되기라도 한 거야?"

여동생은 웬일인지 이야기를 계속 이어나갔다. 평소 같으면 이쯤에서 바이바이했을 텐데 말이다.

"딱히 거북한 건 아닌데, 들어가는 게 좀 그렇거든."

"흐음~."

여동생은 흥미 없다는 듯이 그렇게 말하며 나한테서 눈을 떼더니, 텔레비전을 쳐다보며 다시 식사를 시작했다. 자기가 물어놓고 이런 태도를 취하는 거야.

나는 그렇게 생각하면서 다시 식사를 시작했다.

"……뭐, 그럴 때도 있긴 해."

"어?"

여동생은 나를 슬며시 올려다보면서 그렇게 말했다. 그럴 때도 있다고?

"아니, 그러니까, 그룹에 초대되긴 했는데 좀 들어가기 그렇지만, 그래도 결국은 들어갈 수밖에 없는 상황 말이야. 그럴 때도 있긴 하다는 거야."

"그래."

그런 말이구나. 나는 처음 겪지만 의외로 흔한 걸지도 모른다. 하지만 여동생과 하나의 이야깃거리를 가지고 이렇게 이야기를 나누는 건 흔한 일이 아니다.

"그럴지도 몰라. 뭐, 나는 그것보다 더 어이없는 이유로 주저하고 있는 거지만 말이야."

"그래?"

하지만 여동생은 이 타이밍에 또 신랄한 반응을 보이더니, 나를 무시하듯 다시 식사를 시작했다. 이 녀석, 대체 뭐하자는 거야?

나는 여동생에게 무시당하는 듯한 대접을 당하고 마음에 상처를 입었지만, 다시 식사를 시작했다.

"……새로운 인간관계 같은 거야?"

"어?"

여동생이 또 나를 힐끔힐끔 쳐다보면서 말을 걸었다. 이 녀석은 대체 뭐가 하고 싶은 걸까.

"그러니까 새로운 인간관계를 맺은 사람들끼리 일단 그룹 채팅방을 만들어보는 건가 해서 말이야."

여동생은 입술을 살짝 내밀더니, 나를 힐끔 쳐다보면서 그렇게 말했다. 왜 이러는 건지 종잡을 수가 없었다.

하지만 이 녀석과 이렇게 제대로 이야기를 나누는 건 대체 얼마만일까. 지금까지는 공통적인 화제가 없었는데 말이다.

그건 그렇고, 이 녀석의 입에서 인간관계라는 말이 나올 줄이야.

의외라는 느낌을 받았다. 여동생은 리얼충 그룹이랄까, 아무 생각 없이 밝고 즐겁게 사는 타입처럼 보였지만, LINE그룹 하나 때문에 고민할 때도 있는 것 같았다.

그럼 나는 그런 걸로 전혀 고민하지 않게 되는 날이 대체 언제 올까. 공허한 눈빛을 머금으며 그런 생각을 한 나는 여동생에게 대답을 했다.

"으음, 뭐랄까, 다들 최근에 친해진 사람들인데, 전부 꽤 잘나가는 애들이야. 그래서 그런 애들이 있는 그룹에 들어가는 게 좀 주저된다고나 할까, 긴장된다고나 할까…… 그런 느낌이야."

"아~. 뭐, 이해했어. 인간관계라는 건 좀 귀찮기는 해."

여동생은 고개를 절레절레 저으면서 뭔가를 깨달았다는 투로 그렇게 말했다. 연기하는 티가 팍팍 났다. 이 녀석은 때때로 이런 짜증나는 태도를 취할 때가 있다.

그건 그렇고, 이 녀석이 오늘은 좀 이상하네. 혹시 이 녀석도 그런 일 때문에 고민하고 있는 걸까. 어디 한 번 물어볼까.

경험치를 쌓을 뿐만 아니라, 오빠로서 말이다.

"너, 혹시 요즘에 인간관계 때문에 고민하고 있는 거야?"

여동생은 한순간 놀란 듯한 표정을 짓더니, 어이없다는 것처럼 한숨을 내쉰 후, 나를 불쌍하다는 듯이 쳐다보았다.

"저기, 오빠. 혹시 내가 그런 걸로 고민하고 있더라도, 오빠가 적당한 조언을 해줄 수 있어?"

여동생이 나를 시험하는 듯한 눈길로 쳐다보자…….

"큭……."

나는 찍소리도 하지 못했다. 분하다. 리얼충인 친동생에게 대등하게 맞설 수 있는 날은 대체 언제 올까.

그리고 여동생에게 말했다시피, 이게 어이없는 갈등이라는 건 나도 알고 있기에 눈 딱 감고 그룹에 들어갔다.

곧 시작된 대화 결과, 쇼핑은 이번 주 토요일로 정해졌다. 의외로 금방 정해졌네…….

***

쇼핑 일정이 정해진 다음날, 수요일 조례 시간.

담임인 여성 교사, 카와무라 선생님이 이런 말을 했다.

"으음, 일전에 프린트로 나눠줬다시피, 학생회 선거의 선거 활동이 다음 주…… 화요일부터 시작돼~. 3학년이 수험 준비에 임해야 해서 다음 달부터는 1, 2학년이 학생회장을 맡게 된 거야~. 입후보하고 싶은 학생은 이번 주 안에 입후보 용지를 받아가~. 추천인이 필요하다는 점은 잊지 마~. 용지는 다음 주 월요일에 일제히 제출해~."

담임인 카와무라 선생님이 특이한 어조로 그렇게 말했다. 꽤 젊지만 학년 주임이 된 만큼, 쉽지 않다고나 할까, 특이한 사람이다. 또한 상당한 미인이기도 했다.

그러고 보니 벌써 학생회 선거 시기가 되었다. 작년에도 이쯤에 학생회 선거가 치러졌다. 뭐, 나는 작년에 1학년이었고, 클래스메이트 중에 학생회장이 되겠다고 나서는 녀석도 없었으니 아무 일도 없었다고 해도 과언이 아니지만 말이다. 그러고 보니, 1학년은 한 명도 입후보하지 않았던 걸로 기억한다. 히나미도 입후보하지 않았었다. 플러스보다 마이너스가 많다고 생각한 걸까.

조례가 끝난 후, 학생들이 시끌벅적하게 이야기를 나누기 시작했다. 그런 와중에 나는 의자에 앉아서 히나미의 움직임을 눈으로 좇았다. 히나미는 리얼충들의 대화에서 자연스럽게 빠져나가더니, 카와무라 선생님에게서 종이 한 장을 받았다. 뭐, 그럴 줄 알았다. 저건 학생회장 입후보 용지일 것이다. 다양한 분야에서 1위를 독차지하고 있으니, 학생회장처럼 알기 쉬운 『1위』 자리를 놓칠 리가 없다.

그러고 보니 카와무라 선생님이 추천인이 어쩌고 하고 방금 말했었다. 입후보를 하기 위해서는 추천인이 한 명 필요하다고 말했던 것 같은데 잘 생각이 나지 않았다. 뭐, 학생회장 선거 같은 것은 인기 있는 녀석이 참가하지 않는 한 열기를 띠지 않는다. 그건 그렇고 히나미는 누구를 추천인으로 삼으려는 걸까.

내가 그런 생각을 하고 있을 때, 히나미의 시선이 나를 향했다. 그리고 입가가 약간 일그러지더니, 곧 고개를 돌렸다. 그리고 자리에 앉더니, 종이를 클리어파일에 넣은 다음 가방에 넣었다.

──으음, 설마…….

내가 어떤 예감을 받고 오한을 느끼고 있을 때…….

"안녕, 토모자키!"

지나치게 활기찬 목소리가 내 귀에 흘러들어왔다.

"우와아앗?!"

의자에서 굴러 떨어질 뻔하면서 뒤쪽을 쳐다보니, 미미미가 내 뒤편에 있었다. 여전히 몸매가 좋고, 얼굴도 반반하며, 기운 또한 넘쳐흘렀다.

"왜 아오이를 뚫어져라 쳐다보는 거야? 혹시 설마 반한 거야~?"

미미미는 히히히 하고 웃으면서 나에게 스으윽 다가오자, 나는 어버버 하며 당황했다.

"따, 딱히 반한 건 아닌데…….."

"오! 쳐다봤다는 건 부정하지 않는군요!"

"아니, 잠깐만…….."

나는 페이스를 빼앗겼지만, 필사적으로 변명거리를 생각했다. 바로 그때, 미미미는 나한테서 눈을 떼더니 탐정 흉내를 내듯 턱을 매만지면서 앞쪽을 쳐다보았다.

"……이야, 역시 입후보하는 것 같네."

그녀의 시선은── 히나미를 향하고 있었다.

"……학생회 선거 말이야?"

"그래!"

미미미도 히나미가 종이를 건네받는 광경을 본 것 같았다.

"뭐, 히나미잖아. ……당연히 입후보하겠지."

"아, 역시 그렇게 생각하는 거야?"

미미미는 진지한 느낌이 감도는 목소리로 그렇게 말했다.

"응? 아, 그야 어느 분야에서도 최고가 되잖아. 그러니 이번에도 당연히 당선되지 않을까?"

"……그렇지?! 역시 저 애는 완벽 그 자체라니깐!"

미미미는 한순간 뭔가를 생각하듯 잠시 뜸을 들이더니, 과장스럽게 웃으면서 그렇게 말했다. 방금 왜 뜸을 들인 거지? 나는 약간 신경이 쓰였지만 자연스럽게 그 점에 대해 물을 방법이 생각나지 않은 데다, 나 또한 매번 대화를 나눌 때마다 할 말을 생각한다고 뜸을 마구 들이니 물어볼 수 없었다. 일단 지금 이 순간에 더는 뜸을 들이지 않으며 대화를 이어나갈 방법을 생각했다.

으음, 완벽이라. 뭐, 험한 소리만 하지 않는다면 히나미는 진짜로 완벽하겠지.

나는 「하하하, 완벽한 애이긴 해」 하고 말했다. 거짓말은 아니다.

"하지만 신경이 쓰이는 건 역시…… 아오이가 대체 누구를 추천인으로 고를 것이냐, 야!"

"으, 응……."

나는 아까 느꼈던 불길한 예감을 다시 떠올렸다.

"나도 신경이 쓰이는걸."

"아오이가 선택한 사람이니 꽤나 주목을 받을 거야~."

"마, 맞아. 주목……."

그 말을 듣고 예감이 더욱 부풀어 오르는 가운데, 나는 맞장구를 쳤다.

"어찌 보면 명예롭다고나 할까, 그리고 어찌 보면 부담스러운 역할이랄까……."

"부, 부담……."

나는 예감이 확신으로 바뀌려하는 것을 느끼면서, 그저 고개만 끄덕였다.

"절대 실수를 하면 안 될 거야……. 아! 선생님이 왔네! 그럼 나중에 봐!"

미미미는 그렇게 말하면서 자기 자리로 돌아갔다.

주목, 부담, 실수를 하면 안 된다. 응. 그렇겠지.

──나는 이 예감이 단순한 예감으로 끝나기를 빌면서, 오늘 이동교실 때야말로 키쿠치 양과 이야기를 나눠야 한다, 토요일에 리얼충들과 쇼핑을 간다, 등을 비롯해 생각해야 할 게 너무 많았기에 무엇부터 생각하면 좋을지 몰라 일단 아무 생각 없이 1교시 수업 준비를 시작했다. 이것이 바로 깨달음의 경지다.

그리고 그날 3교시 이후의 쉬는 시간.

깨달음의 경지에서 현세로 되돌아온 나는 도서실로 향했다.

물론 어패의 전법을 검토하기 위해서가 아니라, 키쿠치 양과 이야기를 나누기 위해서 말이다.

내가 키쿠치 양에게 사실—— 마이클 앤디라는 작가의 책을 읽은 적이 없다는 것, 그리고 대충 맞장구를 치기만 했다는 것——을 밝힌 후, 처음으로 그녀와 대면하는 것이다. 아니, 같은 반이기에 얼굴을 계속 봐왔고 이야기를 나눈 적도 있지만, 뭐랄까 여기서 만나는 것과 교실에서 만나는 건 느낌이 다르다. 같은 속성 필드에서 힘이 강해지듯, 키쿠치 양은『책』필드에서는 마력이 상승하는 것 같았다.

"……아."

내가 조용히 도서실에 들어가자, 키쿠치 양이 곧 나를 향해 고개를 돌렸다. 모든 상태이상을 시선만으로 정화할 듯한 눈동자와 눈이 마주쳤다. 키쿠치 양은 상냥하게 웃더니, 조용히 책을 향해 시선을 돌렸다. 신전 안처럼 조용하면서 기분 좋은 분위기가 도서실 안에서 흘렀다.

그 미소를 보고 지난주에 봤던 미소를 떠올린 나는 약간 멋쩍어하면서 천천히 그녀에게 다가갔다. 나는 키쿠치 양의 옆에 있던 의자를 예전보다 아주 약간, 아주 약간 더 가까운 위치에 둔 다음, 거기에 앉았다.

"안녕하세요."

키쿠치 양은 성모 마리아처럼 자애에 찬 온화한 몸놀림으로 나를 향해 고개를 돌리더니, 요정이 연주하는 하프처럼 온화한 음색으로 인사를 건넸다. 나는 그 목소리에 희롱당하면서 대답했다.

"아, 안녕."

"오늘도…… 전법 검토를 하러 온 건가요?"

때때로 어린아이 같은 표정을 짓게 된 키쿠치 양이 순수한 목소리로 질문을 했다.

"아, 아냐. 오늘은……."

"……오늘은?"

키쿠치 양은 열매를 안아든 숲속의 다람쥐처럼 가슴에 책을 안더니, 고개를 갸웃거렸다. 그와 동시에 창밖에 존재하는 나무들이 흔들린 것은 아마 우연이 아니리라.

나는 순순히 「키쿠치 양과 이야기를 할까 해서……」 하고 말할 생각으로 왔지만, 자연조차 조종하는 키쿠치 양의 마력을 보자, 그런 주제넘은 소리를 할 수가 없었다.

"저기…… 이야기를 들었더니 좀 관심이 가서 말이야."

나는 자리에서 일어난 후, 근처에 있는 책장에 다가갔다.

그리고 책 한 권을 뽑아들었다. 내가 어패의 전법을 검토하면서 항상 읽는 척 했던 책이다. 키쿠치 양이 나를 마이클 앤디의 팬이라고 착각하게 되는 계기가 된 책이다.

지금까지는 『읽는 척』을 하는 데 썼던 그 책의 타이틀을, 나는 처음으로 똑바로 쳐다보았다. 『가면의 조종사와 진실의 요정』 저 : 마이클 앤디.

"진짜로 읽어볼까 해서 말이야."

내가 그렇게 말하자, 키쿠치 양은 봉인되어 있던 천계로 이어지는 문을 열기 위해 필요한 환상의 보석처럼 빛나고

있는 눈동자를 크게 뜨며 놀랐다. 그리고 자기 또래 여자애처럼 웃었다.

"그렇군요! 환영할게요……!"

"하하…… 다행이야."

나는 표정근육을 의식하지 않으며 자연스럽게 미소를 지은 후, 아까보다 아주 약간 의자를 가깝게 옮기면서 앉았다.

우리 두 사람이 자아내는 책 넘기는 소리, 그리고 누군가가 자아내는 발걸음 소리만이 이 조용한 공간에 울려 퍼졌다. 서로가 아무 말 없이 그저 조용히 문자를 쳐다보고 있었다. 같은 작가의 책이라고는 해도, 나와 키쿠치 양은 다른 책을 읽고 있다. 하지만 왠지 나란히 앉아서 책을 읽기만 하는데도 같은 세계를 함께 여행하고 있는 듯한, 서로를 조금씩 이해한 듯한, 그런 온화하면서도 상냥한 시간이 흐르는 듯한 느낌을 받았다.

그것은 앞으로 사흘 후, 리얼충 세 사람과 쇼핑을 하러 가야 한다는 게 거짓말처럼 느껴질 만큼 평온한 시간이었다. 솔직히 말해 사흘 후가 찾아오지 않았으면 좋겠다. 쭉 여기서 살고 싶다.

2 파티 멤버 중 한 명만 레벨이 낮다면 그 녀석만 레벨이 쑥쑥 오른다.

약속장소인 오미야 역 앞 『콩나무』에는 나와 히나미가 먼저 도착했다.

솔직하게 말하자면 그렇게 하라는 지시를 받았다.

"으으, 드디어 시작되는 거구나……."

"왜 이제 와서 우는 소리를 하는 거야? 슬슬 각오를 다져."

"하지만 남녀 2대2로 쇼핑을 하는 거잖아? 게다가 나 이외에는 전부 리얼충이라고. 그런 상황에서 긴장하지 말라는 게 무리라고……."

"애초에 밥이나 먹자는 걸, 일부러 난이도를 높인 사람이 누구였더라?"

"으……."

나는 그 말을 듣고 말문이 막혔다. 히나미는 의기양양한 표정을 지으며 훗, 하고 웃었다.

주위를 둘러보니 젊은이를 중심으로 폭넓은 연령대의 사람들이 이곳에 모여 있었으며, 다들 나와 다르게 표정에 생기가 흘렀다. 다들 친구나 애인이 평범하게 있을 뿐만 아니라, 이렇게 누군가와 만나는 행위에 전혀 긴장하지 않는 것 같았다……. 그리고 사이타마 현에도 패션을 신경 쓰는 리얼충이 잔뜩 있었구나…….

"일단 너무 긴장해서 과제를 수행하지 못하는 사태만은

피하도록 해."

히나미는 내 마음속을 꿰뚫어 본 것처럼 그렇게 말했다.

나는 이번에도 히나미에게 과제를 받았다. 그것을 수행하면서 쇼핑을 해야 하는 것이다. 난이도가 정말 높네.

"오~, 둘 다 일찍 왔구나!"

내가 이런저런 생각을 하고 있을 때, 미즈사와가 도착했다.

히나미의 표정근육이 재빨리 가동되는 걸 나만이 눈치챘다.

"어라~? 타카히로, 지각한 거야~?"

"어이, 아직 약속 시간이 안 됐다고!"

"어~, 그래?"

히나미는 장난기 어린 목소리로 그렇게 말했다. 두 사람은 서로에게 마음을 허락하고 있는지 투덜대고 있는데도 왠지 즐거워 보였다. 보고 있는 이들도 왠지 기분이 좋아질 정도였다.

미즈사와는 로고가 그려진 흰색 파카와 진한 청바지를 입었고, 빨간색 신발을 신었다. 갈색 머리카락과 표정, 쫙 펴진 등, 그리고 붉은 신발에서 강렬한 힘이랄까, 리얼충 느낌이 물씬 풍겨 나왔다. 딱 봐도 못 이기겠다는 생각이 들 지경이었다.

옆에서 즐거운 듯이 담소를 나누기 시작한 히나미의 옷도 화려했다. 아니, 히나미의 아우라가 그런 느낌을 자아내는 것 같기도 하지만, 아무튼 오늘도 연예인 같은 느낌이 물씬 풍겨 나왔다.

그녀는 진한 녹색 바지를 복사뼈 근처까지 접어 올렸으며, 흰색 샌들을 신었다. 상의로는 티셔츠? 인지 아닌지는 모르겠지만, 아무튼 품이 낙낙한 옷을 입었다. 나는 옷에 관련된 어휘가 부족한 것 같았다.

참고로 나는 일전에 마네킹이 입고 있는 걸 보고 샀던 옷을 그대로 입고 있었다. 어휘가 충분하군.

"그리고 설령 지각을 했더라도 아오이한테는 그런 소리 듣고 싶지 않아! 너도 전에 지각했었잖아!"

"어~? 그랬었나? 까먹었어!"

"나는 기억하고 있거든?"

두 사람은 그런 말을 하면서 웃었다. 별것 아닌 대화지만 나는 그걸 통해 엄청난 정보를 입수했다. 히나미 아오이가 지각을 해? 패러렐 월드에서 벌어진 일 아냐?

"미, 미안해——!!"

내가 혼자서 생각에 잠기며 완전히 대화에서 로그아웃하고 있을 때, 이즈미가 나타났다.

시계를 보니 약속 시간이 2분 정도 지났다. 그래서 그런데 이즈미는 헐레벌떡 뛰어오고 있었다.

"앗, 유즈! 그러다 넘어져! 위험해~!"

히나미는 즐겁게 웃으면서 그렇게 말했다.

이즈미의 발치를 보니 꽤 굽이 높은 신발을 신고 있었다. 아마 저런 걸 하이힐이라고 부를 것이다. 그리고 곳곳이 찢어진 짧은 청바지를 입고 있었으며, 날씬한 다리에서는 젊음과 색기가 흘러나왔다. 바지가 꽤 짧기 때문에 적당한 질감을 지닌 부드러운 허벅지가 아낌없이 전모를 드러내고 있었다.

그리고 상의로는 어깨가 드러나는 검은색 옷을 입었으며, 안쪽이 희미하게 비쳤다. 그리고 그 안에는 가슴 쪽이 깊이 파인 흰색 옷을 입고 있었다. 목걸이 같은 것도 했으며, 의외로 어른스러워 보인다고나 할까, 섹시하면서 어른스러운 느낌의 복장이었다. 성격은 어린애 같은데 말이다.

하지만, 저렇게 뛰어오는 모습을 보니 지각을 한 게 용서된다고나 할까, 오히려 좀 덜렁이 같아서 귀엽다는 느낌이 들었다. 악의가 없는 것 같다고나 할까…… 어, 어라.

바로 그때 눈치챘다. 이건 아마…….

"너, 지각~. 그러니 한턱 쏴!"

"뭐어?! ……아, 알았어!"

"어이, 농담이거든?! 그럼 가자!"

미즈사와도 귀여운 걸 본 듯한 눈길로 이즈미를 쳐다보고 있었다. 사랑스러운, 지켜줘야만 할 존재 같은, 그런 내버려 두면 안 될 듯한 분위기가 흐르고 있었다. 즈, 즉…….

히나미는 이런 분위기를 만들기 위해 미즈사와와 만날 때 일부러 지각을 했던 것이다——.

맙소사. 하지만 틀림없을 것이다. 나는 그녀의 숨겨진 일면을 몇 번이나 봤기에 확신할 수 있었다. 이 녀석이 실수로 지각을 할 리가 없고, 일부러 그럴 이유라면 그것뿐이라는 생각이 들었다.

"가자~."

그렇게 히나미 아오이의 무시무시함에 전율하면서, 쇼핑은 시작되었다. 어라? 그러고 보니 나는 미즈사와 이즈미가 온 후로 한 마디도 안 한 것 같은데?

우리가 우선 향하기로 한 곳은 약속장소인 오미야 콩나무 근처에 있는 루미네라는 쇼핑센터다.

미즈사와가 「토모자키와 이즈미는 선물을 살 거지? 그럼 일단 루미네에 갈까?」 하고 말해서 그렇게 정해졌지만, 왜 루미네에 가는 건지는 짐작이 되지 않았다. 아마 다양한 물건이 있기 때문이리라.

역에서 바로 루미네──이곳은 루미네2라는 것 같은데 자세한 것은 모른다──에 들어가 보니, 빔스라는 화려한 옷가게가 입구 근처에 있었기에 일단 거기에 들어가 보기로 했다. 왜 빔스에 들어가는 건지는 짐작이 되지 않았다. 아마 다양한 옷이 있기 때문이리라. 나는 아무것도 모른다.

"으음──……."

빔스에 들어가자, 이즈미는 가방이나 지갑, 장신구 같은 것을 샅샅이 훑어보기 시작했다. 눈빛이 엄청 진지했다. 으음, 같은 말도 입 밖으로 소리 내서 말했다.

히나미는 그런 이즈미의 곁으로 걸어가더니, 상품을 물색하면서 작은 목소리로 탄성을 터뜨렸다.

"아! 이거, 귀여워!"

"정말이네! 귀여워! ……하지만 슈지가 이런 걸 좋아할까?"

이즈미는 옅은 갈색 동전지갑 같은 것을 쥐더니, 불안한 표정을 지으면서 히나미를 쳐다보았다.

히나미는 고개를 갸웃거렸다.

"글~쎄~?"

"으음. 히로~. 어떻게 생각해?"

이즈미는 미즈사와를 히로라고 부르는 것 같았다.

"으음~. 취향은 아닐 것 같아."

"그렇지~?"

이즈미는 약간 가라앉은 듯한 목소리로 그렇게 말하면서 그 물건을 선반에 놓았다. 진심으로 아쉬워하는 듯한 눈치였다. 그리고 다시 진지하기 그지없는 표정을 지으면서 상품을 둘러보기 시작했다.

뭐랄까, 나카무라를 진심으로 생각하며 선물을 고르고 있다는 게 느껴졌다. 눈에 힘이 들어갔지만, 왠지 믿음직하지 못한 느낌의 어수룩한 표정을 짓고 있었다. 하지만 엄청 집중하고 있는 게 느껴졌다. 이 생물은 대체 뭘까.

자아, 나는 어떻게 할까. 이렇게 쳐다보기만 해서는 전혀 진보가 없을 게 뻔한데다, 나중에 히나미가 화낼 것이니 나도 뭔가를 해야만 할 것이다. 나는 머뭇거리면서 이즈미에게 다가갔다.

그러자 이즈미는 고개를 돌리더니, 심각한 눈빛으로 내 눈을 쳐다보았다. 어?

그리고 그녀는 입을 열었다.

"모르겠어……."

"뭐, 뭐?"

심각한 표정으로 저런 소리를 하니 왠지 김이 샜다.

"어떤 게 좋을 것 같아……?"

"어. 으, 음~."

이즈미는 공평을 기하듯 나에게도 의견을 물어보았다. 차별을 하지 않는 것은 정말 대단한 일이다. 문제는 내가 참고가 될 만한 의견을 내놓지 못한다는 것이 유일한 문제 점이다.

하지만 나도 나름대로 생각을 해봤다. 애초에 나는 나카 무라가 어떤 사복을 입는지 전혀 모르는 데다, 취향이나 취미 혹은 성격에 대해서도 아는 게 거의 없다. 아는 거라 고는 지금은 어패를 좋아하며, 실은 지는 걸 싫어한다는 점 정도다.

그러니 나카무라에 대해 이해하는 것부터 시작하지 않으 면 아무 말도 하지 못한다는 게 내 결론이다. 즉, 무리예요. 평소처럼 내 생각을 그대로 말하는 수밖에 없을 것 같다.

"으음, 저기 말이야. 뭘 사면 좋을지 모르겠다면, 이렇게 대충 가게를 둘러봐도 결론을 내리지 못할 거라고 나는 생각해. 그러니 나카무라에 대해 알아야 한다고나 할까, 생각해봐야 한다고나 할까, 그러니까, 어떤 걸 살지 생각하면서 둘러보는 수밖에 없다고 생각하는데…….」

나는 자신이 없어서 목소리가 서서히 작아졌지만, 이즈미는 진지한 눈길로 나를 쳐다보며 내 말에 귀를 기울여줬다. 그리고 끝까지 들은 후, 「맞아!」 하고 동의했다. 저기, 이 애, 남한테 속아서 비싼 물건 같은 걸 확 사버릴 것 같지 않아? 좀 조심하라고.

"고마워! 다른 사람한테도 물어볼게!"

이즈미는 그렇게 말하더니 주위를 둘러보았다. 히나미와 미즈사와를 찾는 것 같았다. 그건 그렇고 리얼충은 움직임이 당당하네. 주위를 둘러보는 움직임에서도 안정감이 느껴졌다. 바로 그때, 이즈미는 「아」 하고 말했다. 두 사람을 찾은 것 같았다.

하지만 곧 「저기」 하고 말하며 내 어깨를 가볍게 두드렸다. 내가 이즈미를 향해 돌아서자, 그녀는 발돋움을 하면서 내 귀를 향해 얼굴을 내밀었다. 어, 뭐하는 거지? 얼굴이 너무 가까운데요. 당신, 이런 짓을 하는 게 대체 몇 번째죠?

"저기, 저쪽 좀 봐."

이즈미가 그렇게 말하면서 가리킨 곳을 보니, 서로에게 모자를 씌워주며 사이좋게 담소를 나누는 미즈사와와 히나미의 모습이 눈에 들어왔다. ……으음, 저게 뭐 어때서?

"사이가 좋아 보이네. 그게 왜?"

내가 그렇게 말하자, 이즈미는 뭔가를 꾸미는 듯한 표정을 지으며 입을 열었다.

"저기, 실은…… 아, 이건 비밀이야."

"으, 응."

내가 몸을 웅크리자, 이즈미는 나를 향해 몸을 내밀더니 속삭이는 듯한 목소리로 이렇게 말했다.

"저 두 사람이 사귄다는 소문이 있어."

"뭐어?!"

나는 고함을 지르고 말았다. 그러자 이즈미는 「바보!」 하고 외치면서 나를 쳐다보았다.

모음만으로 맞장구를 치는 연습을 한 덕분에, 과장스러운 리액션을 취하고 말았습니다. 다행입니다. 그 탓에 점원과 히나미, 미즈사와가 이쪽을 쳐다보고 있습니다. 정말 부끄럽습니다.

이즈미는 손을 좌우로 흔들면서 아무 일도 아니라고 표현했지만, 두 사람은 미심쩍은 표정을 짓더니 곧 웃으면서 우리에게 다가왔다.

"으음, 이 이야기는 나중에 해줄게!"

"그, 그래……."

내가 작은 목소리로 대답한 후, 이즈미는 「진짜로 아무것도 아냐~!」 하고 말하면서 두 사람에게 다가갔다. 그리고 나는── 멍하니 선 채 아까 들은 말을 머릿속으로 몇 번이나 떠올리고 있었다.

『저 두 사람이 사귄다는 소문이 있어.』

뭐, 뭐어, 잘 생각해보니 이해가 되기는 했다. 퍼펙트 히로인 히나미 아오이. 그녀에게 애인이 없는 게 오히려 부자연스럽다고나 할까, 애인도 없으면서 그렇게 잘난 척 하듯 『애인을 만드는 게 목표다』같은 소리를 하는 것도 이상하니까 말이다.

하지만 왜일까. 왠지 화가 난다고나 할까…… 아마 『소문』이라는 부분 때문에 이런 기분이 드는 것이리라. 이즈미는 히나미와 사이가 좋으니까 직접 물어보면 되잖아, 그런데 왜 그러지 않는 거야, 같은 생각 때문에 이런 기분이 드는 게 틀림없다.

뭐, 나와는 딱히 상관이 없는 일이니 괜찮지만, 뭔가가 좀 다르다고나 할까…… 이건 확실하게 해두지 않아서 좀 열 받는다는 것에 가까웠다. 뭐, 「실은 비밀이 있는데…… 아, 별거 아냐!」같은 말을 들으면 화가 날 정도로 신경 쓰이는 게 정상일 것이다. 그것과 마찬가지로, 히나미에 관한 거라서가 아니라 그냥 짜증이 나는 것이다.

"토모자키 군~! 가자~."

"그, 그래!!"

히나미가 나에게 말을 걸자, 나는 과장스러운 어조로 대답했다.

그러자 히나미가 나에게 다가오더니, 나한테만 들릴 듯

한 어조로 이렇게 말했다.

"저기, 분위기가 좀 이상하네. 아까 유즈와 어떤 이야기를 나눴어?"

속삭이는 듯한 어조로 히나미가 건넨 말을 듣고 나는 등골이 오싹해졌지만…….

"아, 아아, 아아아, 아무것도 아냐."

나는 완전 티가 날 정도로 동요했다.

"……그래? 그럼 됐어."

내가 지나칠 정도로 당황하자, 히나미도 놀란 것 같았다.

"으, 응."

"그것보다, 내가 내준 과제를 수행하려는 기색이 전혀 느껴지지 않거든?"

"아, 맞아. 응. 할게. 제대로 할게. 응. 응."

"그래? 그럼…….'

더 이야기를 해봤자 부질없다고 생각한 건지, 아니면 더 이야기하면 부자연스럽다고 생각한 건지, 히나미는 말을 멈추면서 미즈사와의 옆으로 걸어갔다. 그리고 두 사람은 또 담소를 나눴다. 둘 다 즐거운지 웃고 있었다.

어, 아니지. 나는 남의 연애나 관찰하려고 이곳에 온 게 아니다. 주어진 과제를 수행해야만 한다. 그리고 경험치를 쌓기 위해 이곳에 온 것이다.

나는 정신을 집중했다. 그리고 자신이 할 일을 다시 확인하기 위해 어제 회의를 떠올렸다.

***

"이번 과제는 『두 번 이상 자기가 낸 제안을 통과시킨다』야."

"……으음, 그게 무슨 소리야?"

히나미가 과제를 제시하자, 나는 상세한 내용을 물어보았다.

"말 그대로야. 집단행동이라는 것은 어디에 가고, 뭘 먹고, 언제 돌아갈지 같은 『전원이 관여하는 선택』을 내려야만 하잖아?"

"그건 그래."

전원이 따로 밥을 먹지 않는 한 그렇게 된다.

"그러니 필연적으로 『누군가 한 명이 내놓은 제안에 전원이 참가한다』는 행동을 취할 필요가 있어. 애초부터 다른 사람들도 가고 싶은 장소였더라도, 누군가 한 명이 거기에 가자고 말해야 하잖아?"

"그래."

확실히 누군가 한 명이 제안을 해야만 할 것이다.

"『자기가 낸 제안을 통과시킨다』는 것은 바로 그런 거야. 자기가 어디에 가서 뭘 먹을지를 『가장 먼저』 제안해서, 다른 세 사람이 그 제안을 받아들이게 하는 거지. 그걸 두 번 하는 거야. 그게 이번 과제야."

그런 거구나. 뭘 해야 하는지는 이해했다.

"그렇구나. ……하지만 물어볼 게 있어."

나는 손을 들면서 그렇게 말했다.

"토모자키 군, 말해보세요."

히나미는 섹시한 여성 교사처럼 나를 손가락으로 가리키며 그렇게 말했다. 내 생각이기는 하지만, 히나미에게 교사 같은 행동이 너무 잘 어울려서 좀 멋쩍었다.

"으음, 그걸 하는 이유와 효과는 뭐야?"

"좋은 질문이에요, 토모자키 군. 크게 볼 때 그 이유는 두 가지라고 할 수 있답니다."

히나미는 얼굴 옆에 손가락을 두 개 세웠다. 그녀는 어른스러운 말투를 유지하고 있었다. 묘하게 색기 넘치는 목소리가 내 귀를 자극했다.

"두, 두 가지?"

"하나는 집단행동 중에 주도권을 쥐는 연습이야."

"주도권을 쥐는 연습?"

잘 이해가 되지 않았다.

"결론부터 말하자면, 『자기가 내놓은 제안을 통과시킨다』는 것은 일시적으로 그 집단의 『분위기를 조종한다』는 거라고 할 수 있어."

"으, 으음?"

나는 말문이 막힌 채 생각에 잠겼다.

자기가 내놓은 제안을 통과시킨다=분위기를 조종한다?

"『분위기』에 대한 이야기는 했지? 『분위기』라는 것은 그 집단 안에서 성립하는 선악의 기준이야."

"아, 들은 적 있어."

콘노 에리카와의 일로 실감하기도 했다.

분위기=집단 안에서 성립하는 선악의 기준인 것이다.

"그럼 이해할 수 있을 텐데? 방금 내가 말한 결론의 의미를 말이야."

결론의 의미……?

나는 방금 들은 두 단서를 통해 열심히 생각해봤다.

즉…… 이런 건가?

"『자기가 내놓은 제안을 통과시킨다』라는 것은 그 집단의 『분위기』를 자신이 제안한 행동이 『옳다』는 쪽으로 조작하는 거니까——『분위기를 조종한다』고 할 수 있는 거야?"

히나미는 씨익 웃었다.

"귀정."

"또 그거냐."

히나미는 「즉」하고 말하면서 내 가슴에 손가락을 댔다.

"자기가 내놓은 주장을 통과시킨다는 것은 『집단의 분위기를 조종하는 사람』이 되기 위한 연습이야."

나는 히나미가 뜻밖의 행동을 취한 탓에 마음이 들떴지만, 어찌어찌 평정심을 유지했다.

"으, 으음, 『집단의 분위기를 조종하는 사람』이 되라는 거야?"

"그래. 그러기 위해서 자기가 내놓은 제안을 통과시키는 거야."

히나미는 내 가슴에서 손가락을 뗐다.

"그럼 왜 『집단의 분위기를 조종하는 사람』이 되어야 하는 건지 알겠어?"

나는 가슴에서 느껴지는 감촉의 여운을 개의치 않으려 하면서 히나미가 한 말에 대답했다.

"……그래야 리얼충이 될 수 있다는 거구나."

"귀정."

"오늘은 그 말을 자주 쓰네."

"『집단의 분위기를 조종하는 사람』은 기본적으로 리얼충이잖아?"

히나미는 내 말을 무시하면서 이야기를 계속했다. 뭐, 좋다.

나는 『집단의 분위기를 조종하는 사람』을 몇 명 떠올려 봤다. ……이 녀석의 말이 옳다.

"확실히…… 중심인물이랄까 리더랄까, 그 집단의 보스 격이긴 하네. 리얼충 중에서도 손꼽히는 녀석이라는 느낌마저 들어."

"그래. 나카무라라든가 콘노 에리카, 그리고 나 같은 애야."

"그거 엄청나네."

이 녀석의 자화자찬에도 이제 익숙해졌다. 그런 소리를 할 줄 알았다는 레벨에 도달한 것이다.

"그러니까, 보스 격인 리얼충이 되기 위해서는 『자기가 내놓은 제안을 통과시킨다』라는 과제를 수행해야 해."

"그렇구나."

바로 그때, 나는 갑자기 냉정해졌다.

"……으음, 나보고 보스 격이 되라는 거야?"

무리, 라는 말이 자연스럽게 입에서 흘러나왔다.

그러자, 히나미는 뜻밖에도 고개를 저었다.

"느닷없이 리얼충 그룹의 보스가 되라는 게 아냐. 차근 차근 그런 쪽 자질을 갖춰줬으면 하는 것뿐이야."

"차근차근……."

그, 그 정도는 가능……하려나?

"그래. 『자기가 내놓은 제안을 통과』시킴으로써 『분위기 의 조종』에 익숙해지는 거야. 그리고 서서히 난이도가 더 높은 분위기 조종도 할 수 있게 되면 돼."

"으음, 그래?"

그렇다면…….

"그 말은 더 난이도가 높은 분위기 조종도 해야 한다 는……."

"당연하잖아? 뭐, 지금의 너한테는 아직 이르지만—— 더 커다란 집단의 분위기를 통째로 조종하거나, 한순간만 이 아니라 장기간에 걸린 분위기 조종을 하는 등, 여러 가지가 있어."

커다란 집단의 분위기를 조종하고, 장기간에 걸쳐 분위

기를 조종하라고?

나는 여러모로 생각을 해봤지만, 확 와닿지 않았다.

"……예를 들자면 어떤 건데?"

"우리 학교에는 『잘나가는 여자애만 넥타이를 해도 된다』는 분위기가 있잖아? 누가 그렇게 정해둔 것도 아닌데, 커다란 집단 전체가 장기간에 걸쳐 그런 분위기를 받아들였어."

"아, 그런 거 말이구나."

그런 소리를 딱 잘라 하면서 넥타이를 매고 다니는 건 대체 어째서야, 하고 생각하면서 나는 납득했다. 확실히 그런 것도 존재하기는 한다. 커다란 집단에서 공유되고 있는, 전제조건 같은 분위기 말이다.

"커다란 집단에 대한 순간순간의 분위기 조종을 몇 번이나 반복하면서, 그 기준을 그 집단에 뿌리내리게 하는 거야. 그러면 딱히 조종할 필요도 없이 확고한 분위기가 형성돼. 그리고 그 분위기가 『전제』가 되는 거야. 그런 식으로 영향을 끼치는 범위가 넓거나 기간이 긴 게 난이도가 높은 분위기 조종이야. 이대로 계속 훈련을 해나가다 보면 그 정도는 할 수 있게 돼."

히나미는 연기하는 듯한 미소를 지으면서 그렇게 말했다.

"……그, 그렇구나."

나는 그 의미심장한 표정과 말을 듣고 겁먹으면서도 생각했다. 분위기의 조종을 반복하고, 집단이 지닌 선악의

기준을 전제조건부터 변화시키며, 딱히 조작을 하지 않고 전제조건으로서 확고하게 만든다. 그것은 어찌 보면 세뇌나 다름없다.

"참고로 학교뿐만 아니라 기업이나 자치단체, 그리고 국가 단위로 조종하는 사람도 있어."

"마, 맙소사……."

조그마한 집단이 쇼핑을 할 때, 한 번만 집단을 뜻대로 조종하는 게 가장 간단한 『분위기의 조종』이다.

그리고 더 큰 집단에서, 전제조건으로서의 분위기까지 조종하는 것이 어려운 『분위기의 조종』이다.

규모가 커지면, 그 범위와 강도, 지속성도 커지는 법이다.

"그…… 그 정도면 아예 신흥종교나 다름없네."

히나미는 그 말을 듣더니 씨익 웃었다.

"신흥종교? 무슨 소리를 하는 거야?"

"응?"

"종교도 마찬가지야. 토모자키 군."

"으, 으으……."

꽤나 위험한 발언을 들었다.

"아무튼, 그런 느낌이야. 종교뿐만 아니라 그 어떤 집단에도 크든 작든 『분위기의 조종』이 반드시 존재해. 그게 전혀 없는 집단은 존재하지 않아. 반에도, 가정도, 누군가와 단둘이 있을 때도 마찬가지야. 사람은 선악이라는 행동 기준이 없이는 아무것도 못하는 생물이거든."

"그, 그렇구나."

그 정체불명의 깨달음을 얻은 듯한 대사를 듣고 경외심을 느끼면서도, 나는 한편으로 납득했다.

"이제 이해했지? 분위기를 조종하는 최소 단위의 연습을 해두면 다음에는 더 큰 분위기를 조종하는 법을, 그 다음에는 더 큰 분위기를 조종하는 법을 깨닫게 돼. 그렇게 진보하다 보면 어떤 집단의 분위기를 조종하는 존재——즉 집단의 보스 격이자 진정한 리얼충에 가까워질 수 있는 거야."

"아, 그렇구나."

"느닷없이 집단의 보스가 되라고 해봤자 뭘 어떻게 해야 할지 감이 안 오겠지만,『어디에 갈지, 뭘 먹을지 제안해서 다른 사람들을 납득시켜봐』정도라면 어떤 식으로 해야 할지 감이 오지?"

"그건 그래."

"그럼 그 방식으로 몇 번이나 반복해 전제조건을 바꾸거나, 좀 더 커다란 집단에 적용시키다 보면, 리얼충이 되는 길이 열릴 거야. 알았어?"

어려운 것 같지만, 단순한 이야기였다.

"그래. 귀정."

"이럴 때 쓰는 게 아냐."

히나미는 언짢은 표정을 지었다. 귀정의 길은 아직 멀고도 험한 것 같았다.

"으음…… 두 번째는 뭐야?"

"뭐, 귀정에 관한 건 나중에 복습하기로 하고—— 두 번째는 『책임』에 관한 문제야."

"책임?"

또 거창하기 그지없는 단어가 등장했군요.

"이건 매우 단순해. 너는 외톨이지?"

"그럼 말은 좀 돌려서 해주면 안 돼?"

느닷없이 정권 찌르기가 날아왔다.

"하지만 중요한 이야기야. 즉, 단독행동 때는 책임을 질 필요가 없다고나 할까, 자기가 한 행동에 의해 발생한 결과는 기본적으로 자신에게만 영향을 끼치잖아?"

"응? 뭐, 그건 그래."

혼자일 때는 보통 그렇다.

"제대로 조사해보지 않고 들어간 가게의 음식이 맛없어도 너 혼자만 그걸 먹으면 되고, 대충 아무 가게에나 들어가서 찾는 물건이 없더라도 너 혼자만의 시간만 낭비하면 돼. 다른 사람에게 폐를 끼치지 않는 거야."

"맞는 말이야."

그게 외톨이의 장점이기도 하다. 단점과 장점은 표리일체인 것이다.

"하지만 리얼충이 되어서 집단에 속한 데다, 의사결정을 하게 된다면, 그럴 수 없어."

"……응? 그 말은……."

"『여기서 먹자』고 다른 사람에게 제안을 했는데, 음식이 맛없다면 그 책임은 자기가 져야만 해. 『여기서 쇼핑을 하자』고 다른 사람에게 제안을 했는데, 물건이 제대로 구비되어 있지 않다면 그 책임은 자기가 져야만 해."

　"아……."

　확실히 그럴지도 모른다.

　"물론 최종적으로 본다면 전원이 그 제안에 따르자고 결정했으니, 책임은 다 같이 공평히 져야 올바를지도 몰라. 그래도 왠지 처음에 제안을 한 사람에게 잘못이 있다, 같은 『분위기』가 생기잖아?"

　"뭐, 상상은 돼."

　"정리를 하자면, 너는 외톨이지?"

　"꼭 그 말을 또 해야 하는 거야?"

　"외톨이일 때는 발생하지 않았던 『의사결정에 뒤따르는 책임』을 체감하게 되는 거야. 그리고 거기에 익숙해지도록 해. 그리고 그걸 자유롭게 조종할 수 있게 되는 거야. 그런 영역을 목표로 삼으며 내딛는 첫 걸음이 바로 이번 과제가 지닌 또 하나의 의미야."

　"……그렇구나. 이해했어."

　나는 납득을 하며 고개를 끄덕였다.

　"다른 식으로 말하자면, 외톨이라는 미지근하기 그지없는 탕, 아니, 썩을 대로 썩은 진흙탕에서 너라는 비 리얼충의 화신을 끄집어내는 거야."

"그렇게 쓸데없이 엄격한 보충 설명을 할 필요가 있는 거야?"

여전히 히나미는 단순히 설명하는 것만으로는 직성이 풀리지 않는 것 같았다.

***

그런고로, 나는 내 제안을 두 번 이상 통과시켜야만 한다. 그래서 히나미와 미즈사와를 관찰하며 괜한 추측을 하고 있을 수는 없는 것이다.

빔스에서 나와 다음 목적지를 고르면서 걷고 있을 때, 앞쪽을 쳐다보니 오른편에 미즈사와, 히나미, 이즈미 순으로 서 있었다. 그리고 이즈미는 약간 뒤편으로 물러서 있었다. 미즈사와와 히나미는 여전히 담소를 나누고 있었으며, 이즈미는 때때로 대화에 참가하면서── 나를 신경 쓰는 눈치였다.

어? 잠깐만 있어봐. ──나, 괜히 신경 쓰이게 하고 있는 거 아냐?

아, 큰일 났다. 혼자서 생각에 잠기는 건 좋지만, 남에게 걱정이나 폐를 끼치는 건 좀 그렇지 않을까. 예전의 나는 아무에게도 폐를 끼치지 않으니 남과 얽히지 않더라도 문제가 될 게 없었지만, 이럴 때는 책임감이 느껴진다고나 할까…… 히나미 양께서 말한 『책임』이라는 게 바로 이런 건가요?! 확실히 이건 외톨이는 맛볼 일이 없는 감각이다……!

그런고로, 괜히 신경 쓰지 않도록 해야만 한다. 나는 그렇게 생각하며 걸음을 재촉해서 이즈미의 옆에 섰다.

"……으음, 꽤 어렵네."

"맞아! 토모자키는 뭘 선물할지 정했어?"

내가 열심히 태연한 표정을 지으면서 말을 걸자, 이즈미는 활기찬 목소리로 그렇게 말했다. 맞다. 나도 선물을 사야했지. 과제에 선물까지, 할 일이 차고 넘쳤다.

"아니, 못 정했어. ……이즈미는 정한 거야?"

"으음, 아까 히로에게 물어봤는데…… 아, 미즈사와 말이야!"

"아, 응."

내가 히로=미즈사와라는 걸 모르나 싶어서 가르쳐준 것 같았다. 뭐, 이미 알고 있었지만 말이다. 배려심이 많다니깐.

"요즘 여드름을 신경 쓴다니까 여드름 약을 선물하는 건 어떠냐고 했어. 그런 걸 줬다간 분명 화낼 거야~!"

"하하하하."

나는 그 녀석이 여드름을 신경 쓴다는 말을 듣고 웃음을 터뜨렸다.

"하지만 그런 것도 괜찮을 것 같은데? 꼭 필요한 걸 선물하는 거잖아."

"응. 그렇기는 한데…… 뭐가 필요한지 모르겠어. 혹시 알……리가 없지."

"이이, 물어보지도 않고 포기하지 말라고."

이런 친구 없음 디스에 대한 딴죽은 히나미에게 하도 당해서 몸에 익었다.

"아하하! 그래도 모르는 건 맞잖아?"

"으음…….."

나는 생각을 하면서 히나미와 미즈사와를 힐끔힐끔 쳐다보았다. 여전히 즐거워보였다.

"내가 아는 거…… 어패를 좋아하고, 꽤 잘하고, 잘생겼고, 헤어스타일 리얼충…….."

"응? 방금 뭐라고 했어?"

이즈미가 내 말에 반응을 보였다.

"어, 왜 그래? 헤어스타일 리얼충…… 아!"

나는 바로 감이 왔다. 리얼충과 헤어스타일, 하니 떠오르는 게 있었다.

그리고 이즈미와 나는 서로를 쳐다보며 동시에 입을 열었다.

"왁스!"

"앞 머리카락에 끼우는 핀 같은 거!"

"——뭐?"

이즈미는 나를 다시 쳐다보면서 그렇게 말했다. 나는

「그, 그게……」하고 중얼거리면서 당황했다.

"토모자키, 방금 뭐라고 했어?"

잘은 모르겠지만, 솔직하게 대답했다간 이상한 오해를 살 거라는 건 이해가 됐다. 쳐, 쳐다보지 마.

"아무것도 아닙니다……."

"앞 머리카락에 끼우는 핀 같은 거라고 말했지?"

다 들었잖아. 이즈미는 왠지 즐거운 듯이 웃고 있었다.

"아니, 그러니까, 리얼충들은 앞 머리카락에 핀 같은 걸 꽂는다는 이미지가 있다고나 할까……."

"슈지는 머리카락이 짧아."

"아, 그랬지."

나는 깔끔하게 논파를 당했다.

하지만 뭐랄까, 방금 동시에 외친 것을 비롯해, 나는 대화 실력이 좀 좋아진 걸지도 모른다는 생각이 들었다.

"……아하하하! 그래도 왁스는 꽤 괜찮은 아이디어 같지 않아?!"

"괘, 괜찮은 것 같네!"

좋은지 나쁜지 묻는다면 꽤 괜찮다는 생각이 들었다. 좋은지 나쁜지 알겠냐고 묻는다면 모른다고 답할 것이다.

"저기, 히로! 왁스는 어떨까?"

"오! 괜찮네! 그 녀석, 다양한 왁스를 쓰거든!"

"아…… 그럼 겹칠지도 모르겠네."

"나, 그 녀석이 안 가지고 있을 만한 걸 알아."

"어, 정말?! 역시 히로!"

"뭐, 그 녀석한테 왁스를 전파한 사람이 바로 나야."

"그래~?! 아, 맞다. 히로는 미용사가 목표였지!"

"그래. 가격이 좀 나가는 시리즈가 있는데, 아마 그건 가지고 있지 않을 거야. 그 녀석은 싼 걸 다양하게 사서 시험해보는 타입이거든."

"어~! 의외로 궁상맞네! 태도는 거만한데 말이야!"

"그렇지 않아, 유즈. 왁스는 비싸다고 꼭 좋은 게 아니라, 자기한테 맞는지 맞지 않는지가 중요하거든. 애인과 마찬가지야."

"우와! 역시 바람둥이는 장난 아니네!"

"나는 의외로 바람둥이가 아니라고!"

"스스로도 의외라고 생각하는 거야?!"

"뭐, 나는 헤어스타일만 봐도 바람둥이 같잖아."

"알고 있었던 거야?!"

"뭐, 나는 미용실에 가서 어떤 스타일로 해줄지 물으면 바람둥이처럼 해주세요~ 하고 말하거든."

"아하하! 거짓말이지?"

"진짜야, 진짜!"

그리고 두 사람은 즐겁게 웃었다. 나는 그런 두 사람을 쳐다보면서 생각했다.

뭐가 『대화 실력이 좀 좋아진 걸지도 모른다』야. 역시 이즈미가 잘 맞춰줬을 뿐이잖아. 나는 아직 햇병아리 수준이라고.

***

그 후 우리는 오미야 서쪽에 있는 토큐핸즈로 향했다. 미즈사와의 말에 따르면「오미야에서 왁스를 살 거면 바로 여기」라고 한다. 잘 생각해보니, 처음에 간 빔스도 그렇고, 지금 이렇게 토큐핸즈에 온 것도 그렇고, 미즈사와는『자기가 내놓은 제안을 통과』시키는 것을 두 번이나 해냈다. 그것도 자연스럽게 말이다. 역시 이게 현역 리얼충의 실력일까.

넷이서 엘리베이터를 타고 향한 곳은 4층에 있는 남성용 헤어크림 판매장이다. 화려한 색상의 상자에 들어있는 다양한 왁스가 줄지어 놓여 있었다.

"어느 게 좋을까?"

히나미는 이즈미에게 물었다.

"히로? 어느 거야?"

"으음. 이쪽에 있는 시리즈는 그 녀석도 가지고 있지 않을 거라고 생각해."

미즈사와가 그렇게 말하면서 가리킨 것은 튜브에 들어있는 왁스 시리즈였다.

"이 숫자는 뭐야? 단단한 정도?"

"그래. 2는 부드럽고, 10은 단단해."

"어느 게 좋을까?"

"머리카락의 질감과 길이에 따라 달라. 예를 들자면……."

미즈사와는 그렇게 말하더니 샘플이라고 적힌 『8』 왁스를 쥐었다.

"저기, 토모자키."

"응?"

미즈사와는 나를 향해 손짓을 했다. 나는 순순히 그에게 다가갔다.

"오오! 타카히로의 세트 쇼!"

히나미는 웃으면서 그렇게 말했다. 뭐? 세트 쇼?

"뭐, 토모자키 같으면 좀 머리카락이 길지만 질감은 부드러운 편이니까 두 번째로 단단한 8번 왁스를 쓰면 좋아. 실은 전부 다 시험해보면 좋겠지만 말이야. 그래도 이거면 아마 문제없을 거야. 토모자키의 머리카락을 자른 사람은 실력이 뛰어나네."

"저, 저기……?"

"뭐, 일단 내 말을 들어봐. 이 정도 머리카락 볼륨이면 새끼손가락의 손톱 정도면 되겠지. 손에 왁스를 짠 다음 그걸 펴서 바르는 거야. 아, 실은 머리카락이 젖은 상태에서 드라이를 하면서 머리를 세팅해. 그러니까 이건 어디까지 응급처치 같은 거야."

"흐음~!"

히나미는 아마 알고 있었겠지만, 그래도 모르는 척 하며 탄성을 터뜨렸다.

"그리고 이걸 앞 머리카락 이외의 머리카락 전체에 『균일하게』 바르는 거야. 착각하기 쉬운데, 세팅하고 싶은 앞부분이나 옆 부분에만 바르는 사람도 있는데, 그렇지 않아. 전체적으로 다 발라줘야 해. 하지만 앞 머리카락에 너무 바르면 기름져 보이니까 주의해."

"그, 그렇구나."

나는 어안이 벙벙한 채 미즈사와의 말을 그저 듣고만 있었다.

"이 정도 길이면 파마 느낌으로 세팅하는 것도 괜찮겠네. 전체적으로 왁스를 바르면서 머리카락을 움켜쥐듯 다발을 만드는 거야."

자신의 머리카락이 템포 좋게 말려가는 게 느껴졌다.

"오오~!"

이즈미는 재미있다는 듯이 탄성을 질렀다. 대체 무슨 일이 일어나는 걸까.

"으음, 지금 어떤 상태야?"

"잠시만 기다려봐. 그리고 여기가 두 번째 중요 포인트야. 직접 세팅을 하다보면 깜빡하기 마련이랄까 모르고 지나치기 마련인데, 실은 머리카락을 세팅할 때 중요한 부분은 바로 『뒤통수』야. 거울로 비춰도 자기 눈에는 잘 보이지 않지만 말이야."

히나미는 「흐음~, 그렇구나~!」 하고 외치면서 살며시 고개를 끄덕였다. 이 지식은 진짜라는 신호처럼도 들렸다.

"뒤통수는 다른 사람이 옆이나 뒤에서 볼 때 영향을 주거든. 특히 남자는 옆에서 볼 때의 인상이 중요하다니까, 옆에서 볼 때의 얼굴 형태가 좋도록 세팅하는 게 중요해. 구체적으로 말하자면……."

미즈사와는 손바닥으로 공중에 반원 모양을 그렸다.

"뒤통수를 약간 볼록하게 만들 거야!"

"볼록?"

나도 점점 미즈사와의 이야기에 빨려 들어갔다. 역시 미즈사와는 말을 잘하는 것 같았다.

"뭐, 외국인이나 만화 캐릭터의 얼굴을 보면 알 수 있는데, 뒤통수를 약간 볼록하게 만들면 머리 모양이 예뻐 보여. 외국인이나 캐릭터로 이미지 검색을 해봐. 하지만 일본인은 그 부분이 평평한 사람이 많으니까, 머리카락을 세팅해서 볼록하게 보이게 하는 거야."

"그, 그렇구나."

"히로, 왠지 홈쇼핑 판매원 같아."

이즈미는 재미있다는 투로 그렇게 말했다.

"시끄러워! 그러니 여기를 올린 후…… 스프레이로 굳히고 싶지만, 실내에 있을 거라면 한동안 괜찮겠지. 자, 완성."

"오오~! 대단해! 토모자키, 의외로 어울리네!"

이즈미는 반짝이는 눈으로 나를 쳐다보며 그렇게 말했다.

"의, 의외라는 건 좀 심하잖아!"

역시 디스에 대한 딴죽을 자연스럽게 날릴 수 있었다. 말을 더듬거리는 건 개의치 말라고.

히나미는 나를 쳐다보면서 계속 방긋 웃었다.

"흐음! 타카히로한테도 특기가 있었구나."

"어이, 아오이. 말이 너무 심하잖아~."

역시 저 두 사람은 사이가 좋아 보였다.

또한 미용사 지망생이 현재 내 머리카락을 세팅해주고 있는데……

"으음, 내 머리는 지금 어떻게 되어가고 있어?"

"일단 나중에 화장실에 가보면 알 수 있을 거야!"

미즈사와는 싱긋 웃으면서 그렇게 말했다.

"진짜 괜찮은 느낌이네. 학교에도 지금 머리 모양으로 오면 좋을 것 같아!"

이즈미는 내 머리카락을 뚫어져라 쳐다보면서 진지한 목소리로 그렇게 말했다.

"어, 그, 그래?"

나는 느닷없이 칭찬을 듣고 멋쩍어 했다. 디스에는 적절하게 반응하지만, 이럴 때는 영 어색했다.

"으, 으음……. 아, 그런데 선물은……."

나는 멋쩍어하면서 이야기를 돌렸다. 일단 중요한 건 이즈미가 나카무라에게 줄 선물이다!

"아, 맞다! 슈지한테는 어느 게 좋을까?"

"글쎄~. 뭐, 그 녀석은 머리카락이 짧으니까 이게 좋을 것 같아."

미즈사와는 『10』을 잡아서 이즈미에게 건넸다.

"그럼 그걸로 할래! 계산하고 올 테니까 기다려!"

이즈미는 그렇게 말하더니 계산대를 향해 뛰어갔다. 왠지 자기 때문에 남이 허비하는 시간을 줄이려는 듯한 반응이었다. 콘노 에리카라면 이럴 때 당당하게 걸을 것 같다.

"그건 그렇고, 네 머리카락은 세팅하기 편한걸. 자른 지 얼마 안 된 거야?"

"으음, 한 2주쯤 됐을 거야."

"그렇구나~. 어디서 잘랐어?"

"으음, 가게 이름이 ——."

바로 그때, 히나미의 신발이 내 신발에 닿았다. 나는 그대로 가게 이름을 말했지만, 곧 '어? 방금 그건 말하지 말라는 신호인가?' 하고 생각했다.

"실은 내가 가르쳐준 데야~!"

내가 말을 마친 순간, 히나미는 미즈사와가 어떤 반응을 보이기 전에 자연스럽게 끼어들었다.

"어, 그렇지? 나도 지금 아오이와 같은 미용실이라고 생각했어. 네가 소개해줬구나?"

"그래! 괜찮은 미용실을 찾는다는 이야기를 들어서, 가르쳐줬어! 다른 사람을 소개해주면 포인트가 쌓이잖아!"

"정말 이해타산적인 녀석이라니깐!"

두 사람은 그렇게 말하더니 웃음을 터뜨렸다. 나도 약간 뒤늦게 웃음을 흘렸다.

으음, 나, 방금 실수를 했구나.

나와 히나미가 같은 미용실에 다니는 건 부자연스럽다. 우연히 그렇게 된 거라고 주장하는 건 여러모로 억지스러울 것이다.

그렇다면 히나미에게 소개를 받았다는 걸 밝히지 않고 미용실의 이름만 밝히는 것은 부자연스럽다.

그래서 내가 미용실의 이름을 말한 순간, 히나미는 의심을 받기 전에 자기 입으로 그 사실을 밝힌 것이다.

미즈사와「어? 아오이와 같은 곳이네?」하고 반응한 이후에는 늦다. 그 전에 말하지 않는다면 부자연스러운 것이다. 미즈사와는 추리 스킬이 꽤 뛰어나니 더 그럴 것이다.

나는 반성을 하면서 순식간에 그런 판단을 한 히나미가 정말 무시무시한 녀석이라는 걸 재확인했다.

"샀어~!"

이즈미가 환한 표정을 지으며 돌아왔다.

"그럼 갈까!"

히나미는 추궁을 피하기 위해서인지 그렇게 말했고, 우리 넷은 걸음을 옮겼다. 근처에 에스컬레이터가 있었기에, 그것을 타고 내려가기로 했다.

바로 그때였다.

에스컬레이터의 옆에는 탑승객을 비추는 전신 거울이 설치되어 있었다.

나는 그 거울을 의식하지 않으며 에스컬레이터에 탔다. 그리고 별생각 없이 거울에 비친 자신의 모습을 본 것이다.

나는 자기 자신에게 꽤 엄격한 편이라고 생각한다. 그래서 어패도 잘하게 됐으며, 자신의 외모에 관해서만큼은 괜한 착각을 해서 체면이 손상되지 않도록 엄격하면서 객관적인 지표에 따라 평가했다. 적어도 그렇게 자부해왔다.

그러니 아마 착각은 아닐 거라고 생각한다.

나는 거울에 비친 자신의 모습을 다시 쳐다보았다.

아직 리얼충이라고 할 수준은 아니었다. 하지만…….

잘 나가는 애들과 같이 걸으며, 엉덩이 근육에 힘을 넣어 자세를 교정하고, 가슴을 펴면서 입가를 추켜올린 데다, 마네킹 구매한 꽤 멋진 옷차림에, 눈썹도 잘 정돈되었으며, 미용사 지망생인 동급생이 세팅해준 머리카락을 지닌 남자애가…….

적어도 내 눈에는, 오타쿠처럼 보이지는 않았다.

***

우리 넷은 에스컬레이터로 1층까지 내려갔다. 다른 애들은 「응~, 괜찮은 걸 샀네~」, 「다음에는 어디 갈까~?」, 「아, 토모자키는 뭘 살 거야?」 같은 소리를 했다. 나는 「아, 응」 하고 대충 대답했다. 얼이 나간 것 같았다.

아직도 마음속이 고양되어 있었다.

내가 좀 이상하다는 걸 눈치챈 히나미는 「아직 못 정했나 보네~. 그럼 일단 카페에라도 가서 한숨 돌릴까? 피곤해!」 하고 귀여운 어조로 제안했다. 「좋은 생각이야! 나, 녹차 프라페가 마시고 싶어!」 하고 이즈미가 말했다. 나는 그 말들을 한 귀로 흘렸다.

오타쿠로 보이지 않았다.

나는 그게 자신의 모습이라는 걸 바로 이해하지 못했다. 자신을 멋지게 꾸민 학생이 보이네, 리얼충 따위 폭사해버려! 하고 생각했는데, 알고 보니 그게 자신이었다.

이게 바보 같고, 별것 아닌 일이라는 것은 나 또한 알고 있다. 자세와 표정은 히나미에게 배운 것을 그대로 실행에 옮기고 있을 뿐이니 나쁠 리가 없고, 눈썹과 머리카락은 그쪽 계통 프로와 프로 지망생이 가다듬어줬으니 나쁠 리가 없다. 옷 또한 멋진 옷가게의 멋진 마네킹이 입고 있던 옷을 통째로 사기만 했다.

그러니 아무리 소재가 나쁠지라도 봐줄 만한 게 당연했다. 그렇지 않다면 오히려 부자연스러울 것이다.

그래도 기뻤다.

여동생에게서 『오타쿠 탈피 서적이라도 읽은 거야?』 라는 말을 듣거나, 미즈사와에게서 말투가 밝아졌다는 말을 들은 적은 있다. 그때마다 자신이 변했다는 게 기쁘기도 했다. 하지만…….

내가 변했다는 것을 확연하게 인식했다. 달성감 또한 느꼈다.

그런 미세한 실감이 나 스스로도 뜻밖으로 느껴질 만큼 마음을 자극했다.

"토모자키 군, 왜 그래?"

"히나미……."

히나미는 나에게 다가와서 말을 걸었다. 이 상황에서 솔직한 마음을 전할 수도 없기에, 나는 그저 「아무것도 아냐」 하고 말하며 고개를 저었다.

히나미는 납득을 못한 것 같지만, 곧 표정을 바꾸면서…….

"가자~."

……하고 의도적으로 밝은 톤의 목소리를 내며 나에게 그렇게 말했다.

"응, 금방 갈게!"

나도 가능한 한 밝은 톤의 목소리로 히나미에게 대답을 한 후, 걸음을 내디뎠다.

그리고 나는 다시 히나미의 옆에 섰다.

"나, 앞으로도 열심히 할게."

"뭐?"

나는 옆에서 걷고 있는 히나미에게만 들릴 듯한 목소리로 그렇게 중얼거렸다.

히나미는 내 말의 뜻을 이해하지 못한 것 같지만, 나는 그래도 상관없다고 생각했다.

***

"으음, 캐러멜 마키아토, 의, 두 번째, 톨?"

"캐러멜 마키아토의 톨 사이즈면 되겠습니까~?"

"아, 예!"

스타벅스의 진정으로 무시무시한 점은 『주문방법을 실수하기 쉽다』라는 걸로 유명하기에 나름 조심했지만, 순간적으로 판단을 내려야 하는 상황에서 결국 초심자라는 티가 나고 말았다.

나는 『톨』이라는 단어를 처음 입에 담아보는데도 『애초부터 알고 있었어요~』 같은 느낌으로 말해야 하는 것이다. 게다가 초심자라는 걸 간파 당한다는 것은 『초심자인데도 자주 이용하는 척 하려 한다』는 걸 점원에게 들킨다는 것이며, 즉 나는 대체 무슨 소리를 하는 거지? 너무 신경 쓰는 거 아냐?

하지만 이런 걸 신경 쓸 정도로 나는 어울리지 않는 장소에 온 듯한 느낌이 감돌았다. 손님들은 내가 이미지했던 것만큼 아우라를 뿜고 있지는 않지만, 문제는 그게 아니다. 아르바이트로 보이는 점원들의 『우리는 빛나고 있어!』 하고 말하는 듯한 표정에서는 음침한 나를 거부하는 듯한 『빛』 에너지가 뿜어져 나오고 있었다. 그리고 그것은 내가 아까 느꼈던 달성감을 순식간에 증발시켰다.

계산대 옆에서 주문한 상품을 받은 후, 미즈사와가 잡아 둔 자리로 향했다. 이즈미와 히나미는 내 뒤편에 있었다. 두 사람은 메뉴를 진지하게 쳐다보고 있었다. 히나미야 그렇다 치고, 이즈미는 녹차 프라페를 마신다고 하지 않았어?

"수고했어~."

"으, 응."

미즈사와가 자리에 앉아 있었다. 소파와 평범한 의자가 마주보고 놓여 있는 4인용 테이블이다. 미즈사와는 평범하게 의자에 앉았으며, 크림이 토핑된 갈색 액체를 홀짝이고 있었다.

그리고 나는 어려운 문제에 부딪쳤다.

어디에 앉으면 좋을까.

너무 고민할 수도 없다. 이대로 서서 우물쭈물하다간 미즈사와가 「왜 그래?」 하고 물어볼 게 뻔하다. 그리고 나중에 히나미에게 혼날 것이다.

그러니 나는 걸음을 멈출 수 없으며, 나에게 주어진 유예 시간은 눈에 들어온 좌석으로 향할 때까지의 겨우 몇 초뿐이다. 그 짧은 시간 동안 야성적 판단력으로 자리를 고를 수밖에 없다.

나는 눈앞에 있는 리얼충의 아우라에서 벗어나기 위해, 미즈사와와 대각선 반대편, 소파 자리를 골랐다. 미즈사와에게서 가장 먼 위치다.

"이야, 피곤하네."

나는 딱히 피곤하지 않지만 그렇게 말했다. 리얼충은 왠지 이런 말을 자주 하는 듯한 이미지가 있기 때문이다. 일단 흉내라도 내보기로 했다.

"하하하. 아직 그렇게 많이 걷지도 않았잖아."

"뭐, 그건 그래."

미즈사와는 자연스럽게 딴죽을 날렸다. 『피곤하다』는 말 한 마디를 건네는 것조차도 나한테는 난이도가 높은 건가, 라는 생각이 든 나는 차분히 머리를 굴렸다.

이래서는 이즈미가 내 옆에 앉을 가능성이 있지 않을까.

이즈미는 교실에서 내 옆자리지만, 소파에서 나란히 앉는 것과는 여러모로 의미가 다르다. 실제적인 거리도 가까우며, 오늘은 복장도 여러모로 좀 그랬다. 특히 가슴 쪽이 여러모로 그렇기에, 그렇게 되어버리면 여러모로 그럴 것이다.

"너는 뭘 선물할지 정했어?"

"아, 뭐…… 일단은 말이야."

"흐음, 그래?"

실은 뭘 살지 방금 정했다. 하지만 나는 그것보다 다음에 이 테이블에 누가 올지가 신경 쓰였다. 나는 계산대 쪽을 쳐다보았다. 그러자 히나미가 걸어오는 모습이 보였다. 이쪽으로 와! 이즈미와 소파에 나란히 앉는 건 나한테 아직 일러!

"뭘 살 건데?"

"아, 그게……."

내가 대답을 하려던 순간, 히나미가 이 테이블에 오더니 주저 없이 미즈사와의 옆에 앉았다. 으음. 뭐, 이런 상황이 벌어질 거라는 예감은 들었다. 나에게 시련을 줄 작정인 것이다. 내 옆자리는 이즈미로 결정됐다. 긴장된다.

"아! 타카히로, 그거 맛있어 보이네!"

히나미는 미즈사와가 마시는 걸 쳐다보면서 그렇게 말했다.

"응? 안 줄 거야."

"달라고 한 적 없거든?!"

여전히 사이가 좋아 보였다. 서로의 어깨도 만졌다. 뭐랄까, 미즈사와와 사이가 좋아서 저쪽에 앉은 것처럼 보였다. 아니, 그럴 리가 없나. 뭐, 어느 쪽이든 상관없지만 말이다.

"그런데 아오이 거는 뭐야? 엄청 맛있어 보이네."

미즈사와는 히나미의 음료에 관심을 가졌다. 히나미가 테이블에 둔 용기에는 위쪽에 검은색 가루와 초콜릿 같은 소스가 뿌려진 크림, 안에는 비스킷 같은 게 섞인 새하얀

젤라토 형태의 액체가 들어 있었다.

히나미는 의기양양한 표정을 지으며 그것을 얼굴 높이로 들어올렸다.

"티라미수 프라푸치노!!"

"티라미수? 그런 메뉴가 있었어?"

"홋홋홋. 6월부터 한정으로 『베이크드 치즈케이크 프라푸치노』를 판매했잖아? 거기에 에스프레소 샷, 초콜릿 소스를 주문해서, 마지막으로 직접 코코아 파우더를 뿌리면 완성! 이것이 바로 시크릿 메뉴야!"

"우와…… 엄청 맛있을 것 같아……."

"그렇지?"

"하지만 칼로리가——."

"스타벅스에서 칼로리를 신경 쓰면 지는 거야! ……또, 또 뛰면 돼."

"하하하! 그래도 뛴다니 대단하네."

너 대체 누구야? 하고 말하고 싶을 정도로 캐릭터가 변한 히나미를 곁눈질하면서, 나는 웃음을 터뜨릴 뻔했다. 히나미 녀석, 베이크드 치즈케이크 프라푸치노라면, 또 치즈 계열을……. 히죽거렸다간 또 다리를 걷어차일 것 같으니 참아야겠다.

"잠깐만, 너 또 치즈냐?!"

"시끄러워, 타카히로! 괜한 참견하지 마!"

"어."

나는 무심코 입을 열었다.

"응? 토모자키, 왜 그래?"

"아, 아무것도…… 아냐."

나는 대충 얼버무리면서 캐러멜 마키아토의 단맛을 통해 평정심을 유지했다. 캐러멜 마키아토는 맛있네. 과도한 단맛이 혀를 마비시키더니, 적당히 단것처럼 느껴지게 했다. 아, 지금은 이럴 때가 아니지.

실은 아주 약간 놀랐다.

히나미의 과도한 치즈 사랑을 아는 사람은 나뿐일 거라고 생각했던 것이다.

하지만 다른 사람에게 숨길 필요는 없고, 같이 밥 먹으러 몇 번 가본 사람이라면 아는 게 당연했다. 그러니 미즈사와도 히나미가 치즈를 좋아한다는 걸 알 것이다.

미즈사와라면 히나미와 같이 먹은 횟수가 나보다 더 많을 테니, 나보다 그녀에 대해 잘 알 것이다. 사귄다는 소문이 돌 정도니까 말이다. 이상한 착각을 하고 말았다.

뭐, 됐다. 목소리를 내기는 했지만, 좀 놀랐을 뿐이니까 말이다. 그래. 맞아.

"아~. 나, 캐러멜 마키아토로 할까 말까 고민했는데~!"

이즈미가 그렇게 말하면서 주저 없이 내 옆자리에 앉았다. 저기, 리얼충은 자리 같은 건 신경 쓰지 않는 거야? 아니면 그런 걸 감추는 게 능숙할 뿐인 거야? 아니면 나 같은 건 전혀 의식하지 않는 거야? 아, 맞다!

"결국 녹차로 했구나?"

"그래~."

이즈미는 왠지 의기양양한 표정을 지으며 나를 쳐다보았다. 이 애, 왜 칭찬이라도 받은 듯한 표정을 짓는 거지?

"뭘 살지는 정했어~?"

이즈미는 용기를 테이블에 놓더니, 몸을 앞으로 숙여서 빨대로 음료를 마시며 그렇게 말했다. 앞으로 몸을 숙이면서 앞섶이 벌어졌기에, 좀 그렇고 그런 상황이 벌어졌다. 가능한 한 의식하지 않으려고 했지만, 지금 복장은 교복보다 몸에 딱 붙기 때문에 가슴이 커 보였다. 나는 고개를 돌리면서 대답했다.

"일단…… 정했어."

"정말?! 뭔데?!"

"아, 맞다. 뭐로 정한 거야?"

"궁금하네~."

세 리얼충의 질문 공세 때문에 어질어질했지만, 나는 그 압박에 굴하지 않기 위해 미리 생각해뒀던 것을 열심히 설명했다. 머릿속에 떠오른 생각을 말하는 거라면 나도 리얼충들 앞에서 할 수 있다고! 어때? 대단하지? 어, 하나도 대단하지 않다고?

그리고 설명이 끝났다.

"그, 그건……."

미즈사와는 약간 난처한 표정을 지었다.

"뭐라고 할까……."

이즈미는 고개를 돌렸다.

"……토, 토모자키 군답기는 하네!"

마지막으로 히나미가 웃으면서 완곡한 표현으로 다른 이들의 의견을 정리했다. 역시 역량이 대단하십니다. 감사합니다. 덕분에 상처 받지 않았어요.

하지만 내가 선물할 만한 거라고는 그런 것뿐인데다, 히나미가 『진짜로 그건 아니다』라는 듯한 반응을 보이지 않으니, 아마 괜찮을 것이다.

뭐, 간단히 말해 나름대로 페어플레이 정신을 발휘해 봤다.

그리고 휴식을 마친 후, 나는 가전제품 판매점에 가서 선물을 구입했다.

가전제품 판매점에서 나온 우리 넷은 이번 쇼핑의 목적을 달성했다.

그리고 보니 자연스럽게 『가전제품 판매점에 간다』는 내 제안을 통과시켰으니, 이제 한 번만 내 제안을 통과시키면 된다. 그런데 그다지 달성감이 느껴지지 않았다. 의외로 간단한 걸까. 이대로라면 해낼 수 있을지 모른다.

좋다. 이제부터 어떻게 할지 생각해본 다음, 제안해보자.

그리고 생각해봤지만…… 좀처럼 좋은 아이디어가 생각나지 않았다.

그, 그래. 아까는 선물을 산다는 목적이 있기 때문에 제안은 할 수 있었지만, 목적이 없는 상태에서 뭔가를 하고 싶다는 말을 하는 것은 어렵다.

　게임센터 같은 곳에는 나도 꽤 자주 가지만, 이 세 사람을 데리고 가도 되는 건지 감이 오지 않았다. 그렇다고 밥을 먹으러 갈까도 생각해봤지만 방금 카페에서 나왔으니 배가 고프지 않은 사람이 있을지도 모른다. 그리고 그건 내가 할 말이 아닌 듯한 느낌도 들었다.

　제안을 통과시키는 건 고사하고, 제안을 하는 것 자체가 이렇게 어려울 줄이야.

　"자아, 이제 어떻게 할까? 다들 배는 안 고파?"

　미즈사와가 그렇게 말했다. 그래. 배가 고픈지 아닌지 물어보면 되는 구나. 그 정도는 당연한 건데 왜 생각이 미치지 않은 걸까.

　"으음, 나는 안 고파."

　히나미는 그렇게 말했다.

　"나는 좀 고프네~."

　이즈미도 대답했다.

　"나도 꽤 고픈 것 같아."

　"그렇구나~."

　미즈사와는 약간 망설이는 듯한 고민을 했다. 그리고……

　"치즈가 맛있는 피자 가게를 아는데, 안 갈래?"

　"가자."

아까 유일하게 배가 고프지 않다고 말했던 히나미가 주저 없이 그렇게 말했다.

"이즈미와 토모자키는 어떻게 할래?"

"피자 좋아!"

"나도 괜찮은 것 같아."

"그럼 결정!"

나는 눈앞에서 자신의 제안을 통과시키는 미즈사와를 보면서, 그와 나의 차이점에 대해 생각해봤다.

***

피자를 먹은 후, 할 게 없어진 우리는 슬슬 해산하자는 분위기가 되었다. 참고로 히나미는 피자를 먹으면서 보는 사람이 놀랄 정도로 귀여운 미소를 짓지 않았기에 엄청 마음에 들지는 않은 것 같았다. 치즈라면 뭐든 다 좋아하는 건 아니구나. 뭐, 그래도 확실히 유별나게 맛있다는 생각은 들지 않았다.

다시 오미야 역에 돌아온 우리는 개찰구를 통과했다. 아무래도 이즈미만 다카사키 선 열차를 타며, 나와 히나미와 미즈사와는 사이쿄 선을 타는 것 같았다.

"오늘 즐거웠어! 잘 가~!"

이즈미가 우리 셋을 향해 작별 인사를 하자, 우리도 마주 인사를 건넸다. 이즈미가 방금 한 즐거웠다는 말은 나를 향해서도 한 말일 거라는 생각이 들자, 눈물이 치밀어 올랐다. 괜히 무리할 필요 없어, 이즈미. 흑흑.

그리고 우리는 사이쿄 선의 플랫폼으로 향한 후, 열차를 기다리면서 적당히 잡담을 나눴다.

대화의 비율은 미즈사와 4 대 히나미 4 대 나 1 대 역 안 내방송 1, 정도였다. 나쁘지 않은 수치다.

그렇게 잠시 동안 대화를 나눈 후, 열차가 들어왔다.

셋이서 열차를 타고 몇 분 후, 내가 내려야 하는 기타요노 역에 도착했다.

"그럼 먼저 내릴게."

"잘 가."

"잘 가, 토모자키 군."

나는 인사를 나눈 후, 열차를 내렸다. 곧 문이 닫혔다.

자연스럽게 뒤편을 돌아보니, 창문 너머에서 미즈사와와 즐겁게 이야기를 나누며 웃고 있는 히나미의 미소가 점점 빠르게 멀어져가고 있었다.

……대체 왜 이러는 거냐고!

아무튼, 이런 식으로 오늘 쇼핑은 끝났다.

결국 가전제품 판매점에 간다는 제안만 통과시킨 나는 『제안을 두 번 이상 통과시킨다』는 과제를 아직 달성하지 못했다.

이건 반성해야 할 점이라고 생각하지만, 나는 그것 외에도 아주 약간, 아주 약간 신경 쓰이는 게 있었다.

어떻게 할지 고민이 됐지만, 나는 물어보는 건 괜찮을 거라는 결론을 내리면서 예전 같았으면 하지 않았을 행동을 취하기 위해 LINE을 켰다.

토모자키 후미야 : 히나미와 미즈사와가 사귄다는 소문은 누구한테 들었어?

유즈 양 : 아, 역시 신경 쓰여?? (웃음)

이런저런 대화를 나눈 결과, 콘노 에리카 그룹 중 한 명에게 들었다는 걸 알았다. 진상은 알지 못한다고 한다. 흐음. 뭐, 좋다. 나카무라의 생일은 7월 27일 수요일이다. 이제부터 긴장하지 마라.

***

"왜 달성 못했는지, 나름대로 생각해보기는 했지?"
나카무라에게 줄 선물을 사고 이틀 후, 월요일 아침. 제2피복실.
아침 회의는 평소보다 아주 약간 어조가 흉흉한 히나미 양의 한 마디로 시작됐다.
"으음, 가전제품 판매점에 가자는 제안은 간단히 통과되어서, 방심했다고나 할까……."

나는 과제를 달성하지 못한 이유에 관해 심문을 당하고 있었다.

"그 전에는?"

"뭐?"

"판매점에 가기 전 말이야. 가전제품 판매점은 쇼핑 막바지에 갔잖아. 그전에는 제안을 할 시도조차 하지 않는 것처럼 보였거든?"

"그, 그게……."

나는 고개를 돌렸다.

"미즈사와가 척척 제안을 하니까……."

"예상을 못 한 거야?"

"예상?"

"미즈사와가 있으면 그렇게 될 거라는 걸 말이야. 너, 생각도 못 한 거야?"

"아, 그, 그게……."

확실히 예상을 못 한 건 아니지만…… 처음 겪어보는 상황이 연이어 벌어지니 거기에 대처하느라 벅찼다고!

"하아…… 뭐, 좋아. 적과 싸울 때, 서브 멤버로 대기하느라 전투에 참가하지 않으면 경험치를 얻을 수 없다는 건 너도 알 테니까 말이야."

"미, 미안해."

"……솔직히 말하자면, 나는 네가 실패해서 학습하는 걸 전제로 한 과제를 낼 때도 있지만, 이번 과제는 너의 현재 능력과 진취적인 자세라면 충분히 해낼 수 있을 거라고 생각했어. ……너를 재평가해야 할지도 모르겠네."

실망이 은연중에 묻어나는 듯한 히나미의 말이 내 가슴에 박혔다.

"예……. 앞으로는 노력하겠습니다."

실제로 나는 요즘 들어 경험치를 쌓는 것에 적극적이었으며, 히나미가 그걸 높이 평가해주고 있다는 걸 느꼈다. 그런데 그 기대를 배신하고 말았다.

확실히 이번에는 적극적으로 움직이지 못했다는 것을 자각하고 있다.

리얼충 세 사람에게 둘러싸여 긴장했다는 것도 원인 중 하나지만, 쇼핑 때 계속 신경 쓰였던 것은…… 아, 그래. 이즈미가 말했던 히나미와 미즈사와의――.

"히나미, 저기 말이야."

"왜? 나를 더 실망시킬 만한 소리를 하려는 건 아니겠지?"

히나미의 날카로운 눈빛을 보자 기세가 꺾였다.

"……관두겠습니다."

응. 별일 아니잖아. 물어볼 필요는 없을 거야. 그냥 관두자.

"뭔데?"

"진짜로 아무것도 아니에요……."

중요한 이야기도 아니니까 말이다.

"……뭐, 됐어. 그럼 이번에 쇼핑을 하면서 느낀 거라든가 배운 것, 의문을 느낀 점이 있어? 중요한 건 바로 그거야."

나는 다시 생각을 해봤다. 가장 먼저 머릿속을 스친 것은 거울에 비친 자신의 모습이었다.

"가장 크게 느낀 건 내가 겉모습이 다소…… 좋아졌다는 걸 실감한 거야."

나는 머뭇거리면서 그렇게 말했다.

"흐음."

히나미는 상냥하게 웃었다.

"그건 좋은 경향이네."

"하지만…… 내가 그렇게 생각했을 뿐인데?"

"그것도 중요해. 눈에 보이는 변화는 열의를 상승시켜주고, 사람을 적극적으로 만들거든. 몬스터에게 가한 대미지가 두 자리에서 세 자리로 늘어나면 엄청 가슴이 뛰잖아? 그런 알기 쉬운 차이가 사람의 의욕을 자아내는 거야."

이 녀석은 여전히 게임 이야기할 때는 표정이 좋아진다니깐.

"아하하. 그렇구나. 그리고 새로운 기술을 익혔을 때도 그래."

"맞아! 전체마법을 익혔을 때는 더 그렇잖아!"

히나미는 어린애처럼 즐거운 어조로 그렇게 말하더니, 갑자기 어험 하고 헛기침을 했다.

"뭐, 의욕이 없더라도 내가 농땡이 치게 두지는 않겠지만 말이야."

밝은 분위기가 느닷없이 달라지더니, 도깨비 코치 선언

을 했다.

"농땡이 안 쳐! 의욕은 있다고."

"그래? 뭐, 결국 본인의 의욕이 가장 중요하니까 다행이지만 말이야. 스스로를 바꾼다는 건 자기 자신의 조그마한 변화를 어떻게 생각하느냐── 즉, 평소 마음가짐이 가장 중요하거든."

"흠. 그런 거야?"

"응. 특히 초반에는 더 그래. 걸어 다니기만 해도 경험치가 들어오는 장비는 초반에 엄청난 효력을 발휘하잖아? 너도 지금은 초반이니까, 약간의 경험치가 효과적으로 작용해."

"그, 그렇구나."

히나미는 또 즐거운 표정을 지었다. 이 녀석은 정말 게임을 좋아하는구나.

"그리고 과제에 관한 걸로는 없어? 문득 든 생각 같은 거 말이야."

나는 잠시 생각에 잠긴 후, 입을 열었다.

"변변찮은 제안을 못해서 뭘 잘못했는지 여러모로 생각해봤거든? 미즈사와는 영양가 있는 제안을 많이 한 것 같았어."

"영양가 있는?"

"빔스라는 곳에 갔을 때도 가보니 확실히 화려한 가게였고, 적당해 보이는 게 놓여 있었어. 피자 가게를 제안했을 때도, 히나미가 치즈를 좋아한다는 걸 파악하고 한 제안이었고…….”

내가 생각을 하면서 그렇게 말하자, 히나미는 무표정한 얼굴로 나를 쳐다보았다.

“저기, 토모자키 군. 너, 컨디션이라도 나쁜 거야?”

“응?”

“오늘 따라 평소보다 객관성이 떨어지는 말을 하잖아. 좀 생각을 해봐.”

“대체 뭘…….”

“오히려 반대야.”

“반대?”

나는 히나미의 말을 이해하지 못했다. 히나미는 입술에 손가락을 대면서 미간을 찌푸렸다.

“아니면 쇼핑은 너무 난이도가 높았던 걸까……?”

“그게 무슨 소리야?”

“그게, 미즈사와가 처음 제안했던 빔스는 실제로 어땠어?”

“어, 괜찮은 가게 같았는데……. 뭐, 나한테는 좀 높았지만 말이야. 문턱도, 가격도 말이야. 하하하.”

내가 그렇게 말하자 히나미는 내 입술을 잡고 입을 억지로 닫아서, 자학적인 웃음을 못 짓게 했다.

“으읍?!”

그만 해. 왜 남의 입술을 아무렇지도 않게 만지는 거야. 이런 건 처음이니까 상냥하게 해달라고.

"그런 게 아니라, 나카무라의 선물을 살 가게로서 어땠 냐는 거야."

히나미는 무표정한 얼굴로 말을 이었다. 그녀는 내 입술에서 손을 뗐다. 입술에 묘한 감각이 남아 있었다.

"……으, 으음, 뭐, 확실히 거기서 사지는 않았지만…… 나쁘지는 않아."

내가 머뭇거리면서 그렇게 말하자, 히나미는 한숨을 내쉬었다.

"잘 들어. 거기서 팔던 물건, 특히 선물용으로 적당해 보이는 장신구 말이야. 전부 괜찮아 보이기는 했지만, 하나같이 나카무라의 취향에는 맞지 않는 것들이었어."

"그, 그래?"

내 센스로 그걸 알 수 있을 리가 없다.

"……뭐, 그걸 모르는 건 어쩔 수 없어. 옷도 마네킹 구매밖에 못하는 수준이니까 말이야. 그런 건 서서히 깨우쳐 가면 돼. 피자는 어땠어?"

"어땠냐니……."

"그러니까, 너는 그 가게를 어떻게 평가할 거야?"

히나미는 시험하는 듯한 눈빛으로 나를 쳐다보았다.

"먹어보고 아무런 느낌도 받지 않았던 거야?"

"아."

나는 그제야 무슨 말을 해야 할지 깨달았다.

"맛있지는…… 않아."

히나미는 그제야 희미한 미소를 지었다.

"그랬지? 역시 그건 알았구나. 즉, 미즈사와의 제안은 영양가가 없었던 거야."

"하지만…… 그게 어쨌다는 거야? 실은 좋지 않은 제안일수록 통과시키기 쉽다는 거야?"

"비슷하지만, 달라."

"비슷?"

히나미는 고개를 끄덕이면서 입을 열었다.

"정확하게 말하자면『제안이 통과되기 쉬운지와, 그 제안이 실제로 올바른지는 연관이 없다』야."

나는 잠시 생각을 해본 다음 납득했다.

"아…… 그렇구나."

"이해했어?"

"납득시키는 게 중요하다는 거구나."

실제로 피자가 맛이 없었더라도 설득만 하면 제안 자체는 통과된다.

"그래. 정확하게 말하자면『납득시키는 게 전부』인 거야. 피자를 예로 들자면『실제로 맛있느냐』는 제안이 통과 가능성과 연관이 없어. 중요한 건『맛있을지도 모른다고 상대방이 생각하게 하는 것』뿐이야."

당연하다면 당연한 거지만, 꽤 뜬금없는 소리를 하는구나.

"으음, 그럼 극단적으로 본다면 올바르지 않더라도 들었을 때 괜찮은 듯한 제안이면 통과되기도 한다는 거구나."

"그래. 실제로 미즈사와는 맛있지 않은 피자 가게를 제안했고, 나카무라의 취향이 아닌 가게를 제안했지만, 스무스하게 제안이 통과됐잖아?"

히나미는 비아냥거리는 듯한 내용의 말을 당연한 소리를 하는 듯한 어조로 말했다.

"하아~. 세상 참 무섭군요."

그리고 나는 근본적인 사실을 눈치챘다.

"……잠깐만. 그렇다면 이건 완전 망겜이잖아!"

뭐 그딴 룰이 다 있어! 그런 쓰레기 같은 룰이라면 인생은 역시 망겜이네!

"왜 그렇게 생각하는데?"

"그야 올바른 제안이 통과되지 않는 거잖아? 그건 이상하잖아! 하나도 아름답지 않아! 즉 망겜이라고!"

히나미는 한숨을 내쉬었다.

"무슨 소리를 하는 거야?『올바른가, 올바르지 않는가보다, 다른 사람들을 더 납득시킨 쪽의 제안이 우선된다』는『심플한 룰』이 있을 뿐이야. 이해가 안 되는 거야?"

"아니, 그건 단순한 억지……."

"그럼 청중을 납득시켜서 목적을 달성하는 교섭 게임 같은 건 어떻게 생각해? 망겜이야? 상대방을 납득시키는데 효과적인 말투를 사용하고, 등장인물의 취향 및 기호를 조사하며, 이해관계를 조절하면서 진행한다. 그런 리얼리티가 넘치는 게임이 있다면, 어떻게 생각할 거야?"

나는 상상해봤다. 조사 파트와 교섭 파트가 나눠져 있고, 각 파트에서 다른 스킬을 필요로 하는 게임인가. 교섭을 위한 능력을 키우거나, 정보를 모을 수도 있을 것이다.

음.

"……잘 만든 게임인 것 같네."

"그럼 현실도 재미있는 게임이야."

"흐, 흠."

또 납득하고 말았다.

"지금은 간단한 것처럼 말했지만, 사람들을 납득시킨다는 건 쉽지 않아. 여러 가지 룰이 존재하거든. 예를 들자면, 많은 사람들의『이해관계』를 일치시킬 것. 혹은 그 자리에 있는『발언력이 강한 인간의 설득』이 중요해."

이해 및 견해의 일치와, 그 자리에 있는 발언력이 강한 인간의 납득 정도.

"……즉, 가능한 한 전원을 납득시킨 데다, 보스 격을 설득해야 한다는 거구나."

"그래.『이해관계』라는 것은 실제 이익이 아니라 책임 소재에 뒤따르는 것일 수도 있고,『발언력이 강한 인간』에 관해서도, 보스 격이 존재하지 않을 때도 있지만, 결국은 다수를 설득하고 격이 높은 인간을 납득시킨다는 흐름에는 변함이 없어. ……예를 들자면 미즈사와의 제안을 기억해?"

나는 미즈사와의 제안을 떠올렸다. 다수를 납득시킬 뿐만 아니라, 발언력이 강한 인간이 납득하는 제안, 이라.

"······아! 피자구나!"

"귀정."

"또 그 말입니까."

"배가 고픈 다수를 『식사』로 설득한 후, 나라고 하는 발언력이 강한 인간을 『맛있는 치즈』라는 말로 납득시켰어."

자기가 발언력이 강한 인간······ 뭐, 됐다. 항상 있는 일이다. 귀정 같을 정도로 항상 있는 일인 것이다.

"그래······. 즉 그게 제안을 통과시킨다는 거구나."

"뭐, 하지만 통과된 후에 비판을 받는 제안만 하다간 점점 신용을 잃으니까, 뭐든 다 통과시킨다고 꼭 좋은 건 아냐."

"골치 아프네."

밸런스 조절이 어려울 것 같았다.

"뭐, 중요한 건 그게 아냐. 이 이야기의 핵심은 따로 있어."

"핵심?"

다른 사람을 납득시키고, 센 녀석을 설득하는 게 아니라?

"『올바른 소리를 하는데도 제안이 통과되지 않는다는 건 이상해!』라며 화를 내봤자 아무 의미도 없다는 거야. 자신이 올바르다는 확신에 빠져서 아무것도 하지 않으며 가만히 있다간 『제안을 통과시키지 못하는 사람』에 불과해. 아무런 의미도 없는 거지."

"그게 무슨 소리야?"

"설령 자기가 하는 말이 아무리 옳다고 해도 평생 자기의 제안이 통과되는 일은 없고, 아무것도 남기지 못한 채 죽어가. 통과되지 않는다면, 변하는 수밖에 없어."

히나미는 상대방을 갈가리 찢는 듯한 차가운 어조로 그렇게 말했다.

나는 그녀의 박력에 압도당한 채 고개를 끄덕일 뻔했지만, 곧 생각을 바꿨다.

왜냐하면…….

"잠깐만, 그건 이상하잖아. 제안이 통과되지 않는다고 올바른 소리를 하는 걸 관두고, 상대방을 납득시키는 걸 우선시킨다는 거지? 그건 좀 이상하지 않아?"

수단과 목적이 역전됐잖아. 올바른 소리를 하는 것을 관두면 그것으로 끝이다. 중요한 점은 자신이 올바르다고 생각하는 일을 하는 것이며,『설득』이 목적은 아닌 것이다.

내가 그렇게 말하자, 히나미는「그런 소리를 하는 게 아냐」하고 말하며 고개를 저었다.

"그럼 뭐야?"

"자신의 제안이 올바르다는 확신이 있다면, 그리고 올바르더라도 제안이 통과되지 않는『잘못된 룰』이 존재한다는 것을 배웠다면……."

"……배웠다면?"

"그『올바른 제안』을 통과시키기 위해, 그『잘못된 룰』을 이용해야만 한다는 거야."

"……아."

나는 그 말의 의미를 이해했다.

"자신이 생각하는 『올바른 제안』의 표면적인 『표현』만 바꿔서, 겉보기에는 남들이 납득할 수 있는 의견 같아 보이도록 위장하는 거야. 그리고 본질적으로는 자신이 생각하는 올바른 의견인 채로 통과시키는 거지. 그게 가장 건전한 방식 아닐까?"

그것은 예전의 내가 생각도 해보지 않은 방식이다.

자신의 뜻을 굽혀서, 자신의 뜻을 통과시킨다.

"납득했어?"

"……그래."

자신이 올바르다고 주장하며, 자신의 룰 안에서 싸우는 게 아니라…….

타인이 만든, 원래 존재하던 룰 안에서, 승리를 거머쥔다.

그것은 삐뚤어진 것처럼 보이지만 실은 무시무시할 정도로 올바른 말이었다. 그리고 이 녀석이 NO NAME으로서 『게임』에 임할 때의 자세가 드러나는 표현이었다.

그 점은, 나와 약간 달랐다.

"확실히, 집단이라는 공간에서 그것은 정공법이며, 그 방법밖에 없다는 생각이 들어."

내가 게임을 플레이하는 방식은 그렇지 않다. 내 방식은 현실에서 통하지 않는 걸까. 그래서 나는 지금까지 비 리얼충으로서 살아왔고, 히나미는 리얼충의 정점에 올라간 것일까. 그 점에 아주 약간 흥미가 생기는 것과 동시에——

납득했다.

"이해한 것 같네. 그 점을 고려해서, 남을 설득할 때와 자신의 제안을 통과시킬 때에 생각해야만 하는 것은 『실제로 옳은가』가 아니라 『이해관계의 일치』, 『발언력이 강한 인간의 설득』이라는 거야. 미즈사와는 그 점에서 뛰어났어. 예를 들어 『치즈에 낚인다』는 룰을 이용해 나를 납득시켰던 것처럼 말이야. 그 점을 이해했다면 이번은 합격이라 할 수 있겠네. 앞으로는 미즈사와의 행동을 참고하도록 해."

"예, 알았습니다……."

하지만 나는 미즈사와의 행동을 참고하라는 말을 히나미에게 듣고…… 으, 음. 나는 지금 무슨 소리를 하는 거지. 어제부터 이상하잖아. 정신 차려. 그리고 치즈에 낚인다는 건 히나미에게 있어서 룰인 거군요.

3 게임 속 게임에 한 번 제대로 빠지면 헤어 나올 수가 없다.

"……그러니까 전부터 말했다시피, 학생회 선거 접수가 오늘 일제히 시작돼~. 접수할 사람은 오늘 접수해~. 투표는…… 으음, 이번 주 금요일이네~. 접수는 나나 교무실 앞에 있는 입후보 박스, 아니면 각 반의 선거위원에게 제출하면 돼~. 자, 그럼 다들 기립~."

카와무라 선생님이 평소와 마찬가지로 느긋한 어조로 그렇게 말했다. 그래. 지난주에 말했던 학생회장 접수일이 오늘이구나. 그리고 보니 히나미가 입후보 용지를 받아갔었지.

조례와 1교시 사이의 쉬는 시간에 히나미는 프린트 한 장을 들고 카와무라 선생님에게 다가갔다. 음. 입후보하는 것이리라. 문제는 누구를 추천인으로 했느냐, 다. 저 녀석, 그것에 대해서는 전혀 언급하지 않았다. 나도 생각할 게 많아서 물어보지 않았다. 뭐랄까, 나 같은 녀석한테는 무리라는 생각이 들면서도, 불길한 예감도 같이 들었던 것이다.

히나미가 용지를 제출하자, 클래스메이트들이 따뜻한 목소리로 성원을 보냈다.

"아오이, 너만 믿을게!"

"너한테 투표할게~."

"교칙 좀 느슨하게 해줘!"

"네가 당선될 게 뻔해!"

교내 제일의 유명인인 히나미가 입후보할 거라는 것은 다른 반 애들도 예상한 것 같았다. 그러니 이 녀석과 맞붙을 생각인 녀석은 없으리라. 아니, 다들 히나미에게 맡기고 싶다고 생각할 것이다. 어찌 보면 평화로운 선거가 될 것 같은 예감이 들었다.

그렇게 생각하던 나는…….

깜짝 놀랐다.

"잘 부탁드려요~."

별일 아니라는 듯이 가벼운 톤으로 그렇게 말한 사람은 바로—— 미미미다.

좀 떨어져 있어서 잘 보이지 않지만, 미미미는 담임선생님에게 아까 히나미가 건넨 것과 똑같은 크기의 용지를 제출했다.

"오, 나나미도 출마하는 구나~. 우리 반에서 두 명이나 입후보하는 거네~. 의욕이 넘치는 애가 많은걸~."

즉, 미미미가 제출한 것은 학생회장 입후보 용지다.

선생님이 그렇게 말하자, 클래스메이트들의 시선이 미미미에게 집중됐다.

"오! 미미미도 입후보하는 구나!"

"응원할게!"

"너한테 투표하겠어!"

"용기 있네~!"

물론 미미미도 인기가 많기에 반응은 좋았다. 그리고 따뜻한 코멘트가 이어지고 있었다. 하지만「용기 있네~」라는 말은 아마도『히나미와 싸우려고 하다니』라는 의미일 것이다.

미미미에게 시선이 모인 가운데, 나는 반사적으로 히나미를 쳐다보았다. 히나미의 표정은 크게 달라지지 않았지만, 내 눈에는 순수하게 놀란 것처럼 보였다.

"아오이와 미미미가 출마하는구나~!"

"멋진 승부가 펼쳐질 것 같아!"

"둘 중 한 명이 당선될 게 틀림없어~."

반 곳곳에서 그런 말들이 들려왔다.『멋진 승부』,『둘 중 한 명』. 그게 진담인지 미미미를 배려해서 하는 말인지는 모르겠지만, 나는 히나미의 패배를 상상할 수가 없었다. 하지만 미미미 또한 히나미에게 버금갈 정도의 커뮤니케이션 능력을 지녔다. 성적도 좋고 부활동에서도 활약을 하고 있다. 히나미가 다른 일에도 시간을 할애하는 가운데, 미미미가 선거 하나에 모든 시간을 투자한다면 그녀가 이길지도 모른다는 생각이 들었다.

"어~! 미미미도 입후보하는 구나! 완전 싫어!"

히나미가「싫어」하고 짤막하지만 진심이 묻어나는 말을 입에 담자, 클래스메이트들이 가볍게 웃었다.

"내신점수 경쟁이니까, 지지 않을 거야~!"

미미미도 뜬금없는 말로 다른 이들의 웃음을 유도했고,

그 후에도 즐거운 분위기 속에서 선거에 관한 이야기가 이어졌다.

***

그리고 월요일 4교시 직전의 쉬는 시간이 되자, 나는 평소와 마찬가지로 도서실을 찾았다.

"안녕하세요."

"안녕."

이 세상을 감싼 환상의 나무가 바람에 흔들리는 소리를 연상케 하는 그 인사에 내가 대답한 후, 독서회가 시작됐다.

지난주와 마찬가지로 나란히 앉아서 책을 읽고 있을 때, 키쿠치 양이 느닷없이 나에게 말을 걸었다.

"왠지 일이 커진 것…… 같네요."

"응? 무슨 일 말이야?"

"아, 학생회 선거 말이에요……."

그렇게 말하면서 나를 쳐다본 키쿠치 양의 눈동자에는 어두운 밤이 드리워진 숲이 펼쳐져 있었다. 무슨 일 있는 걸까.

"나나미 양이, 입후보했잖아요? 왜 그런 걸까 싶어서요……."

뜻밖의 화제였다.

"뭐, 본인은 내신점수 때문이라고 말하기는 했는데……."

"저도 들었어요. 하지만…… 그게 아닐 거라고 생각해요."

키쿠치 양은 천천히 고개를 저었다. 내리뜬 그녀의 눈동자는 윗부분이 없는 초승달 모양을 띠고 있으며, 신비적인 밤하늘을 연상케 했다.

"뭐, 학교를 바꾸고 싶거나, 자신을 바꾸고 싶어서 나선 걸까?"

"그런, 걸까?"

키쿠치 양은 내밀기만 해도 참새가 내려앉을 것 같을 만큼 길고 새하얀 손가락을 볼에 대면서 생각에 잠긴 듯한 표정을 지었다. 때때로 존댓말을 쓰지 않는 점이 나에게 마음을 연 것 같아서 왠지 기분이 좋았다.

"하지만 저도 자신을 바꾸고 싶다는 생각을 가지고 있으니까…… 이해가 돼요."

"어, 그래? 어떻게 말이야?"

내가 가벼운 어조로 물어보자…….

"……으음. 비, 비밀이에요!"

"어."

고개를 들어보니, 신비적으로 늘어뜨려진 아름다운 머리카락 사이로, 아담과 이브가 먹은 금단의 과일을 연상케 할 만큼 빨갛게 잘 익은 아름다운 볼이 보였다. 나는 그 모습을 보고 숨을 삼켰다.

으, 으음, 키쿠치 양은 대체 뭘 바꾸고 싶은 걸까.

"……괘, 괜찮아?"

"괘, 괜찮아. 아무것도…… 아니에요."

스읍~, 하아~ 하고 왠지 관능적인 숨소리가 들리더니, 유리세공품처럼 얇고 가녀린 어깨가 희미하게 들썩여졌다. 곧 고개를 든 키쿠치 양의 촉촉한 눈동자에는 1년에 한 번만 일곱 빛깔로 빛나는 기적의 샘처럼 복잡하게 흔들리는 빛이 어려 있었다. 조금만 더 다가갔다간 내가 그 안에 빠져버릴 것만 같다는 생각이 들었다.

"으, 음, 알았어."

"……응."

불가사의한 표정으로 나를 쳐다보는 키쿠치 양과 나만이 존재하는 공간은 그야말로 비일상적이었다.

모래시계에서 떨어지는 한 알 한 알의 모래가 선명하게 보일 정도로, 시간이 천천히 흐르고 있었다.

"그, 그럼 가볼게요……!"

점점 느려지고 있는 시간의 흐름에서 먼저 벗어난 사람은 키쿠치 양이었다. 그녀는 허둥지둥 책을 들더니, 종종걸음으로 도서실을 나섰다.

"휴, 휴우."

일상으로 되돌아온 공간에 남겨진 나는 일단 책을 읽자고 생각했다.

비밀이 뭐야?! 뭘 바꾸고 싶은 건데?! 저 애, 진짜 마성의 여자네!

***

그날 점심시간.

"저기 말이야."

"어…… 히나미?"

"이쪽으로 와."

히나미는 나에게 시선을 주지 않으면서 구교사 쪽으로 걸어갔다. 제2피복실에 가는 걸까. 조례 전과 방과 후 이외에 히나미가 본성을 드러내며 나에게 말을 거는 것은 꽤나 드문 일이다.

나는 남들의 눈길을 의식해 히나미와 거리를 벌리며 따라가 보니, 아니나 다를까 목적지는 제2피복실이었다.

"무슨 일이야?"

"긴급하게 처리해야 할 미션이 생겼어."

히나미는 책상에 가볍게 걸터앉았다. 안 그래도 짧은 치마가 약간 올라갔다. 그리고 아름답고 육감적인 다리가 강조되었다.

"뭐?"

"아, 그 전에 업무연락부터 해야겠네. 학생회 선거 기간에는 여기서 회의를 하는 횟수가 줄 거야."

"뭐, 그렇겠지. 여러모로 바쁠 테니까 말이야."

하지만 선거활동을 하게 될 거라는 건 예전부터 알고 있었을 텐데 이렇게 갑작스럽게 연락을 취하는 건 이 녀석답지 않은 행동이다. 미미미가 입후보하는 걸 예상하지 못했던 걸까.

"그리고 말이야. 추천인이라는 걸 알아?"

드, 드디어 이 화제가 언급됐다.

"으음, 어, 얼추 알고는 있었어. 연설 같은 걸 하는 역할이지?"

"응. 비슷해. 뭐, 다방면에서 서포트하는 역할이라고 생각하면 돼."

이 타이밍에 이 화제를 꺼냈다는 건……. 내 마음속에서 불길한 예감이 고개를 들기 시작했다.

"그래도 이미 추천인을 써서 종이를 제출한 거 아니었어?"

"맞아. 하지만 내일 아침까지는 그 추천인을 바꿀 수 있어."

"그, 그렇구나. ……그럼 역시…….."

그럼 어마어마한 역할을 약캐인 나한테 맡기는 거냐. 히나미의 스파르타 교육이 드디어 궁극에 도달하는 건가.

"끝까지 들어봐. 원래는 너를 내 추천인으로 삼을 생각이었지만…… 관두기로 했어."

"뭐? 관두기로 했다고?"

"나만 입후보할 거라고 생각했거든. 딱히 부담을 가질 필요도 없고, 네 훈련도 될 거라고 생각했어. 너는 톤 연습을 해왔고, 전부터 『자기 생각을 그대로 말하는 것』이 특기였잖아? 그러니 충분히 해낼 수 있을 거라고 생각했어."

"뭐, 그 정도는 어찌어찌 해낼 수 있을 거라고 생각하지만……."

전에 『자기 생각을 있는 그대로 말하는 것』이 내 무기라는 말을 들었다. 톤 연습도 어느 정도 몸에 익어가는 느낌이 들었다.

"그러니 멋대로 추천인란에 네 이름을 쓰고 나중에 보고하는 형태로 깜짝 발표를 할 생각이었는데……."

"대체 왜 그런 깜짝 이벤트 같은 걸 하려는 건데?"

이 녀석은 이렇게 쓸데없이 사디스틱한 본성을 드러내서 정말 무섭다니깐.

"하지만 미미미가 입후보를 했으니, 그럴 수가 없어."

"……아, 그렇구나."

입후보자가 자기 혼자만이라면 부담이 되지 않을 테니, 특훈 삼아 멋대로 추천인으로 삼을 생각이었던 것이다. 하지만 미미미가 입후보했다.

미미미가 그 정도로 강적이라면, 나에게 추천인을 맡겨선 위험할 것이다.

"응. 내 추천인이 되는 것보다, 미미미의 추천인이 되는 게 더 좋은 특훈이 될 거야."

"응……. 잠깐만, 뭐?!"

나는 뜻밖의 말을 듣고 놀란 나머지, 큰 소리로 되묻고 말았다.

"시끄러워. 방금 그게 연습의 성과라면 좀 자제해."

"아니, 그게…… 상대가 미미미니까 네 추천인을 관두라는 게 아니라, 오히려 미미미의 추천인이 되라고?"

"그래."

"잠깐만 있어봐. 대체 무슨 소리를 하는 거야? 그게 더 힘들 거잖아. 미미미가 오케이해주지 않을 수도 있는 데다, 상대는 바로 너라고. 너 같은 강적을 상대하는데 파트너가 나라면 여러모로 마음을 놓을 수 없을걸? 네 추천인이 나인 편이 딱 적당한 핸디캡일 것 같은데 말이야."

히나미는 태연한 표정으로 내 반론을 듣고 있었다.

"그럼 이렇게 말해줄까?"

"응?"

히나미는 중요한 점을 이야기하듯 천천히 입을 열었다.

"내 추천인이 됐다간, 만약 내가 지기라도 한다면 그 책임은 전부 너한테 돌아갈 거야."

"──아."

그렇다. 아무도 히나미가 질 리 없다고 생각한다. 그런 상황에서 그녀가 진다는 것은 비정상적인 사태다. 원인 규명이 이뤄질 것이며, 그 결과 대부분의 사람들이 『추천인이 너무 역겹게 생겨서 졌다』라는 결론에 도달하리라. 나도 그 정도는 충분히 상상이 됐다.

바로 그때, 나는 전교생 사이에서 나쁜 의미에서의 유명인이 되고 만다.

"뭐, 일부러 져주지 않는 이상 내가 질 리가 없지만 말이야. 그것보다, 미미미에게 붙으면 이야기를 나눌 기회도 늘어날 테고, 대화 연습도 될 거야. 대화 방식에 있어서 가장 배울 점이 많은 사람은 미미미니까, 그러는 편이 최적이겠지."

"……그건 납득이 되지만, 나 때문에 미미미가 지게 되는 패턴은 괜찮은 거야?"

히나미는 내 말을 듣더니 어리둥절한 후, 뭔가를 눈치챈 것처럼 입을 열었다.

"나는 미미미를 좋아하고, 존경할 부분도 있는데다, 소중한 존재이기도 해. 하지만……."

"으, 응."

그리고 히나미는 눈곱만큼도 변화가 없는 표정으로 당연한 말을 하듯…….

"나한테는, 이길 수 없어."

반론을 불허하는 듯한 품격이 느껴지자, 나는 등골이 오싹해지는 느낌을 받았다.

"그, 그렇구나."

"그러니까 추천인이 누구든 딱히 상관없어."

이 녀석이 남들 몰래 얼마나 노력하고 있는지 알기에, 나는 반론을 할 수 없었다.

"뭐, 아무튼 대화 연습이 될 테니까 미미미 편에 서라는

게 가장 중요한 점이야. 미미미가 입후보할 거라고는 생각
도 못했으니까, 이건 좋은 기회이기도 해."

"그, 그래. 뭐, 중요한 건 바로 그거구나."

확실히 그렇게 본다면 추천인이 되는 편이 좋을지도 모
른다.

"내가 지금 너를 불러낸 건 그래서야. 추천인 변경은 내
일 아침까지만 가능하니까, 지금부터 미미미에게 「네 추천
인이 되고 싶다」고 말해서 허락을 받아."

"아, 그래서 나를 일부러 불러낸 거구나."

하지만 아직 의문이 풀리지 않은 점이 있었다.

"그런데, 어떻게 설득하지?"

"그건 직접 생각해봐. 잘 꼬시기만 하면 되잖아?"

"어, 직접해보라고? 잠깐만, 그건 클리어가 불가능한 게
임……."

히나미는 내 말을 깔끔하게 무시하더니, 그대로 제2피복
실을 나섰다. 나는 「기, 기다려」 하고 말하면서 그녀의 뒤
를 따랐다. 아아, 이렇게 되면 할 수밖에 없겠군.

——그리고…….

점심시간이 끝난 즈음, 나는 식당에서 돌아오고 있는 듯
한 미미미를 복도에서 발견했다.

"미, 미미미."

『미미미』라는 이름을 입에 담다 머뭇거리면『미』만 네 번 연속으로 말할 수 있으니 조심해야 한다.

"아, 토모자키. 무슨 일이야?"

미미미는 밝은 목소리로 그렇게 말했다.

"으음, 저기, 할 말이……."

요즘 들어 자주 이야기를 해서 많이 긴장되지는 않았지만, 그래도 좀 부담스럽기는 했다.

"어?! 뭔데?! 혹시 고백하려는 거야?!"

"아, 아냐!!"

미미미는 하하하! 하고 즐겁게 웃었다.

──나는 그런 미미미에게 휘둘리면서도, 추천인이 되고 싶다는 이야기를 꺼냈다.

"흠흠."

"……즉, 의외로 그런 걸 싫어하지 않는다고나 할까……."

"그렇구나!"

미미미는 빙긋 웃었다.

"마음은 고맙지만……."

"고, 고맙지만……?"

미미미는 귀엽게 윙크를 하면서 이렇게 말했다.

"좀 못 미더워!"

그대로 박살이 났다. 이럴 줄 알았다고!!

방과 후.

"어이, 히나미. 대체 뭐가 어떻게 된 거야?!"

히나미가 시키는 대로 도전해봤지만 그대로 박살이 났다. 이 녀석이 하도 해보라고 성화여서 어느 정도 승산이 있는 걸지도 모른다는 희망을 품었지만, 그딴 것은 눈곱만큼도 존재하지 않았다.

"뭐, 이렇게 될 건 예상했어."

"어이!"

너 대체 뭐가 하고 싶은 거야?!

"진정해. 미미미는 이미 추천인을 적어서 서류를 제출했을 거잖아? 그러니 밑져야 본전이야. 내가 선거 때문에 바쁜 동안 효율적으로 경험치를 모을 방법으로써는 그게 최고라고 생각했던 거야. 만약 추천인이 된다면 러키, 그리고 못된다면 내 과제를 수행하며 한동안 자습을 할 수밖에 없거든."

으음. 뭐, 그렇구나.

"……그렇게 된 거구나. 그럼 납득은 되지만…… 미리 말해달라고."

"일전의 쇼핑 때 보니 대충대충 하는 것 같으니까, 이 정도는 해둬야 앞으로는 정신 차리고 열심히 할 거라고 생각했을 뿐이야."

"윽……."

나는 그 말을 듣고 말문이 막히고 말았다.

"하지만 실패했다면…… 자습기간에 할 수 있는 건 공략

히로인인 후카 양과 적극적으로 이야기를 나누거나, 유즈나 미즈사와와 대화를 하면서 두 사람의 대화 테크닉을 훔치는 거야."

"그렇, 구나."

"응. 그럼 시간이 좀 아쉽지만, 선거 기간 동안은 자습기간으로 할게. 무슨 일 있으면 연락해. 그리고⋯⋯ 목요일 방과 후에는 회의를 할 수 있을 것 같으니까, 그때 보자."

자습기간이라. 하지만 요즘은 코치가 없어도 자주적으로 이것저것 할 수 있게 됐으니까, 시간을 낭비하지는 않을 거라고 생각한다.

"알았어."

"골치 아픈 일이 벌어질 것 같으면 꼭 보고해. 알았지?"

"알았다고."

"⋯⋯알았으면 됐어."

히나미는 약간 언짢은 듯한 반응을 보이며 그렇게 말했다.

"그럼 오늘은 이쯤에서 끝내자."

"그래."

이렇게, 자습기간이 시작됐다.

***

그리고 다음 날 아침. 바로『선거활동』이 시작됐다.

"제가, 나나미 양을 학생회장으로 추천한 이유는~! 저와 마찬가지로 육상부에 소속된 나나미 양은 무드메이커로서 항상 육상부의 분위기를 띄워줘요! 으음, 그와 마찬가지로 학교 전체의 분위기를 띄워준다면 좋겠다는 생각이 들었어요! 그래서 추천을 한 거예요! 그리고, 공약은……."

"잘 부탁해~! 좋은 아침이에요~! 잘 부탁합니다~!"

교문 앞에서는 미미미와 그녀의 후배로 보이는 여자애가 나란히 서서 학생들에게 말을 걸고 있었다. 후배는 연설을, 미미미는 학생들과의 직접적인 접촉을 담당하고 있으며, 분위기 또한 활기차 보였다.

연설을 하는 애는 여자인데도 큰 목소리로 말을 하고 있으며, 당당하게 서서, 응원단이라도 된 것처럼 교문 앞을 활기찬 분위기로 만들고 있었다. 때때로 말실수를 하는 건 긴장했기 때문이리라. 하지만 고등학생이 저 정도로 당당하다면 그걸로 충분하다는 생각이 들었다. 만약 미미미가 나를 추천인으로 삼아서, 내가 저 역할을 맡게 되었을 거라고 생각하니…… 몸이 떨렸다.

"오~! 토모자키네! 좋은 아침~!"

"응. 좋은 아침이야."

미미미는 나를 향해 손을 크게 흔들더니,「이거, 어울려~?」하고 말하며 자신이 착용한 어깨띠를 들어보였다. 여전히 기운이 넘치는 애다.

"아, 이 애가 내 추천인이야! 육상부 후배지!"

"나도 방금 보고 네 판단이 옳았다고 생각했어. ……나한테는 절대 무리야."

"목소리 크지?! 중학교 때부터 알던 사이야!"

"고마워요!! 저는 야마시타 유미코예요!!"

"아하하……."

목소리를 칭찬받자, 미미미의 후배인 야마시타 양은 더 큰 목소리로 대답했다. 하지만 연설에서 목소리의 크기와 어조는 중요하다고 생각한다. 아무리 내용이 좋더라도 남들이 들어주지 않는다면 의미가 없으니까 말이다. 그러니 야마시타 양은 적임자라고 생각한다.

"그래도 고마워, 토모자키! 나카무~ 같은 애들은 귀찮다면서 거절했거든……."

"나, 나카무라한테 부탁했었구나."

그 녀석이라면 거절할 것 같다. ……이런 일은 귀찮으니까 말이다.

"무슨 일 있으면 이야기할게!"

"아, 응. 나라도 괜찮다면 얼마든지 말해."

나는 자연스러운 미소를 지으려고 노력하면서 그렇게 말했다.『나라도 괜찮다면』이라는 워딩은 꽤 리얼충스럽지 않았을까? 응? 하고 생각한 나는「그럼 가볼게」하고 말하면서 걸음을 옮겼다. 나카무라는 미미미에게 부탁을 받고 거절했지만, 나는 부탁을 했는데 거절당했다. 즉, 나카무라에게 완전히 진 것은 어쩔 수 없다. 응.

교문을 지나 좀 걷다 보니, 건물 앞에 몰려 있는 사람들

이 눈에 들어왔다.

　거기서는 히나미의 응원 연설이 이뤄지고 있었다.

　"즉, 누구나 납득하는 세키토모 고교의 슈퍼 메인 히로인, 히나미 아오이 양의 학교 만들기가 시작되는 겁니다. 지금 이곳에 모인 여러분, 방금 안경을 고쳐 쓴 당신도! 아, 거기! 하품을 한 분도! 이 위대한 한 걸음의, 역사의 증인이 되는 겁니다! 히나미 양의 지능! 인망! 그리고 외모! 아, 외모는 딱히 상관없으려나요?"

　이 과장스럽고 고풍스러운 연설 문구를 들은 사람들이 웃음을 터뜨렸다.

　아까 야마시타 양의 응원단을 연상케 하는 외침과는 또 달랐다. 평범하게 들리는데도 왠지 크게 느껴지는 목소리다. 잘 들릴 뿐만 아니라 유창했다. 그런 목소리에는 의도적으로 꾸민 듯한 느낌이 존재하지 않았다. 나는 이 목소리를 안다.

　미즈사와다.

　"하지만 저희는 농담을 하는 게 아닙니다. 즐거울 때는 즐겁게, 엄격할 때는 엄격한, 그런 완급이 중요하죠. 아, 코바야카와 선생님! 과학실의 덜렁거리는 의자가 아직 안 고쳐졌던데요? 그런 사소한 불만부터, 근본적이면서 현실적인 기획력, 그리고 그것을 실현시키는 행동력으로 전부 달성해나가는 사람이 바로 히나미 아오이입니다!"

　"오오~, 그거 대단하네~."

과학을 담당하는 코바야카와 선생님이 즐거운 듯이 그렇게 말했다.

미즈사와의 말투와 목소리, 억양은 왠지 즐거워 보여서, 마치 만담이라도 하고 있는 것 같았다. 딱딱한 분위기가 느껴지지 않고, 사람을 끌어들이는 무언가가 있었다. 그러고 보니 히나미는 미즈사와를 추천인으로 선택했구나. 뭐, 이해는 된다. 방금 저 말을 들으니 적임자라는 느낌이 들었다.

미즈사와가 사람들을 모으는 가운데, 히나미는 직접적으로 지지자를 포섭하고 있었다. 딱히 인기 없는 1학년으로 보이는 학생이 히나미와 악수를 하고 있었다.

"응원해줘서 고마워요!"

"아, 예, 옛!!"

"테니스부 부원…… 맞죠?"

"아, 예! 그, 그걸 어떻게……?"

"육상 연습을 하다 테니스공을 받아치는 당신을 본 적이 있는 것 같거든요! 맞군요!"

"아…… 아…….."

"잘 부탁해요!"

히나미는 그렇게 말하면서 상대방의 손을 놨다. 남학생은 흥분한 눈길로 방금 히나미와 악수를 나눴던 손을 쳐다보며 고개를 끄덕이더니, 곧 그 손을 말아 쥐었다. 완전히 히나미에게 반한 것 같았다. 뭐, 인기 없는 사람이 히나미에게 저런 말을 듣는다면 저렇게 되는 것도 무리는 아닐 것이다.

그건 그렇고, 저 녀석은 대체 어떻게 되어먹은 거야. 전교생의 부활동을 다 파악하고 있는 건 아니겠지만, 대부분은 알고 있을 듯한 느낌이 들었다. 고개를 돌려보니, 히나미와 악수를 하려고 기다리고 있는 사람들도 있었다. 뭐야. 완전 아이돌이네.

나는 그 광경을 힐끗 쳐다보면서 옆을 지나갔다. 그리고 건물 안으로 들어가며 이렇게 생각했다.

——이래서야, 그 누구도 히나미에게 이기지 못하겠는걸.

나는 교실에 도착했다. 그리고 자습 과제를 수행하기 위해, 이즈미에게 말을 걸었다.

"건물 앞에서 히나미가 선거활동을 하던데, 봤어?"

이즈미는 힘차게 나를 쳐다보았다.

"웅! 봤어! 사람들이 엄청 몰려있던걸."

"진짜 세도 너무 센 것 같아."

나는 솔직한 감상을 털어놓았다.

"웅……."

이즈미는 동의를 하면서도 뭔가를 신경 쓰는 듯한 표정을 지었다. 한순간 왜 저러나 싶었지만 아마…… 근처에서 선거활동을 하던 미미미를 떠올린 것이리라.

솔직히 말해, 누가 봐도 승산이 없었다. 이건 미미미한 테 문제가 있는 게 아니라, 히나미가 너무 센 것이다. 친분을 쌓기 시작한지 얼마 안 됐지만, 미미미의 커뮤니케이션 능력과 인망, 그리고 인격은 히나미만 없다면 여유롭게 학생회장이 되고도 남을 수준이라고 생각한다. 하지만 이번에는 상대가 너무 나빴다.

"아, 그것보다 이거 좀 봐!"

의도적으로 화제를 돌린 이즈미는 내가 일전에 줬던 고장 난 스톱워치를 꺼내서 보여줬다.

"오! 설마……!"

"소점프, 마스터했습니다!"

이즈미는 경례를 하면서 그렇게 말했다. 어찌된 영문인지 표정이 약간 나쁜 것은 멋쩍기 때문이려나.

이 상황에서 뭐라고 말하면 좋을까. 나는 미즈사와와의 대화를 떠올렸다.

——이럴 때, 이런 말을 하면 리얼충처럼 보이지 않을까.

"표정이 이상해."

"너무해!"

왠지 엄청 괜찮은 느낌으로 대화를 나눴다! 우와! 미즈사와는 역시 대단해!

이렇게 조금씩 시험을 해보면서 자습을 하면, 자습 기간도 유익하게 이용할 수 있을 것 같았다. 참고로 그 후에 이즈미가 「힘낼게!」 하고 말했을 때 「귀청 떨어지겠네!」 미즈사와 같은 느낌으로 놀리듯 말하자, 그녀는 「아, 미안해」 하고 말하면서 풀이 죽었다. 음, 더 노력해야겠네. 나야말로 미안해.

　그런 식으로 헛수고를 하거나 여러모로 시도를 하다 보니, 어느새 방과 후가 되었다.
　오늘은 회의도 안 하고, 대화나 톤 등을 연습할 수 있는 것도 아니니 오래간만에 집에 바로 돌아가서 세세한 표정을 연습해보자고 생각하면서 건물을 나섰을 때였다. 건물 앞에 미미미가 있었다. 혼자서 선거활동을 하고 있었다. 왜 혼자서 하고 있는 걸까.
　나는 '이런이런, 자습용 과제가 생겼군' 같은 하드보일드한 대사를 마음속으로 중얼거리면서 미미미에게 말을 걸었다.
　"뭐하는 거야?"
　"아, 토모자키! 잘 부탁드립니다~!"
　미미미는 나를 향해 조그마한 종이를 내밀었다.
　"……공약."
　건네받은 종이를 보니, 거기에는 다양한 공약이 인쇄되어 있었다. 이런 식으로 말이다.

1, 인사 운동을 실시해서, 기분 좋은 학교를 만들겠습니다.

2. 학생 신문고를 설치해 학생들의 의견을 수렴하며, 더욱 좋은 학교를 만들겠습니다.

3. 매점에서 파는 상품을 확충하기 위해 노력하겠습니다.

4. 체육제의 규모 확대를 도모하겠습니다.

"어때?!"

"으음……."

솔직히 말해 신경 쓰이는 점은 있었다. 아니, 그것보다 왜 그게 신경 쓰이지 않는 건지 이상할 정도였다. 하지만 좋은 의미에서 신경 쓰이는 점이 아니기에, 말을 해도 될지 망설여졌다.

"토모자키는 이 공약을 어떻게 생각해?! 매력적이야?!"

뭐라고 할까.

만약 말을 하지 않더라도, 나는 적당한 변명을 하거나 대충 둘러대지 못할 것이다. 그러니 아마 분위기가 이상해질 것이다. 하지만 방금 머릿속에 떠오른 걸 말할 수는 있다. 원래 내 특기는 그런 것이며, 지금이라면 말을 하면서 톤이나 표정을 조절할 수도 있다.

"으음."

나는 잠시 망설였지만, 결국 말을 하기로 했다.

"공약보다는…… 표기가 좀 신경 쓰이네."

"표기?"

미미미는 영문을 모르겠다는 표정을 지었다. 역시 눈치채지 못한 것 같았다.

"그래. ……예를 들자면 여기를 봐."

나는 차분히 「4」 부분을 손가락으로 가리켰다.

"여기 말이야."

미미미는 거기를 뚫어져라 쳐다봤지만, 「응? 이상 없는데?」 하고 말하며 내 얼굴을 쳐다보았다. 어이, 너무 가깝잖아. 리얼충답게 스스럼없이 다가오네. 예쁘장한 얼굴이 다가오자, 나는 한순간 딱딱하게 굳었다.

"으음…… 잘 봐. 여기만 글자 크기가 달라. 폭이 좁은 느낌이야."

"……앗! 진짜네! 토모자키, 대단해! 너, 혹시 탐정이야?!"

아뇨. 그저 컴퓨터에 관해 잘 알 뿐입니다.

"그리고…… 여기도 봐."

나는 『1,』의 『,』 부분을 가리켰다.

"응?"

"봐. 다른 데는…… 이 부분에 마침표가 찍혀 있지만, 여기만 쉼표가 찍혀 있어. 아마 타이핑을 실수한 것 같은데……."

"진짜네! 쉼표잖아!"

"이런 건 아는 사람은 다 알아본다고나 할까, 좀 대충 만든 것처럼 보일 테니까 나쁜 인상을 줄 수 있어. 뭐, 나만 그렇게 생각하는 걸지도 모르지만 말이야."

나도 이런 쪽 지식이 많은 편은 아니기에 약간 머뭇거리면서 그렇게 말했다. 그 외에도 신경 쓰이는 부분이 있지만, 그건 말하지 않았다.

그러자 미미미는 눈을 반짝이면서 천천히 입을 열었다.

"……토모자키, 혹시 의외로 머리가 꽤 좋은 편이야?"

"뭐? 으음~……."

그것보다는 게임 오타쿠로서 컴퓨터를 자주 이용하니까, 그런 점을 쉽게 눈치챘을 뿐인데…….

하지만 잘 생각해보니 미미미는 사소한 건 신경 쓰지 않는 타입 같고, 추천인인 애도 세세한 부분을 신경 쓰는 편 같지는 않았다. 그럼 내 이런 면이 조금은 도움이 될지도 모른다. 바로 그때, 나는 좋은 생각이 떠올랐다.

히나미의 과제『자신이 내놓은 제안을 두 번 통과시킨다』. 그리고 실은 최선의 선택지라 할 수 있는『미미미의 추천인』계획. 그것들의 연장전을 자주적으로 하기로 마음먹은 것이다.

"미미미."

"응?"

나는 한순간 망설인 후, 입을 열었다.

"나는 이런 브레인적인 면에서 너를 도울 수 있을 것 같은데……."

내가 그렇게 말하자, 미미미는 어안이 벙벙한 표정을 지었다. 그리고…….

"……브, 브레인!"

뜻밖에도 밝은 표정을 지었다. 어, 반응이 나쁘지 않네?

"미미미는 이런 사소한 부분을 신경 쓰는 게 서툴잖아? 그런 건 내가 대신 해줄 수도 있을 것 같아. 특히 컴퓨터와 관련된 일 같은 것 말이야."

내가 이해관계를 의식하면서 설득을 도모하자, 미미미는 조용히 고개를 끄덕였다.

"응. 괜찮네. 나, 이런 건 잘 못하거든. ……게다가…….."

"게다가?"

내가 되묻자, 미미미는 눈을 반짝이면서 밝은 목소리로 이렇게 말했다.

"──브레인이라는 어감이 왠지 멋진 것 같아!!"

나는 무심코 「뭐?」 하고 되물었다.

"좋아! 정말 좋아! 「나, 브레인이 있거든」……하고 말해보고 싶어! 진짜로 말해보고 싶네! 토모자키도 「나, 브레인이거든」 하고 말해보고 싶지?! 그렇지?!"

대사 부분에서 목소리를 바꿔 코미컬하게 말하는 모습은 왠지 히나미를 연상케 했다.

그리고 어감을 우선하는 거냐. 뭐, 이해는 되네.

"그, 그렇습니까."

"절반은 진심! 절반은 흥!"

이건 또 무슨 소리야.

"으음, 그럼 방금 그 말은……."

"일단 마음은 동했다는 거야! 솔직히 말해, 도와준다면 고마울 것 같기는 해. 방과 후에는 유미가 못 도와주거든~."

"유미?"

"아, 오늘 아침에 내 옆에 있던 애 말이야! 육상부 후배니까, 방과 후에는 부활동을 해줬으면 하거든. 그래서 방과 후에는 혼자서 선거활동을 하겠다고 말했습니다! 뭐, 나는 당사자니까 어쩔 수 없잖아!"

"아, 그랬구나."

멋진 선배네.

"그러니, 토모자키가 방과 후에 도와준다면 고마울 것 같아. 한 번 거절해놓고 이런 소리를 하니 좀 그렇지만 말이야! 에헷!"

미미미는 혀를 내밀면서 확연하게 「에헷」 하고 발음했다.

그래도 다행이다. 이걸로 자습 기간이 더 유익하게 됐다. 좀 무섭기는 하지만 말이다.

"오케이. 그럼 나는 오늘 뭘 할까?"

"토모자키는 바로 시작하려는 거구나! 역시 유능한 남자는 다른걸!"

미미미는 내 어깨를 약간 세게 때리면서 그렇게 말했다. 아야야.

아무튼, 좋아! 추천인은 되지 못했지만 『브레인』은 됐다.

게다가 좀 늦기는 했어도 내 제안을 통과시켰다고! 이걸로 과제를 달성했어! 히나미도 더는 불평을 늘어놓지 못할 거야!

"그런데 토모자키. 하나만 물어봐도 돼?"

"뭔데?"

미미미는 내 눈을 들여다보면서 입을 열었다.

"왜 그렇게 나를 도와주려고 하는 거야?"

나는 그제야 눈치챘다. 그렇다. 그럴 만도 했다.

나는 일전에 추천인이 되고 싶다고 제안을 했다가 거절 당했다. 그런데 이번에는 브레인이 되고 싶다고 말한 것이다. 내가 이러는 걸 의문으로 여기는 게 당연했다. 큰일 났다. 어떻게 하지. 솔직하게 대답한다면 『히나미가 시켜서』──가 아니라 『대화 기술을 익히고 싶어서』라고 말해야겠지만, 그런 소리를 할 수도 없고…… 그런 생각을 하고 있을 때, 나는 문득 좋은 아이디어가 떠올랐다.

"히나미를──."

"뭐?"

그 변명은 나 자신도 놀랄 만큼 자연스럽게 내 입에서 흘러나왔다.

"──히나미를 쓰러뜨리고 싶어."

나는 방금 자신이 한 말에 『인생에서도 nanashi로서 NO NAME을』이라는 의미가 담겨 있다는 걸 눈치챘다.

"뭐?"

미미미는 커다란 눈을 깜빡이더니, 내 눈을 지그시 쳐다보았다. 나는 그런 그녀를 향해 말을 이었다.

"그 녀석은 진 적이 없다고나 할까, 너무 강캐잖아. 그러니까 한 번 정도는 지는 것도 괜찮을 것 같다고나 할까…… 나는 게임을 잘하는데, 역시 상대가 강하면 강할수록 의욕이 불타오르거든. 그러니까, 그 녀석과 싸워서 이긴다면 엄청 즐거울 것 같아."

미미미는 진지한 표정으로 나를 쳐다보고 있었다. 그리고…….

"……토모자키는…….."

"응?"

내 어깨에 손을 얹더니, 불쌍하다는 듯이 쳐다보며 웃었다.

"토모자키는 자기 주제를 몰라도 너무 모르는 것 같네."

"시, 신경 꺼!"

확실히 아직은 실력 차가 너무 나서 상대가 되지도 않을 것이다. 하지만 미미미는 입을 크게 벌리며 환하게 웃었다.

"그래도 괜찮네! 솔직하게 말하자면 자기 주제를 모르는 건 나도 마찬가지거든."

"뭐? 미미미도 그래?"

"응, 맞아~!"

그렇게 말한 미미미는 씨익 웃었다.

"나도, 아오이한테 이기고 싶거든."

나는 미나미의 눈동자에 어린 빛이 진심인지 연기인지 분간을 할 수 없었다.

"그, 그랬구나."

"그래도 다행이야! 실은~ 엄청 열심히 하면 어떻게 될 줄 알았는데, 그렇지 않은 것 같거든. 오늘 아침에 아오이와 타카히로가 하는 거, 봤지?"

"아, 그래."

그건 정말 엄청났다.

"그걸 봤더니…… '아, 절대 못 이기겠네' 하는 생각이 솔직히 들었어."

미미미는 왠지 분한 듯한 표정을 지으며 그렇게 말했다.

"……그랬구나."

확실히 그 누가 봐도 절대 이길 수 없다는 생각이 들 만큼 완벽한 선거활동이었다.

"그래서 '이대로는 절대 이길 수 없어!' 하고 생각하던 참이야~. 뭔가 변화를 주지 않으면 이기지 못할 것 같거든. 그러니 마침 잘 됐어! 뭔가 변화를 줘! 기대할게, 토모자키!"

그리고 또 내 어깨를 세게 때렸다.

"아얏! 으, 으음, 최선을 다할게요……."

왠지 나한테 당치도 않은 기대를 하고 있는 것 같았다.

"그럼 바로 회의하자! 오~!"

"오, 오~!"

나는 원하던 결과를 이뤘지만, 결국 그녀에게 휘둘리기만 했다.

"자, 이러면 크기가 조절돼."

"그렇구나! 으음……."

"아, 내가 입력할까?"

"응. 부탁해……. 어, 토모자키는 타자치는 게 엄청 빠르네! 역시 컴퓨터를 잘 다루는 구나."

교내 컴퓨터실. 나는 온라인 게임 채팅을 통해 단련한 타이핑 실력을 미미미가 보는 앞에서 선보였다. 실제로는 그렇게 빠른 편도 아니고, 오히려 느린 편이라고 생각하지만, 평범한 사람이 보기에는 엄청난 스킬 같아 보이는 것 같았다. 참고로 『컴퓨터를 잘 다룬다』 앞에 『역시』라는 말이 붙은 것은 가능한 한 호의적으로 해석하고 싶다.

"이러면 되지?"

나는 완성된 화면을 미미미에게 보여줬다.

1. 인사 운동을 실시해서 기분 좋은 학교를 만들겠습니다.
2. 학생 신문고를 설치해 학생들의 의견을 수렴하며,
   더욱 좋은 학교를 만들겠습니다.
3. 매점에서 파는 상품을 확충하기 위해 노력하겠습니다.
4. 체육제의 규모 확대를 도모하겠습니다.

"어?! 뭘 어떻게 한 거야?! 엄청 읽기 쉬워졌어!"

"그렇지?"

응. 역시 조금만 바꿔도 효과가 크게 발휘되네.

"어, 쉼표와 숫자만이 아니라, 배치도 바꿨지? 으음……."

미미미는 화면을 뚫어져라 쳐다보았다.

"아마, 가장 차이 나는 부분은 여기일 거야."

나는 두 번째 공약을 손가락으로 가리켰다.

"이 공약은 두 줄로 되어 있잖아? 그래서 두 번째 줄의 앞머리를 첫 번째 줄과 같은 위치로 바꿨어."

애초부터 레이아웃이 엉망이었으니까 말이다.

미미미는 클리어파일에서 자신이 만든 종이를 꺼내더니, 비교를 했다.

"지, 진짜네! ……아, 첫 번째 공약도 바뀌었구나."

"아, 그래. 단어 하나만 다음 줄로 되어 있어서 한 줄로 맞췄어."

단어 하나만 다른 줄에 있으면 영 보기 나쁘니까 말이다.

『실시해서,』의『,』를 빼서 한 줄로 만든 것이다.

"흐음! 토모자키가 생각보다 더 잘해서, 저 지금 엄청 놀랐어요!"

"솔직한 의견을 줘서 고마워."

뭐, 내가 낮게 평가되는 건 하루 이틀 일이 아니지…….

"좋아~. 그럼 인쇄하자~."

"아, 잠깐만 기다려."

나는 문득 생각난 게 있어서 미미미를 말렸다.

"응?"

나는 미미미가 선거에서 이기게 하기 위해 여러모로 머리를 썼다.

내가 지닌 기술로 효율 좋게 보스를 쓰러뜨리기 위해 전략을 짤 때와 비슷한 심정이었다.

"그 종이는 기본적으로 학생들에게 나눠주는 거지?"

"응. 맞아. 때때로 선생님한테 드리기도 하지만 말이야!"

"그렇다면……."

나는 중얼거렸다.

"……필요 없겠네."

"뭐?"

미미미는 내 말을 이해하지 못했는지 되물었다. 나는 미미미의 눈을 지그시 쳐다보았다. 그러자 그녀는 단정한 얼굴을 살며시 붉히면서 고개를 돌렸다.

"……이 첫 공약, 『인사 운동을 실시해서 기분 좋은 학교를 만들겠습니다』. 이건 학생들 입장에서는 아무래도 상관없으니까, 좋은 반응을 얻지 못할 거라고 생각해."

"아~, 그건 그래!"

아무한테나 인사를 하고 싶어 하는 학생은 보통 없으니까 말이다.

"선생님이 볼 때도 있다지만, 이건 기본적으로 학생들에게 나눠주는 거잖아. 그냥 확 선생님들에게는 한 장도 나눠주지 말고—— 학생들에게 반응이 좋을 만한 공약만

넣자."

　마법이냐 타격이냐, 불이냐 물이냐. 상대에게 잘 통하는 기술로 싸우는 게 게임의 기본이라는 것이다.

　"오오! 그래! 그 편이 나을지도 몰라!"

　미미미도 납득했는지 그렇게 말했다. 또「꽤 하네!」하고 말했다. 왠지 기뻤다. 게임을 하기 잘했다.

　하지만 나는 바로 그때, 히나미와 나눴던 이야기를 머릿속에 떠올렸다.

　『자신의 제안이 올바르다는 확신이 있다면, 그리고 올바르더라도 제안이 통과되지 않는 「잘못된 룰」이 존재한다는 것을 배웠다면…….』

　『그 「올바른 제안」을 통과시키기 위해, 그 「잘못된 룰」을 이용해야만 한다는 거야.』

　내가 하려는 것은 어찌 보면 그 말과 같다. 『학생은 자기가 이 학교에서 생활하는데 있어 유리한 공약을 원한다』라고 하는, 보기에 따라서는 올바르다고 말하기 힘든 룰이다.

　그것을 이용해서 공약을 만들고, 표를 모은다는 작전이다. 게다가 이번에는 표면적으로만 뜯어고쳐서 위장하는 게 아니라, 근본적인 『공약 그 자체』를 바꾸는 작전으로 가는 것이다.

　즉, 만약 미미미가 뭔가 『하고 싶은 일』, 자기 나름대로 올바른 무언가가 있어서 학생회장이 되고 싶다고 생각한다면, 이 공약 작성이 그 근본과 얽히게 될지도 모른다.

학생회장은 보통 웬만큼 성실한 사람이 아니면 자처해서 하려고 하지 않으며, 히나미가 입후보했는데도 미미미는 입후보했다. 그런 데에는 분명 이유가 있을 것이다. 앞으로 만드는 공약이 그 이유와 반발하지 않는지 확인할 필요가 있다는 생각이 들었다.

"그 전에 물어보고 싶은 게 있는데 말이야."

"응? 뭔데?"

나는 미미미의 얼굴을 다시 쳐다보았다. 그녀는 약간 부끄러워하고 있지만, 이 상황에서 눈을 돌려서는 안 된다고 생각한 건지, 억지로라도 나와 시선을 맞추고 있었다.

"왜 학생회장에 입후보할 결심을 한 거야?"

내가 솔직하게 질문하자, 미미미는 한순간 움직임을 멈추더니…….

「어, 이제 와서 그걸 묻는 거야?!」 하고 말하면서 깜짝 놀란 표정을 지었다.

"아니, 우리가 만드는 공약이 미미미가 추구하는 바와 다르다면 여러모로 골치 아플 테니까 말이야."

"아, 그건 그래."

"게다가 애초부터 신경이 쓰였어. 히나미가 입후보하는 걸 뻔히 알면서도 나선 거잖아."

내가 그렇게 말하자, 미미미는 「……그래서 출마한 거야~」

하고 말하며 쓴웃음을 지었다.

왠지 쓸쓸해 보이는 표정이었다. 미미미가 이런 표정을
짓는 모습은 평소에 거의 본 적이 없었다.

"……그래서 출마했다고?"

"으음, 아오이 때문에 출마한 거야."

미미미는 평소처럼 장난기 섞인 표정을 지었다.

"그 말은……."

"으음~. ……아! 내가 입후보한 이유는 토모자키와 똑
같아!"

"똑같다니……."

나는 그제야 눈치챘다.

"아."

히나미를 쓰러뜨리고 싶다.

나는 방금 미미미에게 그녀의 『브레인』이 되고 싶은 이
유로서 그렇게 말했다.

"이해했어? 나도 그 어마무지하게 센 아오이와 싸워서
이기고 싶어! 그래서 입후보한 거야."

"그럼 학교를 바꾸고 싶다거나, 그런 생각은……."

"그딴 건 없어!"

미미미는 엄지를 치켜들며 그렇게 말했다.

"……아하하, 깜짝 놀랐네."

나는 약간 기뻤다. 설마 동기가 같을 줄이야.

왜 쓰러뜨리고 싶은 거야? 하고 물어볼까도 했지만, 나

에게 게이머로서의 긍지가 있는 것처럼, 미미미에게도 이유가 있을 것 같았기에 물어보지 않았다. 솔직하게 말하자면 나에게는 그런 걸 캐낼 대화 기술이 없다.

"말했지? 나도 주제모르는 녀석이라고 말이야!"

"그럼 공약이나 선거활동 방식 같은 건 자유롭게 정해도 되는 거네."

"그래! 토모자키는 아까부터 엄청 브레인 같은 느낌이네! 나, 미미미는 확 맡겨버리고 싶은 심정이야!"

미미미는 엄지를 치켜들었다.

"그래…… 그렇다면……"

나는 여러모로 머리를 썼다.

"수월하겠네."

"……토모자키, 왠지 표정이 음흉해 보여~."

미미미는 기대에 찬 미소를 지으며 그렇게 말했다.

음흉한 표정, 이라. 하지만 무리도 아니다. 나는 요즘 들어 눈치챘다.

『인생』이라는 게임에서 최강 플레이어인 히나미 아오이. 나는 그 녀석에게 인생의 공략법을 배우며 플레이를 하고 있다. 그리고 나는 인생이 갓겜인지 아닌지는 판단이 서지 않지만, 적어도 굿겜이라고 생각하게 됐다.

아마, 그렇기 때문에, 이런 욕망이 생겨난 것이리라.

언젠가 나도 이 『인생』이라는 굿겜에서 히나미라는 이름의 초 거대 보스와 싸워보고 싶다. 아니, 이기고 싶다는 욕망 말이다.

하지만 나는 아직 약캐다. 대화로서도 아직 상대가 못되고, 선거활동에서 남들의 마음을 흔드는 연설을 하는 것도 절대 무리다. 미미미의 추천인인 야마시타 양의 힘찬 목소리, 미즈사와의 압도적인 연설 능력, 그리고 미미미나 히나미의 커뮤니케이션 능력과 인망. 그 어떤 면에서도 그들에게 미치지 못한다. 애초에 능력치가 부족한 것이다. 하지만…….

──스태프로서는 어떨까.

어패 최강 게이머인 내가…….

히나미에게 지금까지 배운 『인생의 공략법』을 이용해…….

미미미라는 『강캐』를 『조작』해서, 히나미와 싸운다면…….

나는 약캐 토모자키가 아니라 『인생』에서도 nanashi가 될 수 있지 않을까.

히나미 아오이와 꽤 괜찮은 승부── 아니다. 이길 수도 있지 않을까.

나는 그런 직감을 받으면서 흥분하고 있었다.

"미미미."

"응?"

나는 생각을 공유할 생각으로, 이렇게 말했다.

"할 거면, 이길 작정으로 전력을 다하자."

미미미는 각오로 가득 찬 표정을 짓고 있는 나를 어안이 벙벙한 표정으로 쳐다보더니, 이윽고…….

"……물론이야!"

평소처럼 활기찬 미소를 지으면서 내 어깨를 엄청 세게 때렸다. 어이, 아프다고.

***

"공약은 이정도로 하기로 하고, 다른 건 어떻게 한다……."

"으음~, 이걸 나눠주기만 하는 걸론 안 되는 거야?"

"보통은 그 정도로 충분하겠지만, 이번 상대는 히나미잖아."

"아~, 그것도 그러네."

우리는 인쇄한 종이를 나눠주기 좋은 사이즈로 자르면서 작전을 짰다.

나는 방금 자른 종이를 쳐다보면서 쓴웃음을 지었다.

1. 매점 및 식당의 상품을 확충하기 위해 노력하겠습니다.
2. 머리 모양, 복장에 관한 교칙을 완화해서,
   학생 여러분의 생활력 및 자주성의
   향상을 촉진하겠습니다.
3. 점심시간 한정 옥상 개방을 추진하겠습니다.
4. 문화제에 게스트로서 연예인을 불러,
   분위기 및 활기를 띄우겠습니다.

"그건 그렇고, 완전 아양 떠는 공약이네."

"맞아! 토모자키는 의외로 악랄하네~."

미미미는 한 손으로 입가를 가리며 히히히 하고 장난스럽게 웃었다.

"에이, 정정당당하게 싸우는 것뿐이라고."

나는 진심으로 그렇게 말했다. 이것이 nanashi의 플레이 스타일이다. 사용할 수 있는 수는 전부 쓴다.

"그래?"

미미미는 약간 어이없어 하면서도 즐거워 보였다.

"하지만 학생들이 이걸 보면 관심을 가질 거야~!"

"뭐, 절반은 농담으로 여길 것 같지만 말이야."

"아하하! 그것도 괜찮네!"

"맞아."

"선생님이 보면 뭐라고 변명할 지 준비해야 한다니, 진짜로 나쁜 짓을 하는 것 같네~. 이 악당!"

"그, 그래?!"

미미미는 웃음을 터뜨렸다. 실제로 선생님이 보고 한 소리 하더라도, 교내의 활기와 학생의 편리성을 위한 거라고 변명하면 어찌어찌 되는 내용으로 정했다.

"으음, 이것 말고도 뭘 할지 생각해야겠네."

"……맞아."

나는 미리 생각해둔 것들을 설명했다.

"이제부터 정식 연설 때까지 지지자 숫자에서 차이가 너무 나지 않도록 신경을 써야만 해."

정식 연설. 즉, 전교생 앞에서 하는 연설이며, 이번 주말에 한다.

그전에 인상 면에서 크게 차이가 난다면, 우리가 더 나은 연설을 하더라도 그 차이를 메울 수 없다.

하지만 평범한 방식으로 선거활동을 해선, 오늘을 비롯한 나흘 동안 미미미가 히나미보다 많은 지지자를 모으는 것은 무리일 것이다. 미즈사와와 야마시타 양을 비교해 볼 때, 연설 스킬에서 크게 차이가 난다. 게다가 히나미는 자기 자신의 인상을 조작 및 학생들에 대한 정보 암기 같은 광기에 가까운 노력을 통해 지지자를 모으고 있다.

즉, 지금 단계에서 파티와 지닌 스킬, 능력치가 차이나고 있었다.

그리고 그 차이를 메우는 것은 어렵다. 스킬은 지금까지 해온 노력과 경험, 재능을 통해 완성되는 것이니, 이제부터 벼락치기로 대항하려고 해봤자 부질없는 짓일 것이다. 그리고 파티 면에서의 차이를 메우기 위해서는 미즈사와보다도 연설력이 뛰어난 사람이나, 히나미를 뛰어넘을 만큼 호감도가 좋은 사람을 찾아야만 한다. 솔직히 말해 그건 불가능에 가깝다.

이렇게 압도적일 정도로 『지금까지 쌓아온 것』이 차이가 날 줄이야. 역시 히나미 아오이는 대단했다.

NO NAME의 플레이 스타일은 『압도적인 노력량을 통한 정면 돌파』다.

그렇다면 이 상황에서 nanashi가 생각해야 할 것은…….

──역력한 전력 차이를 전제로 한, 암수(暗手)다.

나는 인맥이 넓은 미미미에게서 여러 부의 내부 정보를 들은 다음, 작전을 짰다.

그리고 컴퓨터실을 나선 나와 미미미는 내 제안에 따라 배구부와 농구부가 연습하는 체육관으로 향했다. 이제부터 할 일을 설명하자, 미미미는「역시 토모자키는…… 악당이네」하고 말하며 장난기 섞인 미소를 지었다. 으음, 이것도 어찌 보면 정공법인데 말이야.

체육관에 도착한 후, 주위를 둘러보니 농구부 코트에서 타마 양이 공을 들고 걷는 모습이 보였다. 저 애는 저렇게 몸집이 작은 데 배구부구나. 말을 걸까도 했지만, 지금 우리의 목적은 그게 아니기에 일단 관뒀다.

미미미는 나와 의논한 대로, 남자 농구부의 보스 격인 사람한테 말을 걸었다. 몸집이 크고 잘 생긴 그는 척 봐도 리얼충이다. 나는 무심코 위축되지 않도록 거리를 두며 대기했다.

"어이~, 사사키~."

"응? 미미미구나. 무슨 일이야?"

코트에 있던 사사키라고 불린 남자는 미미미를 향해 걸어왔다.

"선거, 활동, 중이에요!"

미미미는 허리에 손을 대며 가슴을 폈다. 가슴에 생겨난 포물선 형태의 주름이 자연스럽게 시선을 유도하더니, 그녀의 커다란 가슴이 강조됐다. 하지만 사사키라는 남자는 그쪽에는 전혀 시선을 주지 않았다. 리, 리얼충은 대단하네.

"아~, 너도 입후보했지? 성실하네~."

"뭐, 성실한 게 내 장점이잖아!"

"우엑!"

정체불명의 타이밍에 「우엑」 같은 소리를 했다. 리얼충의 그 독특한 대화에 나는 약간 질렸다.

"실은 교섭을 하러 왔어~."

"교섭?"

"그래~! 이런 정책을 실행할 테니, 저에게 투표해주십시오! 같은 느낌?"

"흐음, 나는 아오이에게 투표할 생각인데 말이야."

"그런 소리 하지 마~!"

미미미는 양손으로 귀를 막았다. 움직임과 말투가 하나하나 코미컬했다.

"그런데, 뭐? 정책?"

"예스! 정책!"

"아, 되게 시끄럽네."

"뭐, 내 말 좀 들어보세요! 그러니까 말이죠~. ……전동 공기주입기를 구매하자는 정책을 추진할 테니까, 저를 응원해주세요."

미미미는 음흉한 표정을 지으며 그런 선언을 했다.

"어! 정말이야?!"

사사키는 미끼를 덥석 물었다.

그렇다. 전동 공기주입기. 내가 제안한 작전은 바로 그 것이다.

특정 부활동에 이익을 주는 공약을 제시해서, 튼튼한 지지자를 모은다.

즉, 이익 유도를 통한 정치적 매수다. 이건 어디까지나 합법이에요.

"진짜예요~. 부활동의 활성화를 위해 말이야! 아, 그래 도 농구부만을 위한 건 아니거든? 배구부와 축구부, 핸드 볼부와 공동으로 쓰게 할 거야!"

그리고 농구부, 배구부, 축구부, 핸드볼부라는 네 개의 운동부에 이익을 줄 수 있는 『전동 공기주입기』라는 아이 템을 일부러 골랐다. 몇 만 엔에 살 수 있는 현실적인 아이 템인데다, 공기를 넣는 잡일을 편하게 처리할 수 있다. 귀 찮은 작업을 간략화할 수 있다는 것은 부원들에게 있어 바 라마지 않는 일일 것이다.

"좋아."

"그럼 깨끗한 한 표 부탁드립니다! 물론, 당신만이 아니 라~……."

"하하하, 오케이. 공기주입기, 꼭 사주는 거다?"

"나만 믿어!"

"좋아! 그럼 다른 녀석들에게도 말하고 올게."

사사키는 코트 쪽을 턱짓하면서 그렇게 말했다. 보아하니 농구부는 총 서른 명 남짓인 것 같아 보였다.

만약 그들 중 8할이 미미미에게 투표를 해준다면, 스무 표는 확보할 수 있으리라.

"부탁해!"

미미미는 이렇게 간단히 표를 모았다. 이것은 『공기주입기를 통한 매수』라는 작전의 힘이기도 하지만, 그것보다 더 크게 작용한 것은 미미미의 커뮤니케이션 능력일 것이다. 만약 이 교섭을 내가 했다면 『기분 나빠, 인상 더러워, 얼굴 못 생겼어』라는 비 리얼충 삼원칙에 따라 바로 거절당했을 것이다. 설령 거절을 당하지 않더라도 편리하게 이용할 수 있는 약해빠진 음침 캐릭터 취급이나 당할 게 뻔하다. 약아빠진 자식이라는 인상이 남을지도 모른다. 적어도 지금처럼 공범으로서 호의적으로 받아주지는 않으리라. 내가 지금까지 살아온 인생에 비춰볼 때, 틀림없다.

그런 생각을 하고 있을 때, 미미미는 타마 양 쪽을 쳐다보더니, 눈동자를 반짝였다.

"타마~! 오늘도 쪼그마하네~!"

미미미는 그렇게 말하며 맹렬하게 뛰어가더니, 태클을 하듯 타마 양을 꼭 끌어안았다.

"밈미?! 잠깐만, 멋대로 코트에 들어오면, 꺄앗?!"

"실례하겠습니다~!"

미미미는 그렇게 말하면서 타마 양이 입고 있는 운동복을 살짝 걷어 올리더니, 그 안에 얼굴을 집어넣었다. 저 사람은 대체 뭘 하는 걸까. 그리고 그대로 목 부분으로 얼굴을 내밀었다. 타마 양의 체육복 목 부분에서 머리 두 개가 튀어나온 상태다. 왜 저러는 거야?

"밈미, 답답해! 진짜 왜 이러는 건지 모르겠네!"

"합체!"

"뭐?!"

바로 그때, 어이없다는 표정으로 다가온 배구부 여자 선배가 미미미의 머리를 찰싹 소리 나게 때렸다.

"나나미, 뭐하는 거야?"

"사, 사랑하는 시오리 선배!!"

시오리 선배라고 불린 여성이 등장하자, 미미미는 눈을 더욱 반짝이며 그녀에게 다가가려 했다. 하지만 타마 양의 체육복에 고개를 들이민 바람에 그럴 수가 없었다. 결국 미미미는 「역시 선배…… 저를 함정에 빠뜨렸군요」 하고 중얼거렸다.

한편, 시오리 선배는 한숨을 내쉬면서 미미미를 쳐다보았다.

"네가 멋대로 고개를 들이밀었을 뿐이잖아……."

"아, 그랬죠! 에헷!"

미미미는 또 「에헷」 하고 발음하더니, 타마 양의 체육복 안으로 머리를 넣더니, 계속 꿈틀거렸다.

"꺄앗!"

그러자 타마 양이 달콤한 느낌이 감도는 비명을 질렀다. 또 미미미가 무슨 짓을 한 것 같았다.

그리고 미미미는 곧 「푸핫!」 하고 말하면서 머리를 뺐다.

"바깥 공기는 맛있네!"

미미미는 양손을 펼치면서 미소를 지었다. 타마 양은 배를 움켜잡으면서 망연자실한 표정을 지었다.

"너, 너무해!"

"나, 나츠바야시, 괜찮아?"

타마 양이 좀 이상해 보이자, 선배는 걱정하는 듯한 어조로 그렇게 말했다.

"배꼽……."

"배, 배꼽?"

타마 양은 부끄러워하듯 작은 목소리로 이렇게 말했다.

"배꼽을 핥았어요."

"너, 바보지?!"

시오리 선배는 타마 양의 말을 듣더니 미미미를 쥐어박았다.

"바보 아니에요, 선배! 오늘은 배구부에게 괜찮은 제안을 하러 왔다고요!"

"뭐, 뭐어?"

그리고 미미미는 이 혼란을 이용하듯 아까와 같은 이야기를 시오리 선배에게 했다.

"——즉, 세키토모 고교의 부활동 활성화가 목적이에요!"

"흠. ……알았어. 그런 거라면 협력해줄게. 육상부만 계속 활약하게 둘 수는 없으니까 말이야."

"고마워요, 시오링 선배! 사랑해요!"

그리고 자기 제안을 간단히 통과시켰다. 음, 강캐가 있으니 이야기가 스무스하게 진행되네.

미미미는 역시 대단하다. 도중에 배구부 후배들도 몰려와서 「미미미 선배~!」, 「입후보했다면서요~」, 「응원할게요!」 하고 말했다. 다른 부일뿐만 아니라 학년이 다른 사람들과 이렇게 교류한다는 게 신기했다.

나는 그런 생각을 하면서, 이 자리에 있는 농구부 및 배구부 부원의 「쟤, 누구야? 아까부터 체육관에 있던데 말이야」 하고 말하는 듯한 시선을 계속 견디고 있었다. 여기서는 약캐가 할 일이 없으니 어쩔 수 없다고.

그리고 체육관에서의 볼일을 마치고 나가려던 순간, 미미미는 타마 양을 향해 이렇게 말했다.

"아, 맞다. 타마, 등을 만져봐."

"등? ……어."

그리고 타마 양은 미미미를 노려보았다.

"……밈, 미~?"

얼굴을 붉힌 타마 양은 원념에 찬 눈길로 미미미를 쳐다보더니, 구석으로 가서 꼼지락거리기 시작했다.

"뭐, 뭘 한 거야?"

내가 작은 목소리로 미미미에게 묻자, 「손가락 마법!」하고 말하면서 손가락을 튕겼다. 시오리 선배는 뭔가를 눈치 챘는지 「배꼽을 핥으면서…… 재주 좋은 녀석이라니깐」하고 중얼거렸다. 감탄과 어이없음이 섞인 목소리였다. 뭐가 어떻게 된 거야?

결국 진상을 알지 못했지만, 나와 미미미는 그 후에도 운동장을 돌아다니면서 축구부와 핸드볼부와도 교섭을 했다. 그리고 그 결과, 총 백 명 이상의 『확고한 지지자』를 확보하는데 성공했다.

***

미미미는 하굣길에 옆에서 걷고 있는 나에게 즐거운 어조로 이렇게 말했다.

"그건 그렇고 잘 풀렸네~. 토모자키는 대단한걸!"

"그, 그게…… 미미미가 교섭을 잘해준 덕분이야."

단둘이서 하교, 그것도 열차에서 내리는 역도 동일하다. 그러니 이렇게 되는 게 당연할지도 모른다.

미미미와 단둘이서 하교하는 것은 이걸로 두 번째지만, 이번에는 마음의 준비를 하지 못했다.

"이제 꽤 해볼만 할까?"

"으음, 글쎄. 이제 최소한의 준비는 갖춰졌다고…… 생각해."

나는 긴장했다는 사실을 감추며 그렇게 말했다. 말끝을 흐리면서 긍정하기는 했지만, 실제로는 어떨까. 세키토모 고교의 학생 수는 총 600여명이다. 그중 백 명 정도를 지지 자로 확보하기는 했지만…… 솔직히 아직 부족하다. 아니, 일반적인 선거라면 그 정도로 충분히 유리하다고 할 수 있 겠지만, 상대는 바로 히나미다. 그 점을 고려해본다면, 아직 불리하다는 생각이 들었다. 그럼 어떻게 하지……?

단둘이서 하교하며 긴장한 바람에 머릿속이 잘 돌아 가지 않았다.

하지만 이렇게 미미미와 나란히 걷다 보니, 자기가 인생 이라는 게임에서는 압도적으로 지고 있는데도 키와 몸집은 더 좋아서, 왠지 상대가 여성이라는 걸 의식하게 되었다.

"응? 왜 그렇게 쳐다보는 거야? 혹시 고백하려는 거야?!"

"아, 아냐!"

나는 당황하면서 딴죽을 날렸다. 미미미는 힘차게 웃으 면서 가방을 흔들었다. 그러자 가방에 달린 스트랩도 흔들 렸다.

"……그게 뭐야?"

나는 그 스트랩에 눈길이 갔다. 하니와(埴輪 일본의 고대 무 덤 주위에 묻어 두던 흙인형. 기묘한 형태를 지녔다) 같이 생긴 줄무 늬 패턴의 스트랩이 달려 있었다. 전에도 저런 게 달려 있 었나?

"오! 안목이 좋은걸! 이건 얼마 전에 한눈에 반해서 산 거야!"

"그, 그렇구나."

왠지 엄청 미묘한 디자인의 스트랩이었기에 어떤 반응을 보이면 좋을지 감이 오지 않았다.

"어때?! 귀엽지?!"

나는 「뭐?!」하고 말하며 화들짝 놀랐다. 이, 이게 귀여워?

그리고 나는 이즈미에게도 써먹었던, 미즈사와 스타일의 말투를 떠올렸다.

"아니, 엄청 이상해."

"뭐~?! 에이, 무슨 소리를 하는 거야! 엄청 귀엽잖아!"

미미미는 웃었다. 오오, 또 사이가 좋은 듯한 느낌이 됐네. 미즈사와, 대단해. 이거, 엄청 쓰기 좋아.

"하지만 그거…… 하니와처럼 생겼잖아."

"그래서 귀엽잖아! 정말~! 뭘 모른다니깐~."

미미미는 입술을 삐죽 내밀더니, 왠지 즐거운 듯한 어조로 그렇게 말했다. 미즈사와 메서드는 정말 엄청나네.

아니, 그래도 이건 절대 귀엽지 않다고.

"그것보다 선거 이야기나 하자! 브레인이신 토모자키 씨, 내일을 뭘 하면 될까요?!"

미미미는 손에 쥔 마이크를 나에게 내미는 듯한 시늉을 하면서 그렇게 말했다.

"으음~…… 글쎄. 이 상황에서 할 일이라면……."

나는 생각해봤다.

이 선거에서 이기기 위해서는, 완전무결한 게이머인 NO NAME의 빈틈을 찌르기 위해서는…….

이 싸움의 핵심은── 미미미와 히나미의『승부에 대한 의식 차이』다.

솔직히 말해, 현재 히나미는 방심하고 있다. 방심이라고 해도『여유가 있으니 대충 하자』같은 얼간이 같은 방심이 아니라『우리가 이렇게 승리를 거머쥐기 위해 고집스럽게 싸우지 않을 것이다』라는 의미의, 타당한 판단이다.

선거라는 것을 상식적으로 본다면, 입후보자가 목표로 삼을 것은『더 많은 지지자를 모은다』일 것이다. 그러니 히나미는 미미미의 행동방침이『더 많은 지지자를 모은다』라는 정당한 목적에 근거하고 있을 거라 여기리라. 또한 내가『브레인』이 되기 전까지만 해도 미미미는 그렇게 했다.

그런 전제조건으로 히나미가 이기려 한다면, 그 녀석에게 있어 가장 승률이 높은 방식은『미미미와 마찬가지로, 가능한 한 많은 지지자를 모은다』일 것이다. 자신의 역량과 지금까지 쌓아온 것에서 확연하게 차이가 나고 있으니, 상대방과 동일한 무대와 전법으로 싸운다면 뜻밖의 패배가 발생할 가능성이 현저하게 줄기 때문이다.

그리고 현재 히나미는 그런 생각에 따라『더 많은 지지자를 모으는』방향성으로 싸우고 있다.

또한 그것은 NO NAME의『압도적인 노력을 통한 정면 돌파』스타일과도 일치했다.

즉, 그런 방식으로는 이길 수 없다. 그런 무대와 그런 전법은 히나미의 전매특허다. 그러니 버릴 수밖에 없다.

결국 나는 체육관에 표를 모으러 가기 전에, 미미미에게 이런 제안을 했다.

"55퍼센트를 목표로 삼자."

그렇다. 처음부터『더 많은 지지자를 모은다』는 걸 포기한다. 100퍼센트 중 45퍼센트가 미미미에게 투표할 가능성은 애초부터 버린다. 그 대신, 모든 수단을 동원해 남은 55퍼센트를 확보한다. 히나미가『더 많은 지지자를 모으기 위해』100퍼센트를 대상으로 활동하는 가운데, 우리는 55퍼센트에 집중하면서, 그들을 확고한 지지층으로 만드는 것이다. 이 방식이라면 역량에서 곱절 가량 차이가 나더라도 괜찮은 승부를 벌일 수 있을 것이다.

그런 생각이『전동 공기주입기』를 이용한, 특정 범위에 큰 효과를 발휘하는 활동으로 이어진 것이다.

나는 그때, 이런 설명도 했다.

"──승패만 두고 본다면,『득표율 100퍼센트』와『득표율 51퍼센트』의 가치는 같거든."

선거에서는 최다 투표만 거두면 이긴다. 즉, 승패에 있

어서는 과반수만 확보하면 그 이상은 자기만족이나 다름
없는 것이다.

　물론 히나미도 그걸 모를 리가 없다. 하지만 그 녀석은
정공법을 추구하니 그런 방식을 사용하지 않을 것이다. 미
미미가 『55퍼센트만을 노리는 방식』이라는 야비한 전법을
사용한다는 걸 안다면 이야기가 달라지겠지만, 히나미는
예상조차 못하고 있을 것이다.

　그러니 이것은 그런 히나미의 빈틈을 찌르는 암수다. 어
찌 보면 기습이나 다름없는 것이다.

　히나미의 전투방식에 대한 대책을 세웠을 뿐, 그 이외의
방식에는 대처할 수 없다. 히나미가 이 전법에 맞서기 위
한 대책을 세운다면, 그대로 무너지고 마는 모래성이다.

　하지만 그래도 상관없다. 카드 게임에서는 예전 환경에
서 최강이었던 카드 조합이 현재 환경에서도 최강인 경우
가 흔한 것이다.

　"……어~이~, 토모자키~? 내일은 어쩔 거야?"

　"아, 응."

　어이쿠. 또 무의식적으로 머릿속 세계에 빠져들고 만 것
같았다.

　"혹시 딱히 없는 거야?"

　"으음. ……일단 생각 좀 해볼게."

　사실 여러모로 생각해봤지만, 하루 만에 아까처럼 확고

한 지지자를 모을 방법은 좀처럼 떠오르지 않았다.

"그런데, 토모자키는 왜 아오이에게 그렇게 이기고 싶은 거야?"

미미미는 갑자기 그런 소리를 했다.

"응?"

나는 약간 당황하면서 대답했다.

"……전에 말했잖아?"

"게임을 좋아하니까, 상대가 강하면 강할수록 의욕이 불타오른다는 말 말이야?"

"응. 뭐, 그래."

"……그게 전부야?"

미미미는 한 걸음 내디뎠다.

뭐, 솔직히 말하자면 그렇지는 않다. 게임을 좋아한다는 이유로 이기고 싶은 거라면 왜 평소에 공부나 운동 같은 걸로 히나미와 승부를 하지 않냐는 의문을 품을 수도 있다. 확실히 이유치고는 좀 그랬다.

미미미도 입가는 웃고 있지만 왠지 미심쩍은 표정을 짓고 있었다. 그냥 솔직히 말하는 편이 좋을지도 모른다.

아직 레벨이 낮은 내가 할 수 있는 거라면, 생각을 솔직하게 말하는 것뿐이다.

"……나, 어패를 잘해."

"어, 갑자기 무슨 소리를 하는 거야?"

"실은 히나미도 그걸 잘해."

"아~ 그렇구나."

미미미는 납득을 했다는 표정을 지었다.

"즉, 아오이에게 복수를 하려는 거구나!"

나는 고개를 갸웃거렸다.

"복수?"

"어, 아냐? 자신 있던 어패로 져서 복수를 하려는 건 줄 알았어."

"아하."

나는 쓴웃음을 지었다.

"그렇지 않아. 어패로는 이겼어."

"어! 정말이야?!"

히나미에게 어떤 분야로든 이겼다는 것 자체가 놀랍다는 반응이었다.

"응. 하지만 히나미는 내가 지금까지 싸웠던 어패 플레이어 중에서 가장 강했다고나 할까, 이 녀석에게는 언젠가 질지도 모른다는 생각이 처음으로 들었던 상대이기도 해."

"호, 호오."

미미미는 어안이 벙벙한 표정을 지으며 내 이야기를 듣고 있었다.

"하지만 나는 인생에서는 히나미에게 완패했어. 무엇으로도 이길 수가 없고, 언젠가 이길 수 있을 거라는 생각조차 들지 않아. 하지만 내가 유일하게 인정한 히나미 아오이라는 어패 플레이어가 메인으로 삼는 전장은 바로 『인생』이었어."

"아하하, 마치 인생을 게임처럼 여기네."

그게 말이지. 진짜로 게임이더라고.

"뭐, 맞아. 하지만 『인생』이 게임이라면, 히나미 아오이와 어패만이 아니라 그 녀석의 메인 전장인 『인생』에서도 싸워보고 싶다는 생각이 들었어. 나도 일단은 게이머거든. 하지만 내 실력으로는 이길 수 없다는 걸 알았어……."

"아. 그래서……."

"응. 미미미와 협력하면 이길 수 있을지도 모른다고 생각했다고나 할까……."

"아하~. 뭐, 그럼 납득했어."

나는 거짓말을 섞지 않으며 동기를 설명했다. 그래도 어패로 일본제일이라는 건 왠지 부끄러워서 덮어뒀다. 히나미에게 인생에 관한 레슨을 받고 있다는 것도 포함해서 말이다.

미미미는 「음음, 청춘을 구가하고 있네」 같은 소리를 하면서 몇 번이나 고개를 끄덕였다.

그건 그렇고, 생각지도 못한 말을 하고 말았다. 이게 리얼충의 대화술이라는 걸까. 그럼 나도 흉내를 내보자. 미미미의 대화 기술을 훔치라는 지시를 히나미에게도 받았고, 실은 좀 신경 쓰이기도 했다.

"……미미미는 어때?"

"응?"

"미미미는 왜 그렇게까지 히나미에게 이기고 싶은 거야?"

나는 방금 미미미가 했던 질문을 똑같이 건넸다. 미즈사와 메세드와 마찬가지로, 역시 대화에 있어서는 표절이 중요하다는 생각이 들었다.

"……으음~."

미미미는 난처하다는 듯이 웃음을 흘린 후, 허공을 쳐다보았다.

아, 너무 많이 파고들었나?

"저기, 괜한 걸 물었다면 사과할게."

"아! 괜찮아! 딱히 별거 아니거든."

미미미는 볼을 긁적이더니, 여전히 허공을 쳐다보며 이야기를 시작했다.

"그럼 문제 하나 낼게요! 일본에서 가장 높은 산은 뭘까요?!"

미미미는 곧 평소처럼 밝은 표정을 짓더니, 느닷없이 힘차게 퀴즈를 냈다.

"웬 퀴즈?"

나는 약간 당황하면서 대답했다.

"후지산, 맞지?"

"딩동댕~! 짝짝짝~!"

"어, 어?"

나는 어떤 반응을 보이면 좋을지 감이 오지 않았다.

"그럼 다음 질문~."

미미미는 씨익 웃었다.

"일본에서 두 번째로 높은 산은 뭐죠?"

미미미는 내 눈동자를 쳐다보며, 뭔가를 헤아리려는 듯한 시선을 보냈다.

"어, 두 번째? ……뭐지? 으음…….."

"때앵~! 타임 오버~! 정답은…… 『키타타게』입니다!"

미미미는 손가락을 두 개 세우면서 그렇게 말했다.

"키타타케? ……몰랐어."

"그렇지?!"

미미미는 밝게 웃었다.

"그럼 다음 질문! 미국의 초대 대통령은 누구?"

이건 안다.

"조지 워싱턴."

"딩동댕! 그럼…… 두 번째 대통령은?"

미미미는 또 나를 시험하듯, 차분한 어조로 그렇게 말했다.

"으음. ……누구더라?"

"땡~! 정답은 존 애덤스! 토모자키, 세계사는 잘 못하나봐~?"

"그, 글쎄?"

내가 이 퀴즈의 의도를 파악하지 못한 채 당황하자, 미미미는 아까보다 조금 더 진지한 표정을 지었다.

"그럼 다음 문제! 5월에 했던 스포츠 테스트에서 여성부

종합 1위는 누구게~?"

그리고 미미미는 의미심장한 미소를 지었다. 이건…….

"히나미, 맞지?"

"응, 정답이야."

미미미는 상냥하게 고개를 갸웃거렸다.

"2위가 누구인지, 알아?"

그리고 그녀는 나와 시선을 마주했다.

"……아니, 모르겠어."

"그렇지? 즉, 그런 거예요! 1등은 엄청 눈에 띄고 유명하지만, 2등이 된 순간! 단숨에 가치가 내려가!"

── 가치가 내려간다.

그 순간, 나는 미미미가 하고 싶은 말이 무엇인지 눈치챈 듯한 느낌이 들었다.

"그럼…… 그 스포츠 테스트의 2위는…….'

미미미는 한순간 쓸쓸한 표정을 지으며 숨을 삼키더니, 곧 평소처럼 미소를 지었다.

"그래! 2위는 바로 저, 나나미 미나미였습니다! 어때? 나, 실은 엄청난 애야! 알고 있었어?"

"모, 몰랐어."

"그렇지?! 아무튼 그런 거야. 아, 참고로 공부에 있어서도 1학년 기말고사 때까지 항상 2위였어! 얼마 전의 중간고사와 기말고사에서는 3위와 6위가 됐지만 말이야~."

나는 놀랐다. 우리 학교는 진학고이니 그건 엄청 대단한 거다.

"어, 그래? 그렇게 안 보였는데……."

나는 놀란 김에 무심코 솔직한 감상을 털어놓았다.

"방금 그 말은 너무하잖아!"

미미미는 깔깔 웃었다.

"하지만~, 다들 몰라! 사실 저, 나나미 미나미는 문무겸 비에 용모수려에 요조숙녀인 미남미녀예요……."

"어이, 미남은 아니잖아."

"역시 토모자키 군, 사소한 것도 신경 쓰네! 하지만 다른 건 인정해주는 거구나…… 상, 냥, 하, 네!"

"시끄러워!"

나는 미미미의 페이스를 따라가기 위해 열심히 딴죽을 날렸다.

"아하하하!"

미미미는 크게 입을 벌리며 웃더니, 곧 진지한 표정을 지었다.

"아무튼, 그렇게 된 거예요~."

미미미는 고개를 숙인 채 웃더니, 조그마한 돌을 걷어찼다.

"……그랬구나."

몰랐다. 히나미가 너무 엄청나기 때문에, 미미미는 항상 그녀의 그림자에 가려지고 있었다.

내가 무심코 시선을 피하며 걷고 있을 때, 미미미는 평소 의 과장스러울 정도로 밝고 눈부신 미소가 아니라, 덧없으면서도 언젠가 사라질 듯한 미소를 지으며 이렇게 말했다.

"그러니까, 이기고 싶어."

***

다음 날인 수요일. 미미미는 어제와 같은 장소에서 선거 활동을 하고 있었으며, 야마시타 양도 약간 익숙해진 것 같았다. 히나미는 두 개의 건물 입구 중 어제와 다른 쪽에서 활동을 하고 있었으며, 어느 쪽을 이용하는 사람에게도 자신의 목소리를 들을 수 있도록 효율을 도모하는 것 같았다. 역시 히나미. 평소 같으면 이걸 보고 위협적으로 느꼈겠지만, 이번만큼은 히나미가 『더 많은 지지자를 모은다』라는 방향으로 싸우고 있다는 게 증명되었기에 나는 마음속으로 잘 됐다고 생각했다. 우리의 대책이 먹혀들어 갈 가능성이 커진 것이다.

그리고 4교시 직전의 쉬는 시간.

나는 평소처럼 도서실에 가서 키쿠치 양과 함께 책을 읽는…… 척을 하면서, 예전처럼 전법을 검토했다.

하지만 그것은 어패가 아니라, 선거 전법에 대한 검토였다.

──그래. 이기고 싶을 거야.

내가 보기에, 미미미는 진심으로 이기고 싶어 하는 게 틀림없었다. 지고 싶지 않다. 이기고 싶다.

항상 2위만 해왔다. 항상 히나미에게 이기지 못했다. 하지만 이번에야말로 이기고 싶다.

나는 게이머로서의 재능 같은 건 존재하지 않는다고 생각하며, 굳이 따지자면 『지기 싫어 하는가 아닌가』뿐이라고 생각한다. 미미미도 나와 마찬가지인 것이다.

그렇다면 할 수밖에 없다.

물론 나도 —— NO NAME에게 인생으로도 이기고 싶다. 어린애 같은 생각일지도 모르지만, 이것은 게이머로서 내 진심이 담긴 소망이다.

그렇다면, 진정한 의미에서 최선에 최선을 다하지 않았다간, 후회만이 남을 것이다.

"인생의 룰, 이해의 일치, 발언력이 강한 사람의 설득. 즉 『분위기』의 조작⋯⋯."

나는 앤디 작품의 활자를 쳐다보면서 어패 전법을 고찰하던 때처럼 눈을 감은 후, 히나미에게 배운 룰이 지닌 요소를 추상적으로 분해한 후, 구체적으로 구성하고, 결과를 이미지한 다음, 수단을 검토했다.

"으음⋯⋯ 방금 무슨 말 했어요?"

"아, 아무것도 아냐."

키쿠치 양이 나를 쳐다보며 그렇게 말했다. 아무래도 혼잣말을 중얼거린 것 같았다. 반성해야겠다.

"그런⋯⋯가요?"

키쿠치 양, 미안해. 하지만 나는 이겨야만 해.

지금 나는 전교집회 때 미미미미가 할 연설에 대해 생각하고 있다.

본격적으로 어패를 파기로 결심했을 때, 내가 가장 먼저 한 것은 당시에 어패를 가장 잘한다고 생각했던 플레이어, Zero의 흉내였다. 나는 그때와 마찬가지로, 현재 내가 인생에서 가장 강하다고 생각하는 플레이어인 히나미 아오이를 흉내 낼 생각이다.

하지만 히나미도 마찬가지일 것이다. 그 녀석이 어떻게 인생이라는 게임의 실력을 쌓았는지는 모르겠지만, 적어도 어패에 관해서만큼은 분명 내 플레이를 흉내 냈을 것이다.

그러면서 동작 하나하나를 갈고 닦고, 내 전법의 연장선상의 대책을 짰을 것이다. 그런 방향으로 나를 뛰어넘으려 한 것이다. 흉내에서 비롯된 세련됨이다. 그 후에도 몇 번이나 싸워봤기에 아는 거지만, 그 녀석이 현재 어패에서 목표로 삼고 있는 것은 지극히 간단하다.

내 전법을 회상하고 또 회상하며, 나보다 정확성을 더 높인 후, 정정당당하게 붙어서 박살 낸다.

즉, NO NAME의 플레이 스타일 『압도적인 노력량을 통한 정면 돌파』를 추구하고 있는 것이다.

자신이 올바르다고 주장하고, 자신의 룰 안에서 싸우려는 것이 아니라……

타인이 만들거나, 원래부터 존재하던 룰 안에서, 승리를 쟁취한다.

히나미는 그런 사람이다.

하지만 히나미. 너도 처음에는 남을 흉내 내는 것부터 시작했어. 그러면서 노력을 거듭해 정확성을 높인 다음, 승리를 거머쥐는 방식을 취해왔지.

하지만 나는 그게 전부가 아냐.

나는 히나미에게서 『원래 존재하는 룰 안에서 싸운다』라는 이야기를 들었을 때, 자신의 방식은 『인생』에서 통하지 않는 건 아닐까 하고 생각했다. 하지만 그와 동시에 의문을 느꼈다.

그래서 이번에 시험해보기로 했다.

NO NAME은 어패를 시작한지 몇 달 안 되었기 때문에 모를지도 모른다.

반 년 전에 일어났던, 어패의 가치관을 송두리째 바꾼 변화를, 누가 일으켰는지를 말이다.

──나는, nanashi의 플레이 스타일이, 인생에서도 통할지 통하지 않을지 시험해보고 싶다.

"토모자키 군⋯⋯?"

"⋯⋯우왓?!"

생각의 늪에 빠져 있던 나를, 한줄기 빛이 건져 올렸다.

"응? 왜, 왜 그래? 내 얼굴, 혹시 이상해?"

키쿠치 양이 고개를 끄덕인다면 「애초부터 이상하니까

개의치 마」하고 말하자며 나는 마음속으로 다짐했다.

"아…… 그게 표정이……."

표정? 그게 무슨 소리지. 생각에 너무 잠겨서 입이라도 쩍 벌리고 있었나.

"으, 응."

"펴, 평소보다…… 늠름해 보여서…… 깜짝 놀랐어요."

"느, 늠름……?!"

나는 뜻밖의 말을 듣고 얼굴을 붉혔으며, 키쿠치 양도 입가에 손가락을 대면서 고개를 돌렸다. 어이쿠, 위험한 사랑에 빠질 뻔했군.

***

방과 후. 식당으로 향한 나와 미미미는 창가 자리에 앉은 후, 아이스크림을 먹으면서 회의를 시작했다.

"우선 물어볼 게 있는데 말이야."

"응."

"모레 전교집회 때 할 연설의 내용은 아직 안 정했지?"

"으음, 여러 패턴을 생각해두기는 했는데 확 와닿는 게 없어~."

미미미는 장난기 어린 어조로 그렇게 말했다.

하지만 나는 그 말을 듣고, 할 일이 생길 것 같다는 생각을 하며 안심했다.

"그럼……."

나는 머릿속에 품고 있던 생각을 입에 담았다.

"내, 내가 대본을 만들면 안 될까?"

"뭐?"

미미미는 뚱딴지같은 표정을 지었다. 그럴 만도 했다.

나도 꽤 주제넘은 소리를 하고 있다는 건 자각하고 있다.

"으음, 뭐랄까, 미미미는 남과 이야기하는 걸 잘하고, 교섭 같은 것도 능숙하니까…… 그런 외적인 행동에 시간을 할애하는 편이 좋을 거라고 생각해."

"그런 게 내 특기? 흐음, 그렇구나!"

미리 생각해뒀던 이해관계를 의식하며 내가 설득하자, 미미미는 겸손해 하면서도 납득해줬다.

"그리고 나도 그런 작전 같은 걸 짜는 게 특기니까…… 이쪽은 나한테 맡기고, 미미미는 교섭에 집중하는 편이 좋지 않을까 싶어. 미미미가 딴 일을 하는 사이에 내가 대본을 만들고, 완성되면 미미미에게 체크해달라고 한 다음, 그걸로 연설하는 거지."

"그, 그렇구나."

미미미는 고개를 숙이면서 생각했다.

"……해볼 만할 것 같아?"

그 질문에는 그렇게 하면 이길 수 있을지를 물어보는 의미가 담겨 있을 것이다. 나는 미미미의 얼굴을 똑바로 쳐다보았다.

불안요소와 자신감의 결여, 미미미가 믿어줄 것인가 등, 여러모로 우려되는 사항은 있지만, 나는 확신 또한 어렴풋이 지니고 있었다.

"생각해둔 건…… 있어."

미미미는 내 표정을 잠시 동안 쳐다보았다. 그리고 가볍게 고개를 끄덕였다.

"응! 적재적소, 서로가 서로를 돕는 거구나! 나, 그런 걸 좋아해, 브레인!"

미미미는 힘차게 그렇게 말하면서 내 어깨를 세게 때렸다.

"아얏!"

나는 맞은 어깨를 가볍게 문지르면서「그럼 오늘 미미미가 할 일을 생각해뒀는데……」하고 미미미에게 작전을 이야기했다. 내용에 납득한 미미미는 혼자서 다른 곳으로 향했다. 미미미에게 해달라고 하는 것은—— 하급생의 회유다.

그리고 나는 아까 도서실에서 생각한 대본의 상세한 내용을 좀 더 정리한 후, 체육관으로 향했다. 내가 생각한 또 하나의 작전이 실현 가능한지 안 한지 확인하기 위해서 말이다.

"시, 실례합니다~."

나는 아무에게도 들리지 않을 만큼 작은 목소리로 그렇게 말하면서 안으로 들어갔다.

체육관에서는 전에 미미미와 함께 왔을 때와 마찬가지로, 농구부와 배구부가 따로 연습을 하고 있었다. 나는 그 안에서 타마 양을 찾은 후, 체육관 가장자리를 따라 이동해서 그녀에게 다가갔다.

"타, 타마 양~."

나는 우물쭈물하면서 타마 양에게 말을 걸었다.

"토모자키? 무슨 일이야?"

"실은 미미미의 선거에 관한 걸로 좀…… 협력해줬으면 하는 일이 있는데 말이야."

"응. 뭘 도와주면 되는데?"

이 애, 조그마한 몸집과 달리, 말투 자체는 그야말로 단도직입적이네. 미미미와도 사이가 좋으니까, 내가 그녀를 돕는다는 걸 이미 알고 있으리라.

"잠시만, 시간 좀 내줄래?"

"…………."

타마 양은 아무 말 없이 주위를 둘러보았다.

"잠시만 기다려!"

그리고 코트 안에 있는 시오리 선배를 향해 뛰어가더니, 잠시 이야기를 나누고 다시 이쪽으로 뛰어왔다.

"자, 허락 받고 왔어. 어떻게 협력해달라는 거야?"

타마 양은 고개를 들더니 나를 똑바로 쳐다보았다. 악의나 호의가 있다기보다, 그저 똑바로 상대를 쳐다보기만 하는 느낌의 시선이었다.

"자세한 건 묻지 말아줬으면 하는데……."

나는 스마트폰을 꺼냈다.

"이제부터 먼 곳에 가서 음악을 틀 테니까, 들리는지 안 들리는지 가르쳐줬으면 해."

타마 양은 스마트폰을 쳐다보더니, 또 나를 똑바로 쳐다보았다.

"신호를 보내면 돼?"

"응. 그래."

"알았어! 어디 있으면 되는데?"

정말 말이 잘 통했다. 의문 같은 건 없는 걸까.

"으음, 뭐, 여기면 되는데……."

나는 그 위화감 때문에 말끝을 흐렸다.

"왜 그래?"

"아, 그게 말이야. 왜 의문을 품지 않는 건지 궁금해서 말이야."

내가 그렇게 말하자, 타마 양은 고개를 갸웃거린 후…….

"자세한 건 묻지 말아달라면서?"

……하고 말했다. 정말 무미건조한 반응이었다.

"으음, 그건 그렇지만 말이야."

나는 위화감을 느끼고 말끝을 흐렸다. 하지만 타마 양의 표정에는 변함이 없었다.

"그리고 밈미의 선거를 위해서 이러는 거지?"

타마 양은 솔직한 어조로 그렇게 말했다.

"으, 응."

"그럼 협력할게! 밈미도 이 일에 오케이한 거지?"

"으, 응. 오케이했어."

"알았어! 그럼 여기서 듣고 있을게."

"아, 으음, 고마워!"

우리는 그런 식으로 대화를 끝냈다. 뭐랄까, 역시 엄청 솔직한 느낌의 여자애다. 그러고 보니 히나미도 타마 양은 요즘 세상에서 보기 드문 애라고 말했었다.

나는 서둘러 확인을 시작했다.

우선 체육관 가장 뒤편에서 음악을 틀었다. 그러자 타마 양은 양손으로 동그라미를 만들었다. 오호라.

그 뒤를 이어 체육관 위편 양옆에 있는 실내 베란다 같은 공간에서 틀어봤다. 타마 양은 또 양손으로 동그라미를 만들었다.

그렇게 무대 안쪽의 커튼 뒤편, 의자가 수납되어 있는 커다란 서랍 등, 여러 곳에서 스마트폰으로 음악을 틀어서, 잘 들리는지 체크했다.

그 후, 나는 타마 양의 곁으로 돌아갔다.

"고마워."

"끝났어?"

"응. 아, 어디가 가장 잘 들렸어?"

"으음."

타마 양은 양쪽 베란다 같은 공간을 가리켰다.

"저기야."

"오케이……. 고마워."

좋아. 이걸로 작전의 실현에 한 걸음 더 다가갔다.

나는 목적을 달성한 후, 딱히 할 이야기도 없었기에 「그럼 가볼게」하고 말하며 식당으로 돌아가서 대본을 만들기 위해 돌아선 순간, 타마 양이 갑자기 입을 열었다.

"토모자키!"

"응?"

나는 타마 양을 향해 고개를 돌렸다.

"선거, 말인데……."

"응?"

타마 양은 걱정스러운 표정을 지으며 나를 쳐다보고 있었다.

"너무, 무리하지는 마."

"뭐?"

나는 한순간, 그 말의 의도를 파악하지 못했다.

"밈미는……."

타마 양은 한순간 쓸쓸한 표정을 지었다.

"무리할 때가 있거든."

"으, 응."

나는 당황하면서 고개를 끄덕였다.

"겉으로 티는 내지 않지만 말이야."

"……알았어."

나는 그 진심 어린 말을 듣고 뒤늦게 이해했다. 타마 양은 순수하게 미미미를 걱정하고 있으며, 그리고 그 걱정하는 마음을 나에게 솔직히 전하고 있는 것이다.

별다른 의도도 없다. 그저 솔직한 의미를, 솔직한 말로 전하는 것이다.

"무리하지 않는다고 말했으면서, 무리할 때도 있어."

"……그렇구나."

나는 타마 양이 한 말에 어느 정도 공감할 수 있었다. 미미미를 오랫동안 알고 지내지는 않았지만 말이다.

"그러니까, 신경을 써줘."

히나미가 전에 말한 적이 있다. 타마 양은 자신의 마음을 숨김없이 있는 그대로 말할 수 있는 애라고 말이다.

나는 그걸 지금 실감했다.

그렇다면 허투루 대답할 수는 없다.

나는 이 학교 학생 중에서 가장 믿음직하지 않은 가슴을 세게 두드린 후, 표정 근육을 사용하며 웃었다.

"나만 믿어!"

내가 그렇게 말하자, 타마 양은 기뻐하면서 내 얼굴을 손가락으로 가리켰다.

"맡길게!"

타마 양은 만족스러운 표정을 지으며 뒤돌아서더니, 코트 쪽으로 돌아가려 했다.

바로 그때, 나는 뭔가를 떠올렸다. 그러고 보니 일전에 미미미가 체육관에서 타마 양에게 했던 짓이 뭔지 결국 듣지 못했다. 지금 본인에게 물어보면 가르쳐줄지도 모른다. 직접 물어보자.

"아, 그런데 일전에 미미미가 말한 『손가락 마법』이라는 거에 당했었지? 그게 대체 뭐였어?"

내가 그렇게 말하자, 타마 양은 얼굴을 새빨갛게 붉히면서 뒤돌아서더니, 나를 손가락으로 가리키며 힘찬 목소리로…….

"그런 걸 여자애에게 묻지 마!!"

……하고 주의를 줬다. 여자애에게 묻지 말라고? 수수께끼는 점점 깊어만 가고 있었다…….

***

볼일을 마친 내가 식당에 돌아가서 대본을 만들고 있을 때, 미미미도 돌아왔다.

"아, 어서 와. 어떻게 됐어?"

미미미는 손가락으로 동그라미를 만들더니, 그 틈으로 나를 쳐다보았다.

"완벽해!"

나는 그녀의 페이스를 뒤처지지 않고 따라가기 위해 표정 근육으로 미소를 만들며 엄지를 치켜들었다.

"나이스!"

그러자 미미미는 아하하하하! 하고 크게 웃었다. 어, 서, 성공했나? 나도 이런 반응을 할 수 있게 된 건가!

"완전 죽겠네……! 평소와 갭이 너무 커……!"

미미미는 그렇게 말하면서 웃었다. 아, 그런 건가요. 평소에는 어둡던 녀석이 갑자기 이상한 행동을 하는 게 웃겨서 웃은 거군요. 뭐, 그럴 줄 알았어요.

"움직임이…… 움직임이……!"

미미미는 그렇게 말하면서 내 움직임을 흉내 냈다. 그만해. 내 마음에 난 상처에 소금을 뿌리지 말라고. 그런데 내가 아까 저랬었구나. 웃을 만도 하네. 더 정진해야겠다.

"그, 그것보다……!"

나는 얼굴을 붉힌 채 말을 이었다.

"……몇 반 정도 돌아봤어?"

"으음. 종례를 아직 하지 않은 반이 두 반 있었어. 그 두 곳만 돌았어. ……푸푸풉."

미미미는 아직도 웃음의 여운에서 벗어나지 못한 채 그렇게 대답했다. 그만해. 그만하라고.

"그랬구나. ……그럼 남은 반은 내일 돌아야겠네."

"맞아~. 이제 얼마나 신용해줄지에 달려 있네."

나는 「그래」 하고 말하면서 고개를 끄덕였다.

"그건 그렇고 토모자키는 진짜로 악랄하네~. 귀여운 1학년들을 속여도 괜찮은 거야? 에잇!"

"무슨 소리를 하는 거야. 속인 적 없어. 당선이 되고 진짜로 최선을 다한다면 아무 문제없어."

"아하하, 그건 그래!"

"꼭 실현하겠다는 약속은 안 했잖아. 진짜로 실현할 수 있을지도 모르고 말이야."

"맞아! 당선된다면 진짜로 힘써볼 거야! **에어컨** 설치를 위해서 말이야!"

그렇다. 내가 미미미에게 제안한 것은 『에어컨을 이용한 1학년 회유』다.

방법은 매우 단순하다. 종례가 마친 직후의 반, 혹은 조례 직전이라 클래스메이트 전원이 모여 있는 반에 들어가서 「내가 학생회장이 되면 모든 반에 에어컨이 설치되도록 최선을 다해 힘쓸 것을 맹세합니다」 하고 연설을 하고 다니는 것이다. 여기서 중요한 점은 1학년 반만을 돌아다닌다는 것이다.

왜 1학년만을 대상으로 삼느냐면, 우리 같은 2학년이나 3학년은 『에어컨이 그렇게 간단히 설치될 리가 없다』는 것을 알기 때문이다.

그러니 2, 3학년에게 이 방법을 쓰면 통하지 않을 뿐만 아니라 『비현실적인 소리를 한다』며 신용을 잃으면서 지지자를 이탈할 가능성조차 있다.

하지만 1학년은 아직 고등학생이 된지 얼마 되지 않았다. 입학을 하고 석 달도 지나지 않은 이 7월에는 '학생회장이 최선을 다하면 에어컨이 설치되는 것도 꿈이 아닐지도 몰라' 하고 생각하는 것도 무리는 아니다. 그것도 미미미의 열정적인 연설을 듣는다면 그렇게 생각할 가능성은 더 크다.

에어컨의 유무는 고등학생에게 있어 매우 중요한 명제다. 최근에는 교실에 에어컨이 있는 학교가 더 많지만, 세키토모 고교는 아직도 설치가 되지 않았다. 그렇기 때문에, 희망을 품게만 한다면 그 학생들은 『확고한 지지자』가 될 것이다.

물론 거짓말을 하면 안 되니, 미미미는 학생회장에 당선된다면 진짜로 에어컨 설치를 위해 분투해야만 한다. 하지만 1년이 지나 그들이 2학년이 될 즈음, 만약 설치에 실패하더라도 '뭐, 사실 현실적으로 어렵기는 해' 하고 생각해 줄 것이다, 라는 것이 개인적 소망이 반영된 예측이다.

"아, 그리고 연설 대본 말인데⋯⋯."

"오, 완성됐구나! 어떤 느낌이야?"

나는 종이를 펼치면서 미미미에게 설명을 시작했다. 뭐, 전부 히나미에게서 들은 거지만——.

우선 연설을 통해 사람들의 지지를 얻기 위해서는 『분위기』를 조종해야만 한다.

하지만 전교집회라는 대규모 집단의 분위기를 조작하는 것은 쉽지 않다.

그런 상황에서 『분위기』를 조종하는데 도움이 될 무기는 아마도⋯⋯ 그것이다.

나는 지금까지 본 것 중에서 가장 엄청나다고 생각했던 『분위기의 조종』── 즉, 히나미가 가정실습실에서 타마 양을 구할 때를 떠올리면서 말했다.

"처음에는 웃음을 유도하는 거야."

"흠흠…… 어, 뭐?!"

미미미는 동의하려 하다가 갑자기 화들짝 놀랐다.

"자, 잠깐만! 웃음을 유도하는 건 그렇게 쉬운 게 아니란 말이야!"

아, 역시 그렇구나. 나는 고개를 끄덕였다. 이 상황에서 미미미가 「맡겨만 줘!」 하고 말했다면 제일 편했겠지만 말이다. 그럼 내 생각을 말해두자.

"그래. 아마 이 상황에서 코미디언처럼 끝내주는 개그로 사람들을 웃기는 건 엄청 어렵……겠지?"

"당연하지! 그건 절대 무리야!"

"하지만──."

"하지만?"

나는 당시에 히나미가 취한 행동, 그리고 최근 며칠 동안 접한 미미미의 대화 방식── 음색을 절묘하게 바꾸면서 히나미를 연상케 하는 말투로 나를 놀린 그녀의 개인기를 떠올리며……

"우리 학교 학생들에게만 통할 소재를 이용한다면, 충분히 가능해."

……하고 말했다.

"……우리 학교 학생들에게만 통할 소재?"

미미미는 고개를 갸웃거렸다. 그렇다. 확실히 정석적인 방법으로 웃음을 유도하는 것은 어려울 것이다.

하지만 한정적인 범위에 속한 사람들만 이해할 수 있는 소재를 쓴다면, 충분히 가능할 것이다.

"구체적으로 말하자면, 카와무라 선생님의 흉내를 내는 거야."

미미미는 한순간 뭔가를 생각하듯 고개를 살짝 숙이더니, 곧 웃음을 터뜨렸다.

"아하하. 그렇구나……. 응. 할 수 있을 거라고 생각해. 그리고 아마 먹힐 거야!"

좋다. 미미미가 내 생각에 동의하자, 나는 안심했다.

우리 담임인 카와무라 선생님은 학년주임이라 전교집회에서 이야기를 하기도 한다. 그래서 그 특징적인 말투는 전교생이 다 알고 있다. 그런 카와무라 선생님을 흉내 내는 것이다.

"다행이야. 그럼 초반에 개그를 하기로 하자. 그럼 연설 내용 말인데……."

"오! 기다렸습니다!"

나는 히나미가 가르쳐준 『자신의 제안을 통과시키는 방법』을 하나하나 떠올리면서, 그것을 히나미를 쓰러뜨리기 위한 무기로써 미미미에게 설명했다.

"학생들에게서 좋은 반응을 이끌어낼 수 있는 공약을 메인으로 삼으며 구성할 거야."

우선 『이해관계의 일치』다. 가능한 한 많은 학생에게 『자신에게 이득이 된다』고 생각하게 하는 것이다.

"응. 공약 내용을 생각했을 때와 같네!"

미미미는 그렇게 말했다. 맞다. 하지만 조금 다르다.

또 하나의 법칙인 『발언력이 강한 인간의 설득』도 할 필요가 있는 것이다.

"하지만 좀 조심해야 할 점이 있어."

"조심…… 아, 그렇구나."

미미미는 눈치를 챈 것 같았다.

"선생님 말이구나."

그렇다. 이번에는 학생에게만 나눠주는 공약 용지와는 다르다. 선생님이라고 하는, 교내의 의사결정에 있어 강한 권한을 지닌 인물도 납득시켜야만 하는 것이다. 그들에게 부정을 당했다간 고생해서 손에 넣은 표도 부질없어질 수 있다. 나는 고개를 끄덕였다.

"선생님들이 귀정, 하고 생각하게 만들어야만 해."

"앗, 아오이 언어다! 왠지 사용방식이 미묘하게 틀린 것 같지만 말이야!"

나는 으스대는 듯한 발언을 했다가 바로 딴죽을 당했다.

"그, 그래? ……아무튼 선생님이 도중에 중단시키지 않을 정도의 내용 수준을 유지하면서, 모든 선생님들이 『자기들에게도 이득이 있다』고 생각할 만한 공약을 만들어봤어."

하지만 딱히 특이한 내용은 아니다. 일전에 작성한 공약의 연장선상이라고 할 수 있는 것이다.

나는 대본 내용을 보여주면서 설명을 했다. 미미미는 진지한 표정으로 내 말에 귀를 기울였다.

"응, 그렇구나. 무난하다고 생각해!"

아무래도 납득을 해준 것 같았다. 그렇다. 여기까지는 무난하다.

"실은 에어컨 설치를 설득력 있는 공약으로써 말할 수 있다면 가장 좋겠지만, 그건 무리야. 그러니 이 정도가 타협점이라고 생각해."

미미미는 「뭐, 맞아」 하고 웃으면서 말했다.

"그리고 마지막으로 이게 가장 중요한 건데——."

그리고 나는 마지막에 발동시킬 간단한 트릭에 관해서도 설명했다.

"——이런 느낌으로 연설을 끝내는 거야."

나는 설명을 마쳤다.

그리고 나는 긴장한 채 미미미가 반응을 보이기만 기다렸다.

그러자, 미미미는 가슴이 두근대는 듯이 씨익 웃더니, 나를 올려다보면서 이렇게 말했다.

"……토모자키는 완전 사기꾼이네!"

그리고 팔을 치켜들더니, 내 어깨를 향해 휘둘렀다. 또

이거냐. 이미 이 짓에 몇 번이나 당했던 나는 그녀의 움직임을 정확하게 간파한 후, 절묘하게 피했다. 부웅.

"……어라?"

"훗, 물러!"

나는 타마 양처럼 상대방의 얼굴을 손가락으로 가리키며 그렇게 외쳤다.

그러자 미미미는 또 「개, 갭이…… 움직임이……」 하고 중얼거리면서 웃기 시작했다. 이제 안 할 테니까 그런 반응 좀 하지 말라고요…….

그래도 오케이 사인은 받았다. 이제 내일 또 세부적인 부분을 가다듬은 후, 전교집회에 임하기만 하면 된다.

***

다음 날 아침. 연설 전날. 나는 평소보다 일찍 집을 나섰다. 오늘은 미미미가 조례 전에 1학년 반들을 돌면서 에어컨을 통한 회유 작전을 실행할 것이다. 나는 히나미가 여전히 건물 앞에서 학생들을 상대로 선거활동을 하는 광경을 곁눈질하며 안심한 후, 미미미가 어쩌고 있는지 살피기 위해 1학년 반이 있는 곳으로 향했다.

몇몇 반 앞을 지나가다 보니, 미미미가 어느 반 안에서 『에어컨이 설치되도록 노력하겠다』는 내용의 연설을 하고 있는 광경이 눈에 들어왔다.

"인사 운동 같은 건 아무래도 상관없어! 나는 학생들의 공부 효율을 높이기 위해, 더위를 먹는 걸 막기 위해, 에어컨을 손에 넣고 싶어! 물론 가장 큰 이유는 더운 게 싫기 때문이야!"

그런 말로 1학년들의 웃음을 유도하며, 지지를 모아갔다.

역시 대단했다. 나라면 저렇게 잘 하지는 못할 것이다. 만약 같은 작전을 세워서 내가 같은 방식으로 움직였다면, 내가 약캐라는 점 때문에 결국 실패했으리라.

하지만 잘됐다.

머릿속으로 생각한 작전이 거의 이상적인 형태로 현실에서 재현되고 있다.

내가 머릿속으로 상상한 움직임이, 컨트롤러를 통해, 파운드가 재현하고 있는 느낌이 들었다.

히나미가 말한 것처럼 인생이 게임이라면, 이 싸움은 정말 재미있는 게임처럼 여겨졌다.

그래서 나는 이 선거에 진지하게 임하고 싶다.

나 따위에게 이 싸움의 열쇠를 맡겨준 미미미를 위해서라도, 반드시 이기겠다.

아마 이것이 히나미가 말했던, 그 책임이라는 것이리라.

"아."

나는 점심시간에 눈치챘다.

그러고 보니 목요일 방과 후에는 히나미와 회의를 하기

로 했다.

하지만 어떻게 할까. 오늘은 미미미와 연설 내용에 관해 마지막으로 조율하고 싶다. 내일은 선거가 끝났을 테니, 내일 방과 후에 회의를 하면 괜찮지 않을까 하는 생각도 들었다.

그래서 나는 서둘러 히나미에게 LINE을 보냈다.

『오늘 회의, 내일로 미루면 안 될까?』

그리고 수십 초 후, 히나미에게서 답장이 왔다.

『괜찮은데, 이유가 뭐야?』

나는 한순간 고민한 후, 솔직하게 대답하기로 했다.

『미미미의 선거활동을 돕고 있거든. 오늘은 마지막 조율을 하기로 했으니까, 그쪽에 최선을 다하고 싶어.』

그리고 상대방이 메시지를 읽었다는 표시를 뜨고 어느 정도 시간이 흐른 후, 『알았어』라는 답장이 왔다. 엄청 무뚝뚝하네. 그래도 자기 자신을 꾸미지 않은 히나미라면 이러는 게 정상이지. 뭐, 좋다.

이걸로 끝까지 최선을 다할 수 있게 됐다.

"우와아~! 내일 연설을 하는 구나!"

방과 후. 또 식당에 모인 나와 미미미는 내일 일과 지금까지의 일에 대해 이야기했다. 우리는 또 창가에 앉아서 아이스크림을 먹고 있었다.

"그래~. 아, 맞다. 1학년 반은 전부 다 돌았어?"

"응~! 평판도 좋아!"

"오오……."

반갑기 그지없는 정보였다. 평판이 좋았다니, 정말 좋은 소식이다.

이걸로 1학년 중 8할 가량이 미미미에게 투표를 해준다면 약 150표 정도는 될 것이다. 전동 공기주입기로 매수한 농구부, 배구부, 핸드볼부, 축구부 부원들 중에서도 8할이 미미미에게 투표를 해준다면, 1학년과 그들을 합쳐서 250표 정도 될 것이다. 세키토모 고교는 전교생이 600명 정도니까, 과반수를 차지하기 위해서는 남은 350명 중에서 연설 내용으로 50표를 더 획득해야 한다. 이건 상대가 히나미라는 점을 고려하더라도, 꽤 승산 있는 도박이라 할 수 있을 것이다.

만약 양쪽 다 5할 정도로 본다면 150표 정도 될 것이다. 그럼 남은 450명 중에서 150표를 손에 넣어야 한다. 상대가 히나미이니 낙관은 할 수 없지만, 그래도 충분히 해볼 만한 싸움이다.

"이제 내일 연설만 남았네~."

"그래."

나는 고개를 끄덕였다.

"맞아. 연설 내용 중에 개선할 부분은 있었어?"

"아, 일단 나름 궁리를 해봤어."

세세한 부분에서의 말투, 웃음을 유발할 수 있는 포인트

등, 미미미는 자기가 나름대로 궁리한 내용을 나에게 가르쳐줬다. 수정안은 연설을 재미있게 만드는 쪽으로 방향이었기에 나는「오오…… 역시 리얼충」하고 중얼거렸다. 그런 식으로 연습과 수정을 반복하고 있을 때──.

"어? 토모자키와 미미미잖아. 뭐하는 거야?"

미즈사와가 나에게 말을 걸었다. 고개를 돌려보니, 나카무라와 타케이도 이쪽으로 걸어오고 있었다.

나카무라. 그 사건 이후로도 나를 대하는 태도는 좋지 않았지만, 그래도 예전처럼 적극적으로 공격을 해오지는 않았다. 그래도 여러모로 거북한 존재였다. 이즈미와 이야기를 나눌 때마다 그의 시선이 느껴지는 것은 내 착각일 거라고 빌고 싶다.

어? 그러고 보니 미즈사와는 오늘 히나미와 같이 있지 않았다. 아, 그렇고 그런 의미가 아니라 선거활동을 하기 위해서 말이다. 나는 그런 의문이 들었지만, 일단 자리에 앉은 채 미즈사와에게 대답했다.

"아, 그게 말이야. 미미미의 선거활동을 돕고 있어."

그 말에 나카무라가 반응했다.

"뭐? 네가?"

나카무라는 우선 나를 향해 그렇게 말하더니, 미미미를 향해 고개를 돌렸다.

"왜 토모자키한테 도움을 받는 건데?"

"그게 말이야, 나카무~. 실은 토모자키는 완전 브레인이거든?!"

"뭐? 브레인?"

나카무라는 미간을 찌푸리며 그렇게 말했다.

미미미는 개의치 않으면서 명랑한 목소리로 말을 이었다.

"그래! 지지자를 모으는 거나, 연설 대본을 만드는 걸 엄청 도와줬어!"

"흐음~. 음침 캐릭터답네."

나카무라는 콤마 몇 초 차이로 그런 말을 직감적으로 뱉었다. 사고회로의 뿌리 부분까지 리얼충 승리자 정신에 물들어 있는 느낌이었다.

"……뭐, 그렇게라도 안 하면 아오이한테는 못 이긴다는 거야!"

미미미는 한순간 망설이는 듯한 표정을 지은 후, 나를 감싸듯 그렇게 말했다.

"흐음. 이긴다고?"

나카무라는 지겨운 헛소리를 들은 듯한 태도를 취했다.

나는 그 모습을 보자 짜증이 치솟았다.

"이, 이왕 시작했으니 이기고 싶거든."

나는 말을 더듬으면서도 나카무라를 향해 그렇게 말했다. 또 사고 쳤다. 나카무라는 내 말을 듣더니 표정을 일그러뜨렸다.

그는 비웃는 듯한 표정으로 「흐음?」 하고 중얼거렸다.

"뭐, 뭐야."

내가 겁을 먹으면서 반항하자, 나카무라는 나와 미미미를 번갈아 쳐다보며 이렇게 말했다.

"뭐, 그래봤자 헛수고라고 생각하지만 말이야."

"부메랑."

나카무라가 도발적인 발언을 하자, 미즈사와가 낮은 목소리로 그렇게 중얼거렸다.

그런데 뭐? 부메랑?

"뭐?"

나카무라가 추궁하자, 미즈사와는 사람 좋은 미소를 짓더니 손짓과 발짓을 섞어가면서 이야기를 시작했다.

"빙글빙글빙글~ 푸욱~ 이야. 자기가 한 말이 자기한테 되돌아와 꽂힌다는 의미지, 슈지."

"너, 지금 무슨 소리를 하는 거야?"

나는 그때, 미즈사와가 하고 싶은 말을 눈치챘다. 즉, 미즈사와는 우리를———.

"뭐, 괜찮잖아. 『상대방과 자기 사이의 역량 차이가 크더라도, 그걸 메우기 위해 노력하는 건 부질없지 않다』고 나는 생각하거든~."

미즈사와는 가면을 연상케 하는 딱딱한 미소를 지으며 그렇게 말했다. 톤이 밝아서 반항적인 소리를 하는 것처럼 들리지는 않지만, 이건……

나카무라는 체면을 구긴 것처럼 한순간 고개를 돌리더니, 이렇게 말했다.

"……흥, 그래? 뭐, 좋아."

그리고 나카무라는 입을 다물었다. 왜냐면 방금 미즈사와가 한 말은 아무리 생각해도——.

『슈지도 토모자키에게 이기기 위해 어패 연습을 하는데, 그것도 헛수고야?』

라는 의미의 비아냥거림이었다.

"그래도 토모자키는 아니잖아. 차라리 카와사키한테 부탁하라고."

그 말의 뜻을 이해한 것일까, 아니면 막연하게 아픈 곳을 찔렸다고 느꼈을 뿐일까. 나카무라는 화제를 돌렸다. 그리고 『토모자키의 말투 흉내』처럼 궁색하기 그지없는 방식으로 나를 놀려대며 타케이, 미즈사와와 함께 떠들어댔다. 미즈사와, 그 말에는 어울려주는 거냐. 뭐, 좋아.

그 모습을 쳐다보던 나는 문득 미즈사와와 시선이 마주쳤다. 그러자 미즈사와는 나카무라 쪽을 살피더니, 그들과의 대화에서 빠져나온 후, 내 옆에 놓인 의자에 앉았다.

"내일, 재미있는 걸 볼 수 있을까?"

미즈사와는 씨익 웃으면서 그렇게 말했다. 학생회 선거에 관해 이야기하는 것이리라.

"글쎄…… 뭐, 나름 준비는 했어."

"하하하. 기대할게."

"그런데, 오늘은 히나미와 선거활동 안 해?"

그 말을 듣는 순간, 가슴 속에서 응어리 같은 것이 샘솟았다. 아, 기분 탓일 것이다.

"아, 오늘은 연설도 짜야 하고, 따로 할 일도 있다면서 나를 차더라고."

"차, 찼다니······."

비유라는 걸 알면서도, 이렇게 반응하니 부끄러웠다.

"일단 내일 보자."

미즈사와가 그렇게 말하면서 자리에서 일어나려 하자, 나는「잠깐만」하고 말하며 그를 불러 세웠다.

아까 있었던 일 때문에 그에게 할 말이 있었던 것이다.

"응?"

"아, 저기, 아까 도와줬었잖아? 미안해······."

"뭐? ······아, 슈지 말이야?"

"그래."

내가 긍정하자, 미즈사와는 진지한 표정을 지으며 이렇게 말했다.

"잘 들어. 이럴 때는 미안하다고가 아니라 고맙다고 말하는 거야, 후미야."

"뭐, 뭐어?"

미즈사와는 어딘가에서 들어본 듯한 명언틱한 대사를 입에 담은 후, 자리에서 일어났다. 그리고 우리 쪽에는 눈길 한 번 주지 않고 나카무라 일행과 합류하더니, 그대로 식당을 나섰다. 방금 그건 대체 뭐지. 진담인지 농담인지 분간이 안 됐다. 그리고 방금 나를 후미야라고 부르지 않앉어?

"저 녀석들은 여전히 기운이 넘치네."

방금 일을 단순히 기운이 넘치는 걸로 치부하고 넘어가는 걸 보면, 미미미도 상당한 리얼충 사고방식의 소유자라는 생각이 들었다. 나는 주먹 대신 말로 치고 받은 것 같다고.

그런 언어난투를 마친 후, 나와 미미미는 차분히 연설에 관한 의견을 교환하고, 연습을 한 후, 해산했다.

오늘 미미미는 타마 양을 기다렸다 함께 돌아간다고 하니, 나는 혼자서 하교하기로 했다.

그리고 나는 하교를 하다, 뜻밖의 감정이 마음속에 존재한다는 사실을 눈치챘다.

어라? 혼자서 하교하니 왠지 좀 쓸쓸한데?

4 사부 캐릭터가 보스가 되면 답이 없을 정도로 강하다.

선거 당일. 전교집회는 한 달에 한 번 정도 열리며, 보통 금요일에 조례 시간의 5분 후쯤에 실시된다. 그리고 오늘은 전교집회에서 학생회장 후보들이 선거연설을 한다. 나는 평소 집회 시간에 딱 맞춰서 가지만, 오늘은 준비할 게 있는데다 마음이 진정되지가 않기에 일찌감치 체육관에 가기로 했다.

혼자서 교실을 나서며 체육관으로 향하던 나는 앞장서서 걷고 있는 히나미를 발견했다. 카리스마 넘치는 뒷모습만 봐도 그녀를 알아볼 수 있었다. 지난주까지만 해도 매일 같이 이야기를 나눴지만, 최근 며칠 동안은 전혀 이야기를 나누지 않았다.

나는 걸음을 옮기면서 그녀와 나란히 선 후, 말을 걸었다.

다른 사람에게 말을 걸 때와 다르게, 도발적인 톤으로 말이다.

"――여어."

히나미는 시선만 움직여서 쿨하게 나를 쳐다보았다.

"어머, 토모자키 군. 기운이 넘치나 봐?"

그녀는 비아냥거림이 섞인 듯한 어조로 그렇게 말했다.

"뭐, 네 덕분에 말이야."

"그거 다행이야. 반에서 매일같이 얼굴을 마주하지만——오래간만이네."

히나미는 씨익 웃었다.

"그래. ——오래간만이야, 히나미."

나는 무심코 입술 가장자리를 추켜올렸다.

"여전히 기분 나쁜 미소네."

"그래. 네가 가르쳐준 트레이닝 덕분이지."

"그런 걸 가르쳐준 적은 없거든? 자, 시범을 보여줄게."

히나미는 거짓 미소라는 걸 아는데도 가슴이 뛸 만큼 흠잡을 데 없는 완벽한 미소를 선보였다.

"여전한 건 바로 너네."

내가 그렇게 말하자, 히나미는 의기양양한 미소를 지었다. 이건 완벽한 미소와는 거리가 멀지만, 나는 이런 표정이 히나미에게 더 어울린다는 생각이 들었다.

"여러모로 꽤 손을 썼나 봐?"

"뭐, 상대가 상대인 만큼 어쩔 수 없잖아."

"흐음. 그래도 꽤 고생이 많았을 것 같은걸?"

"뭐, 그렇긴 해. 하지만 너한테만큼은 그런 소리를 듣고 싶지 않다고."

"그거 고맙네."

"고마워해야 할 사람은 바로 나야."

우리는 며칠 몫의 독설을 서로에게 퍼부어댔다.

"이 며칠 동안 nanashi와 대전을 못해서 심심했다니깐."

히나미는 한숨을 내쉬면서 그렇게 말했다. 그러고 보니 며칠 동안 어패 대결을 하지 않았다.

"흐음, 그랬구나. 그거 이상하네."

"……이상하다니?"

나는 히나미를 힐끔 쳐다보며 말을 이었다.

"왜냐하면 nanashi는 이 며칠 동안 쭉 NO NAME과 싸웠거든."

"흐음."

히나미는 무미건조한 어조로 그렇게 말했지만, 입가에는 즐거운 듯이 미소가 어려 있었다.

"——기대해도 될까?"

"글쎄."

"그건 또 무슨 소리야?"

체육관 근처에 도착한 나는 빠르게 걸음을 옮기며 히나미보다 앞서나갔다. 그리고 오늘 우리의 대전 스테이지인 체육관에 들어선 후, 히나미를 향해 돌아섰다.

"하지만, nanashi로서는 최선을 다했어."

나는 다시 돌아선 후, 무대 뒤편으로 향했다.

***

『이상으로 히나미 아오이 팬클럽 주의사항——이 아니라, 추천 연설을 마치겠습니다.』

단상에 선 남자의 목소리가 체육관 스피커에서 흘러나오자, 체육관 안이 웃음바다가 됐다.

『──미즈사와 타카히로 군. 감사합니다.』

웃음소리가 곧 박수로 바뀌었다. 미즈사와의 응원 연설은 건물 출입구 앞에서 하던 유창함과 유머러스함을 겸비한 연설의 연장선상이라 할 수 있었다. 역시 강적이다. 나는 미미미의 협력자로서 무대 뒤편에 들어와서 그 연설을 듣고 있었다. 미즈사와는 이쪽으로 걸어왔다.

내 옆에는 미미미가 있었다. 대본을 보면서 입술을 핥거나, 코를 만지고 있었다. 히나미는 반대편에서 대기하고 있었다.

미즈사와는 미미미가 긴장했다는 걸 눈치챘는지, 딱히 말을 걸지 않으면서 그녀의 옆을 지나갔다.

그리고…….

『그럼 회장 입후보자인 히나미 아오이 양의 연설이 있겠습니다. 부탁드립니다.』

이 순간이 찾아왔다.

반대편에 있던 히나미는 단상 한가운데로 걸어갔다. 그런 그녀의 실루엣은 아름다웠으며, 중앙에 놓인 연설대 앞에 서면서 옅은 미소를 지었다. 그런 행동만으로도 이 체육관 안의 분위기가 바뀌었다.

히나미는 자기 얼굴 높이까지 팔을 들어 올리며 관중들을 향해 손바닥을 내밀더니, 그 손을 자신의 가슴 언저리로 모았다. 내 눈은 그 움직임을 무의식적으로 좇았다.

『안녕하세요. ──히나미 아오이예요.』

관중들이 그 손의 움직임을 눈으로 좇느라 생긴 한순간의 침묵과 사고회로의 틈을 통해, 히나미의 아름다운 음색이 퍼져나갔다.

히나미의 연설이 시작됐다.

『오늘, 이렇게 연설을 할 기회를 주셔서 감사합니다.』

히나미는 완만한 동작으로 가볍게 인사를 건넸다.

내용보다, 관중의 의식을 템포로 움켜잡으려는 듯이, 말과 공백이 교묘하게 균형을 이뤘다.

『학생회 선거에 관해 한 마디 하자면…….』

히나미는 빙긋 웃었다. 거짓 미소인데도 쓸데없이 귀여웠다.

『솔직히 말해, 이렇게 생각하는 분도 많을 거라 생각합니다.』

히나미는 양손바닥을 천장을 향해 들면서 말을 이었다.

『누가 되든 별반 차이 없다.』

해외 코미디 드라마의 더빙처럼, 유머러스한 음색으로 자아낸 그 말은 관중의 웃음을 가볍게 유도했다.

하지만 히나미는 곧 진지한 표정을 짓더니, 손가락 하나를 들었다.

그리고 엄격함마저 느껴질 듯한, 실수를 지적하는 듯한 음색으로 이렇게 말했다.

『하지만, 저는 그런 사람들에게 한 마디 하고 싶은 말이 있습니다.』

아까까지 웃고 있던 관중들이 꾸지람을 들은 어린애처럼 침묵했다.

히나미는 잠시 동안 뜸을 들인 후, 그 손가락으로 관중을 가리키더니, 한쪽 눈썹을 치켜뜨면서 코미컬한 어조로 이렇게 말했다.

『——맞는 말이네.』

관중들은 폭소를 터뜨렸다. 오오, 그녀는 딱히 유별나지 않은 심플한 행동을 취하고 있었다. 하지만 그 표정과 한순간 상대방을 당황하게 하는 연기력, 그리고 그 틈을 놓치지 않고 파고드는 섬세함이 멋지게 웃음을 유도했다. 그말과 손 움직임 하나하나에 지배당하듯, 관중들은 NO NAME에게 매료됐다. 그리고 나 또한 예외는 아니었다.

히나미는 멋쩍어하는 것처럼, 허술한 미소를 지었다. 관중뿐만 아니라 나도 그 미소에서 눈을 뗄 수 없었다.

『방금 그 말은 농담이지만…… 사실, 제가 1년 동안 학생회장을 하게 되더라도 뭔가를 바꾸는 건 쉽지 않을 거라고 생각해요.』

이미 체육관 안은 히나미의 분위기로 가득 차 있었다.

『하지만, 그래도 가능한 범위 안에서 학교생활을 좋은

쪽으로 바꿔가고 싶어요. 실현할 수 없는 꿈만 좇기보다는, 현실적인 부분부터 바꿔나가는 거죠. 그게 제 역할이라고 생각해요. ……여러분은 이 학교에 불만이 없나요?』

그리고 한순간, 말을 멈추며 공백을 자아냈다.

『아, 참고로 저는 잔뜩 있어요.』

히나미가 갑자기 솔직한 마음이 어려 있는 듯한 어조로 그런 발언을 하자, 체육관 안이 웃음으로 가득 찼다.

『여러분도 불만이 아예 없지는 않죠? 예를 들자면——.』

바로 그때, 히나미의 입가가 무대 뒤편에 있는 나한테만 겨우겨우 보일 만큼 살짝 올라갔다. 그런 느낌이 들었다. 그 순간, 나는 불길한 예감을 받았다.

그리고 결론적으로 그것은 기분 탓이 아니었다. 히나미는 말을 이었다.

『매점의 상품이 좋지 않거나, 체육제의 규모가 너무 작거나, 운동장이 울퉁불퉁하다든가, 전동 공기주입기가 필요하다든가, 식당에서 밥을 곱빼기로 주문하고 싶다든가…….』

그 순간, 내 머릿속은 딱딱하게 굳어버렸다.

그것도 그럴 것이, 히나미가 방금 입에 담은 불만 중에는 우리가 생각한 공약 중 일부가, 그리고 무엇보다 우리의 『확고한 지지자』 전략 중 하나——『전동 공기주입기』라는 단어가 들어있었던 것이다. 내 옆에 있는 미미미도 고개를 치켜들었다.

히나미는 그 뒤를 이어 이렇게 말했다.

『그런 불만도 차례차례, 전부 해결해나갈 수 있으면 좋겠군요.』

바로 그때 눈치챘다.

──당했다.

정정당당하게, 우리 책략을, 전부는 아니지만,『전동 공기주입기』로 매수한 표 중 일부를, 공약으로 얻었던 지지 중 일부를, 단 한 마디 말로······.

각종 불만은 차례차례 해소한다. 관중들은 그 힘찬 말을 듣더니「오오······」하고 탄성을 터뜨렸다.

『하지만──.』

그리고 그게 전부가 아닌 것 같았다.

나를 비롯한 관중들은 히나미의 다음 말을 기다렸다.

『그렇게 많은 공약을 제시한다면 실현 여부를 의심하는 사람이 있을지도 모릅니다. 그러니 가장 중요한 딱 하나의 공약만 제시할까 해요.』

히나미는 손가락을 하나씩 접더니, 결국 오른손 검지만을 세웠다.

그리고 그녀는『그 공약이란──』하고 말한 후, 잠시 뜸을 들였다.

그 공백의 시간 동안, 나는 또 불길한 예감을 받았다. 저 녀석의 통찰력, 분석력, 그리고 실현력.

또한 아까 열거한 불만 안에 『전동 공기주입기』라는 말이 들어가 있었다는 사실.

그리고 무엇보다, 이 녀석의 플레이 스타일인 『압도적인 노력량을 통한 정면 돌파』.

자신이 올바르다는 점을 주장하며, 자신의 룰 안에서 싸우는 게 아니라…….

타인이 만든 룰이라는 무대 위에서 승리를 거머쥔다.

그것을 종합적으로 생각해볼 때, NO NAME이 도출한 대답은 단 하나 뿐이라는 생각이 들었다.

바로 그때, 히나미가 천천히 입을 열었다.

『——그 공약은 「모든 반에, 에어컨을 설치하는 것」이에요.』

불길한 예감이 적중했다.

"휘유~!"

관중 중 누군가가 손 휘파람을 불었다. 아마 리얼충 중에서 강한 권력을 지닌 학생 중 한 명일 것이다.

그리고 그것이 기폭제가 된 것처럼 관중들이 「우오오오오오오오오오!」하고 열광…… 같은 드라마틱한 상황은 벌어지지 않았지만, 관중들은 주위의 학생들과 방금 히나미가 한 말에 대해 의견을 나누거나 잡담을 나눴다. 그렇게 파장은 퍼져나갔다. 아무튼, 묘하게 열기를 띤 분위기가 생겨난 것은 변함없다.

하지만, 모든 반에 에어컨을 설치한다는 것은 설득력이 없다. 나도 비슷한 작전을 고안했지만, 너무 비현실적이라서 신뢰를 잃을 거라 판단했고, 1학년을 대상으로만 사용했던 것이다. 연설에 넣으면 최고일 거라는 이야기도 미미미와 나눴지만, 설득력이 없으니 불가능하다는 결론에 도달했다.

하지만 히나미는 그것을 전교생, 그리고 선생님들 앞에서『유일한 공약』으로서 말했다.

그것은 분명 악수다. ……악수가 틀림없다.

하지만, 나는 이런 식으로 생각하고 말았다.

어쩌면, 이 녀석이라면, 진짜로 실현하는 게 아닐까.

히나미 아오이라면, 바로 그 히나미 아오이가,『유일한 공약』으로서, 저렇게 까지 말했으니까…….

바로 그때, 눈치챘다. 그래.

정면 돌파.

지금까지 쌓아온 신뢰. 실적.『히나미 아오이라면』,『진짜로 에어컨을 각 반에 설치할 수 있을지도 모른다』. 지금까지 쌓아온 노력을 통해 축적한 신뢰로 정면 돌파를 시도한 것이다.

게다가『유일한 공약』이라는 말로 그 신뢰를 더욱 증폭시켰다.

나와 미미미에게는 『에어컨』이 비현실적인 공약이었다.
제대로 휘두를 수 없는 무기다.

하지만 히나미는 그것을 여유롭게 휘두르며, 현실적이
면서 강력한 공약으로 삼았다.

즉, 그것은 지금까지 쌓아온 것의 차이다.

『여러분, 작년 여름에는 정말 힘들었을 거라고 생각해
요. 아니, 올해도 이미 힘들죠?』

히나미는 기세를 살려 몰아붙이듯 그렇게 말했다.

『사실 에어컨을 설치하는 것은 어려울 지도 몰라요. 세
키토모 고교가 개교하고 지금까지도 설치가 되지 않았으
니까요. 사이타마 현에게 미움을 사기라도 한 걸까요?』

히나미는 또 관중들의 웃음을 유도했다.

『이유는 다양할 거라고 생각해요. 입지적으로 다른 지역
에 비교해 그렇게 덥지 않으니까, 우리 학교는 진학 실적
은 좋지만 부활동 실적이 좋지 않으니까, 등등의 이유 말
이죠.』

히나미는 난처한 듯한 음색으로 이유를 입에 담았다.

『하지만 여러분. 알고 계신가요? 그런 이유 중 하나가
최근에 해소됐어요.』

그리고 히나미는 빙긋 웃었다. 관중들이 알아볼 수 있도
록 약간 과장스럽게 말이다.

『요즘 육상부는—— 성적이 꽤 좋아요.』

관중은 한순간 침묵했다. 하지만 육상부 부원들이 「네가

그런 소리를 하는 거냐~!』, 「이 전국구!」 하고 즐거운 목소리로 말하자, 다른 사람들도 그 말의 의미를 이해하고 웅성거리기 시작했다. 그리고 그 웅성거림이 분위기를 휘감으며 소용돌이를 자아냈다.

나도 흥분하고 말았다. **자기가 만들어낸** 육상부의 실적을 무기 삼아, 관중을 매료시키다니…….

『이건 학교 측을 설득하기 딱 좋은 이유라고 생각하는데, 어떤가요?』

어딘가에서 박수가 터져 나왔다. 저 녀석, 대단하네.

정말 대담하기 그지없을 뿐만 아니라, 합리적이다.

이걸로 대부분의 관중은 저 녀석의 편이 되었다.

하지만 다르다. 아직 부족하다.

히나미가 가르쳐준 『분위기의 조종』에는 두 가지 철칙이 존재한다.

즉 『이해의 일치』와 『발언력이 강한 인간의 설득』이다.

이 연설을 통해 『히나미가 당선되면 자신이 이득을 얻는다』는 생각을 대부분의 학생이 하게 됐다. 이해의 일치는 마친 것이다. 납득하지 못한 사람이 있더라도, 우리가 모았던 1학년들의 표는 전부 히나미에게 **빼앗기고** 말았다.

하지만 『발언력이 강한 인간의 설득』. 즉, 선생님들은 설득하지 못했다.

방금 『육상부의 실적』 작전으로 설득하면 된다. 하지만 만약 설득을 못한다면……. 지금 제아무리 학생들의 지지를 모으더라도『그런 건 어린애의 헛소리』로 치부해버릴지도 모른다. 경우에 따라서는 실현할 수 없는 공약에 의해 표가 몰리는 걸 막기 위해『참고로, 에어컨을 각반에 설치하는 건 무리입니다』하고 이 자리에서 공언할지도 모른다.

그 순간, 이 모든 작전은 파탄 나고 만다. 히나미 아오이라는 이름에도 흠집이 생길 것이다.

그럼 히나미는 어떻게 할까. 혹시 에어컨 설치를 실현시킬 방법이라도 있는 걸까. 아니면…….

내가 진상에 다가갈 때까지 기다리지 않겠다는 듯이, 히나미는 연설을 계속했다.

『하지만 현실적으로 볼 때 모든 반에 에어컨을 설치한다──는 것은 좀처럼 실현되기 어려운 과제라고 생각해요.』

정중한 말투지만 무뚝뚝한 인상을 주지 않는, 아름다운 음색과 억양이다.

『실제로 지금 저쪽에서── 선생님들이 굳은 표정을 짓고 계시죠.』

히나미는 우아한 손놀림으로 교직원석을 가리켰다. 나를 비롯한 관중들은 무의식적으로 그쪽을 쳐다보았다.

거북한 표정을 짓고 있는 선생님들의 표정이 눈에 들어왔다. 히나미의 자신감 넘치는 미소를 보다 저런 표정을 보니, 왠지 그녀를 상대적으로 더 신용하게 됐다.

『이 연설이 끝나고, 집회도 끝났을 즈음, 선생님들은 이런 대화를 나눌지도 모르겠군요——.』

히나미는 빙긋 웃었다.

『모든 반에 에어컨을 설치한다니, 말도 안 된다.』

그래. 나는 또 눈치챘다. 미리 상대방이 할 반론을 미리 말하는 것이다.

그럼으로써, 설득력을 없애는 것이다. 말재주가 좋은 이가 흔히 쓰는 수법이다.

즉, 선생님들이 하는 말의 대미지를 최대한 줄일 생각인 것이다. 역시 히나미다——.

내가 그런 생각을 하고 있을 때…….

『그것도…….』

……하고, 히나미는 말을 이었다.

『에어컨이 빵빵하게 나오는 교무실에서 말이죠.』

윽.

한순간 정적이 흐른 후, 학생들이 웃음을 터뜨렸다.

나는 아연실색했지만, 곧 웃음을 흘렸다.

뭐야.

이 관중들의 웃음소리는 히나미와의 압도적인 실력 차를 실감하게 할 정도로, 내 귀 안에서 크게 울려 퍼졌다.

내가 공약을 생각할 때, 혹은 에어컨 작전을 생각할 때는 선생님들의 관점과 사고방식을 고려하면서 균형을 잡았다. 그 결과, 공약에서는 교내의 활기와 학생들의 편리성을 위해서라는 변명을 항상 사용했다. 연설 내용 또한 절충안 수준이다. 권력자에게 맞춘 것이다. 하지만 그것은 틀린 행동이 아니다. 보통은 누구나 그렇게 할 것이다.

하지만 히나미는 달랐다.

히나미 아오이는, 자기 자신을 관철했다.

선생님이라는 권력자에게도, 지금까지 쌓아온 노력과 신뢰와 실적을 통해—— 정면에서 돌파한 것이다.

NO NAME의 플레이스타일, 『압도적인 노력량을 통한 정면 돌파』.

내가 도모한 『아첨하는 공약』, 『전동 공기주입기』, 『에어컨』이라는 책략을, 연설로 당당하게 박살낸 것이다.

선생님이 상대인데도, 같은 무대 위에 서서, 정정당당하게 박살냈다.

상대가 누구든, 근본적인 전투방식을 바꾸지 않는다. 그렇게 무시무시할 정도로 철저했다.

『그러니, 저도 최선을 다할 것을 이 자리에서 맹세할게요! 공감해준 분들은 히나미 아오이에게 투표해주세요! 그거야말로, 귀정이에요!』

히나미는 마지막으로 그렇게 말하면서 단상에서 내려왔다. 그러자 뒤편에서 아낌없는 갈채가 터져 나왔다.

나는 무심코 경의를 표한다는 의미에서 박수를 치고 말

았다.

히나미는 우리 쪽으로 걸어왔다. 그리고 대기하고 있는 내 옆을, 나와 눈을 마주치지 않은 채, 마치 무시하듯 지나갔다.

"이래도, 이길 수 있겠어?"

하지만, 내 귀에는 득의양양하고 자신만만한 목소리가 흘러들어 왔다.

***

『이상입니다! 하앗!』

여자애의 힘찬 목소리가 체육관에 울려 퍼지자, 박수가 이 공간을 가득 채웠다.

『야마시타 유미코 양, 감사합니다.』

긴장한 것 같지만, 운동부 특유의 말투와 힘찬 내용이 더해지면서, 착한 심성이 관중에게 전해지는 연설이었다. 생각했던 것보다 분위기가 좋았다. 히나미의 연설 다음에 한 것치고는 꽤 잘한 편이라고 생각한다. 역시 추천인이 내가 아니라서 다행이다.

그리고 다음은——.

『다음은 회장 입후보자, 나나미 미나미 양의 연설이 있겠습니다. 부탁드립니다.』

나는 그 안내방송을 듣고 **이동했다.**

나는 무대 뒤편에 있는 계단을 통해 체육관 상단 양쪽 구석에 있는 베란다 같은 공간으로 향했다. 누군가에게 저지당했을 때에 대비한 변명도 준비했지만, 딱히 아무 말도 듣지 않았기에 무사히 위로 올라갔다.

『아하하하하!』

관중의 웃음소리가 들렸다. 미미미의 연설은 못 들었지만, 아마 선생님의 흉내를 냈을 것이다. 느닷없이 그런 게 아니라 『카와무라 선생님도 「~~~」 하고 말씀하셨으니, 최선을 다해볼까 해요』 같은 식으로 대본에 넣어뒀다. 참고로 그건 미미미의 아이디어다. 내 아이디어에서는 느닷없이 흉내를 내는 식이었는데, 지금 생각해보니 오히려 역효과가 났을 것이다.

스마트폰을 꺼내 음량을 가장 크게 했다. 설정을 확인해보고, 세팅을 했다. 그리고 스피커 부분을 관중 쪽을 향해 둔 다음, 가능한 한 큰 소리가 들리도록 배치했다.

좋아. 이제 뜻밖의 사태에 대비하면서, 숨어서 대기하기만 하면 된다.

나는 미미미의 연설에 귀를 기울였다. 음, 나쁘지 않다. 아니, 나는 왜 이런 거만한 소리를 하는 걸까. 오히려 좋다. 관중도 웃음을 터뜨리고 있으며, 고개를 끄덕이는 학생도 있다. 하지만 아까 봤던 히나미의 연설과 비교해보니 솔직히 밀린다는 생각이 들었다. 물론 그건 히나미가 대단하기 때문이다.

게다가 대본의 구성도 비슷했다. 이건 내 책임이다.

아니, 내용 자체는 다르지만 『이해관계의 일치』, 『발언력이 강한 인간의 설득』이라는 점을 통해 『분위기의 조종』을 하려 한다는 근간이 공통됐다. 내가 히나미에게 배운 룰을 이용해 줄거리를 짰으니 당연할지도 모른다.

뚜껑을 열어보니, 내가 생각한 대본은── 히나미가 만든 대본의 마이너 카피판이었다.

"……젠장."

어패 대전에서, 상대가 내 허를 찌르며 콤보에서 벗어났을 때와 비슷한 감정이 느껴졌다.

나는 무의식적으로 입술을 깨물었다.

……오만했어.

히나미에게 『인생』의 룰 중 일부를 배웠다. 그리고 『연설』은 그 룰을 활용해 싸울 수 있을 듯한 무대였다. 게다가 강캐를 조종한다는 최적의 환경이 갖춰졌다. 그러니 나라면, nanashi라면, 배운 『룰』과 조종하는 『강캐』를 활용하면, 히나미와 대등하게 싸울 수 있지 않을까. 나는 그런 생각을 했었다.

"……응. 나답지 않게 너무 물렀어."

노력이 달랐다. 지금까지 쌓아온 것이 달랐다. 그리고 각오 자체가 달랐다.

그 녀석의 연설에는 반드시 이기겠다, 한 표도 놓치지

않고 최다 득표로 이겨주겠다, 같은 노력과 축적과 각오가 가득 들어 있었다. 그녀는 진심으로, 전력을 다한 것이다. 최근에 배운 룰이지만, 나라면 제대로 활용할 수 있어! 같은 얄팍한 오만에 사로잡혀 맞서도 될 만큼 무른 상대가 아니었다. 착각에 사로잡혀 있었던 게 너무 부끄러웠다.

"하지만⋯⋯."

nanashi의 의지를 보여줘야만 한다.

나를 믿어준 미미미를 위해서라도, 이대로 포기할 수는 없다.

나는 조용히 그 순간을 기다렸다.

『물론, 그 모든 것은 세키토모 고교를 더욱 활기차게⋯⋯.』

미미미가 모든 공약을 설명하고, 마무리에 들어갔다. 바로 그때⋯⋯.

위잉~! 위잉~! 위잉~! 위잉~!

시끌벅적한 사이렌 소리가 울려 퍼졌다. 미미미는 연설을 멈추더니 주위를 둘러보았다.

관중들도 술렁거렸다. 소리가 어디서 들려오는지 찾기 위해 귀를 기울이는 사람, 자신의 핸드폰을 꺼내 알람이 울린 건 아닌지 확인하는 사람, 근처에 있는 사람에게 너한테서 나는 건 아니냐고 묻는 사람, 조용히 해~ 하고 말

하며 사태를 수습하려 하는 사람……. 하지만 체육관이라
는 넓은 공간에 울려 퍼지고 있는 이 소리의 출처는 좀처
럼 확인할 수가 없었다.

각자의 생각이 뒤엉키면서, 체육관 안에서 혼잡한 분위
기가 형성됐다.

"아~, 다들 조용히 해~."

"누구야? 빨리 꺼."

"선생님한테 빼앗길 것 같아서 숨기고 있는 거 아냐?"

"이 소리가 대체 어디서 들려오는 거야?!"

"이거, iPhone의 경보 아냐? 지진 났을 때 울리는 거."

"아, 그거야!"

"Android인 나는 알리바이 성립~."

"시끄러워."

그런 와중에 기회를 엿보고 있던 미미미가 담담한 표정
으로 관중들을 둘러보았다.

그리고 한번 「어험」 하고 헛기침을 했다. 그 목소리가 마
이크를 통해 주위로 확산됐다. 그러자 관중들의 시선과 의
식이 미미미에게 집중됐다. 그리고…….

『Hey, Siri! 알람을 멈춰!』

단상 위에 있는 미미미가 그렇게 말하자, 그러자 관중들
은 그 말을 듣고 놀라며 침묵했다.

───삐삣!

"알람을 멈춥니다."

방금까지 알람이 울리던 스마트폰은 체육관 상단부의 통로에 숨어있는 내 옆에 있었다.

그리고 스마트폰의 스피커에서 흘러나온 Siri의 목소리가 체육관 전체에 작게 울려 퍼졌다.

웅성!

히나미 때 못지않게 관중들이 뜨거운 반응을 보였다. 좋아!

미미미의 말은 아직 끝나지 않았다.

미미미의 헛기침 소리가 또 체육관 안에 울려 퍼지자, 관중들은 침묵했다.

『Hey, Siri! ──누가 학생회장이 될 것 같아?』

삐삣!

"저는 당신을 돕는 버추얼 어시스턴트 Siri입니다."

『자기소개를 하라는 게 아냐!』

관중들이 웃음을 터뜨렸다. 관중들의 눈에는 미미미가 이렇게 보일 것이다.『느닷없이 일어난 사고에, 애드리브로 대처하고 있는 학생회장 후보』로 말이다.

그렇다. 이게 내 방식이다.

히나미 상대로『잘 만든 작품』으로 승부를 하려고 해봤

자 이길 수 있을 리가 없다.

그렇다면 승부는 무대 밖── 예를 들자면『돌발적인 무대에서의 대응력』을 보여주는 것이다.

하지만 돌발적인 무대라는 것은 사고를 통해서만 발생하기에 돌발적인 것이다.

그렇다면 만들면 된다. 『인위적으로 돌발적인 무대』를 말이다.

이것이 그 녀석과 다른, nanashi류의『또 다른 무대를 만드는』방식이다.

미미미는 잠시 뜸을 들이더니, 빙긋 웃었다.

그리고 또 헛기침을 했다.

『그런데 너는, 누구한테 투표할 거야?』

삐빗!

"그런데 너는, 나무한테 투포환 거야」의 Web 검색 결과를 표시하겠습니까?"

『뭐어?!』

또 체육관의 분위기가 뜨겁게 달아올랐다. 그리고…….

『Siri는 나한테 투표를 해주지 않을 것 같지만, 여러분은 저한테 투표해주세요!』

마지막 한 마디로 체육관 안의 분위기를 달아오르게 만든 미미미는 손을 흔들면서 코미컬하게 무대에서 내려갔다. 좋아. 해냈어. 해냈다고.

나는 미미미의 등을 향해 쏟아지는 박수와 웃음의 소용돌이를 확인한 후, 안심하면서 핸드폰을 주워들면서 무대 뒤편으로 돌아갔다.

***

"해냈어————!"

무대 뒤편으로 돌아가자, 뭔가를 찾듯 주위를 두리번거리던 미미미가 나를 보자마자 뛰어오더니, 작은 목소리로 힘차게 기쁨을 표시하며 내 품에 뛰어들었다.

"우, 우왓?!"

미미미가 나에게 안겨들었다. 가능한 한 작은 목소리로 놀랐다는 사실을 드러낸 나는 복부 언저리에 닿아있는 부드러운 감촉을 가능한 한 의식하지 않으며 「떠, 떨어져……!」하고 허둥대며 말했다.

"어이쿠, 토모자키에게는 자극이 너무 강했나?"

미미미는 장난기 섞인 목소리로 그렇게 말하면서 나한테서 떨어졌다. 자극이 너무 강하다기보단, 자극이 너무 부드러운데…….

"수고했어, 미미미. 그리고…… 토모자키 군?"

방울처럼 아름다운 음색으로 그렇게 말한 사람은 바로 히나미다. 저렇게 작은 목소리로 이렇게 아름다운 음색을 자아내다니, 이 녀석은 대체 남들 몰래 얼마나 노력을……
뭐, 보이스레코더의 녹음 내용으로 충분히 상상이 되지만
말이다.

미미미는 해바라기처럼 환한 미소를 지었다.

"고마워, 아오이! 뭐, 여러모로 비밀이 있으니까, 이 연
설에 대해서 캐묻지는 말아줘!"

"비밀……? 으음, 아무튼 알았어!"

히나미가 가벼운 어조로 그렇게 대답하자, 미미미도 「잘
부탁해!」 하고 말했다.

"뭐, 토모자키의 공적도 있다는 것만 기억해줘!"

미미미는 그렇게 말하면서 내 팔을 움켜잡았다. 잠깐만,
이러지 마. 또 가슴이 팔에 닿았다고. 나한테 그런 건 너무
일러. 잘은 모르겠지만, 후반 스테이지의 보스나 이렇게
가슴으로 압박을 하지 않아?

"흐, 흐음?"

히나미는 난처한 표정을 짓더니, 애매한 미소를 지었다.
바로 그때, 미즈사와도 다가왔다.

"수고했어~. 어, 어라?"

미즈사와는 나와 미미미가 팔짱을 끼고 있는 광경을 보
더니, 놀랐다. 미미미는 그런 미즈사와를 향해 의미심장한
미소를 지었다.

"타카히로. ……우리, 이런 사이야."

"이런 사이는 무슨!"

미미미가 남들이 듣고 착각하기 딱 좋은 발언을 하자, 나는 전력을 다해 딴죽을 날렸다. 히나미와 미즈사와는 그 광경을 보고 시선을 마주하더니, 미소를 지으며 고개를 끄덕인 후…….

"그럼, 가자."

히나미가 그렇게 말하자, 두 사람은 나란히 무대 뒤편에서 빠져나갔다. 아아, 연설이 끝나면 반으로 돌아가기로 되어 있었지.

"……저기, 토모자키."

"응?"

미미미는 능글맞은 미소를 지으며 이렇게 말했다.

"분위기를 보아하니…… 저 두 사람, 사귀는 것 같군요."

"뭐어?!"

나는 그 말을 듣자마자 큰 목소리로 경악했다.

그리고 반으로 돌아가자, 앞으로의 학생생활, 학생회 선거 투표에 관해 카와무라 선생님이 이야기했고, 미미미가 아까 흉내를 내서 그런지 곳곳에서 웃음소리가 들려오는 가운데 집회가 끝났다. 투표는 전원이 받은 투표용지에 동그라미를 치는 무기명 투표다. 교실로 돌아가는 길에 준비되어 있는 펜과 책상을 이용해 작성한 다음에 상자에 넣어도 되고, 방과 후까지 담임선생님에게 제출해도 된다고 한다. 추천인과 입후보자는 투표권이 없다고 한다. 즉, 나한테는 있다.

미미미와 히나미는 집회가 끝나자마자 주위 사람들에게 둘러싸였다. 뭐, 두 사람 다 꽤나 잘했으니까 말이다. 나는 그 모습을 보면서 혼자서 체육관을 나섰다.

그리고 투표함 앞에 선 나는 미미미 쪽에 동그라미를 그려서 제출할까 했지만, 내 가슴속에 존재하는 게이머로서의 마음, 그리고 페어플레이 정신이 그걸 막았기에——그냥 표기를 하지 않고 넣었다. 뭐, 한 표 차이로 승부가 갈릴 것 같지는 않지만, 그래도 이럴 때는 내 솔직한 마음에 따르고 싶었다.

방과 후.

오늘은 히나미와 오래간만에 회의를 하기로 했다. 이번 선거에 관한 다양한 이야기를 나누고 반성회를 하게 될 것이다. 우울하면서도 왠지 기대가 되는, 그런 복잡한 심경이었다.

그리고 그것보다 더 중요한 발표가, 곧 이뤄질 것이다.

교실을 나가 보니, 좀 떨어진 곳에 사람들이 몰려 있었다. 종례 때 선생님이 말했다.

빠르면, 오늘 방과 후라도 선거 결과가 발표될 거라고 말이다.

고개를 돌려보니, 미미미는 아직 교실에 있었다. 나는 긴장되는 가슴을 심호흡을 하며 진정시킨 후, 사람들이 몰려 있는 곳으로 향했다.

군중의 시선이 향하고 있는 게시판에는, 이렇게 적혀 있었다.

□학생회 선거 속보□
【회장 당선】히나미 아오이 : 456표
　　　　　　나나미 미나미 : 131표

나는 가슴속을 가득 채운 한숨을 토한 후, 회의 전에 할 게 있다고 생각하며 교실로 향했다.

*　*　*

나는 교실에서 리얼충들과 담소를 나누고 있는 미미미의 위치에서는 보이지 않는 장소에서 대기하고 있었다.

결과를 아는 내가 말을 거는 것도 좀 그렇고, 미미미가 직접 교실을 나가서 결과를 보러 가려 할 때 우연히 말을 거는 게 가장 좋을 것 같았다. 솔직히 말해 그 외에는 적당히 말을 걸 방법이 떠오르지 않았다. 약캐이기에 선택지의 폭 자체가 좁았다.

핸드폰이 울렸다. 꺼내서 보니, 히나미에게서 LINE이 왔다. 내가 아까 보냈던 『회의에 늦을 것 같아. 아니면 결석할지도 모르겠어. 자세한 건 나중에 보고할게. 미안해』

라는 LINE에 대한 답장이리라.

『알았어. 오늘은 중지하자.』

히나미…… 이렇게 연달아서 회의를 취소해서 미안해…….

내가 답장을 쓰기 위해 토크 화면을 펼쳤을 때, 또 추가로 메시지가 왔다.

『하지만, 꼭 진전시키도록 해. 알았지?』

……아하하. 뭐든 다 내다보고 계시군요. 진짜 히나미씨는 못 당하겠다니까요.

『알았어.』

나는 히나미에게 격려를 받고 의욕이 불타올랐지만――지금 내가 할 수 있는 것은 하염없이 기다리는 것뿐이다.

"오, 토모자키!"

미미미가 교실을 나섰다. 나는 긴장을 숨기면서 가벼운 어조로 말을 건넸다.

"응. 오늘 수고 많았어."

"고마워! 토모자키도 수고했어!"

미미미는 평소처럼 활기차게 웃었다.

자아, 나는 이제부터 미리 이미지 했던 대로 이야기를 꺼냈다.

"아, 저쪽의 게시판에 결과가……."

"이야~! 아쉽게 됐다니깐~!"

미미미는 내 말을 끊듯 그렇게 말했다. 어?

미미미는 이마를 손바닥으로 탁 치더니, 웃음을 터뜨렸다. 그녀의 시선은 나를 향하고 있지 않았다.

"이, 이미 본 거야⋯⋯?"

"아니! 실은 친구가 LINE으로 결과를 알려줬거든! 그래서 알았어!"

"⋯⋯그랬, 구나?"

　나는 무슨 말을 해야 할지 알 수가 없었다.

"응! 깜놀했다니깐! 하지만 그렇게 기습을 당한 덕분에 충격이 적었던 것 같아! 다행이라니깐!"

"아하하⋯⋯. 불행 중 다행이려나?"

　나는 '깜놀이 뭐지?' 하고 생각하면서도 지금 중요한 건 그게 아니기에 일단 맞장구를 쳤다.

"응, 불행 중 다행! 뭐, 다음에 또 이기면 돼~!"

"실패는 성공의 어머니, 인거구나."

"맞아! 실패는 성공의 어머니! 역시 토모자키는 말주변이 좋네~! 항상 긍정적이야! 칠전팔기! 넘어졌으면 그만큼 더 빨리 뛰어서 따라잡으면 된다! 그런 거라고요!"

　미미미가 진짜로 기운이 넘치는 것인지, 아니면 일부러 이러는 건지, 리얼충이 아닌 나는 알 수 없었다.

"⋯⋯그, 그래! 히나미와는 같은 부이기도 하고, 시험도 칠거잖아! 그거 말고도⋯⋯ 아무튼, 기회라면 얼마든지 있을 거야! 다음에 다른 걸로 승부를 하면 돼!"

　내가 그렇게 말하자, 미미미는 치아를 드러낼 만큼 환하게 웃으면서…….

"물론이지!"

……하고 말했다.

평소 같으면 이쯤에서 내 어깨를 힘껏 때렸겠지만, 이번에는 그러지 않았다. 내 예측이 잘못된 것일까. 아니면 일전에 내가 피한 바람에 안 한 걸까. 아니면 다른 이유가 있는 걸까. 나는 알 수가 없었다.

***

"휴우 …… 돌아갈까."

그 후, 미미미는 「그럼 나는 부활동을 하러 갈게! 선거 때문에 빼먹은 만큼 더 열심히 해야지!」 하고 말하면서 운동장을 향해 뛰어갔다. 15분 전에 히나미에게 보냈던 『미안해. 진전이 없었어. 잘못했어』라는 결과 보고 메시지의 답장도 오지 않았기에, 딱히 할 일이 없었다. 이렇게 학교 안에서 멍하니 있을 바에야 빨리 집에 돌아가서 IC레코더로 맞장구 연습이라도 하는 편이 능률적이라는 생각이 들었다. 음, 그렇게 하자.

다들 하교하거나 부활동을 하러 가서 아무도 없잖아, 하고 생각하며 교실 안을 쳐다보니, 뜻밖에도 타마 양이 있었다. 몸집이 조그마하기에 뒷모습만 보고도 알아볼 수 있었다. 그녀는 교실 창가에서 운동장을 쳐다보고 있었다.

뭐하는 거지. 뭐, 좋다. 좋아, 자율 연습을 하러 가보자고!

"부활동 하러 안 가는 거야?"

나는 상대방이 놀라지 않도록 어느 정도 거리를 두면서 말을 걸었다. 다르게 말하자면 나 같은 그림자 속에 사는 생물이 조그마한 동물 같은 여자애에게 다가가도 되는 한계 거리라고도 할 수 있을 것이다.

"……토모자키."

나를 향해 고개를 돌린 타마 양은 석양 때문인지 왠지 표정이 어두워 보였다. 밤색을 띤 폭신폭신해 보이는 머리카락이 석양빛을 받아 빛나고 있었다.

타마 양은 나를 위해 자리를 비켜주듯 한 걸음 옆으로 물러서더니, 또 창밖을 쳐다보았다.

으, 음, 나보고 옆으로 오라는 거겠지? 오호라. 이 애, 몸집은 작지만 꽤 하는걸요.

"뭘 보는 거야?"

내가 머뭇거리면서 그녀에게 다가가는 느낌을 나지 않도록 유의하면서 머뭇머뭇 다가간 후, 그대로 밖을 쳐다보니── 육상부의 연습 풍경이 보였다. 아, 여기서 운동장을 내려다볼 수 있구나.

"보면 알겠지만……."

타마 양은 쓸쓸한 표정으로 운동장을 쳐다보았다.

"아오이와 밈미만 유달리 열심히 하고 있어."

"흐음."

나는 육상부의 연습 광경을 주의 깊게 쳐다보았다.

확실히 저 두 사람은 고개를 숙이거나 손으로 무릎을 짚지 않으며 연습을 하고 있었다. 달리는 페이스도 빠르고, 인터벌도 짧았다.

"하지만…… 밈미는 평소에 저러지 않아. 언제나 자신의 페이스를 지켰어."

"그랬구나. 항상 지켜봤던 거야?"

"아냐. 부활동을 빼먹고 싶을 때나 때때로 지켜봤어."

그리고 갑자기 나를 노려보았다.

"……타마라 때때로 그런 건 아냐(타마와 일본어로 '때때로'라는 의미를 지닌 'たま'가 발음이 같다는 걸 이용한 언어유희)."

"아, 알았다고."

타마 양은 다시 밖을 쳐다보았다.

"아마 아오이를 의식해서 저러는 거야. 아니, 틀림없어!"

"하하하…… 그럴지도 모르겠네."

타마 양은 반쯤 화난 듯한 어조로 그렇게 말했다. 그만큼 미미미를 좋아하는 것이다.

"선거, 아쉽게 됐네."

"으, 응. 그래."

타마 양은 웃음을 터뜨렸다.

"그, Siri, 일부러 그런 거지?"

타마 양은 어느 위치에서 소리가 들리는지 확인할 때 도움을 받았으니, 눈치채는 것도 무리는 아닐 것이다.

"응. 전부 사기야."

"반칙이야!"

타마 양은 입가에 미소를 머금더니, 주의를 주는 듯한 어조로 그렇게 말했다.

"……하지만 그래도 이기지 못했어."

"뭐…… 상대가 아오이였잖아."

타마 양은 당연한 소리를 하듯 그렇게 말했다.

"아, 타마 양도 역시 그렇게 생각해?"

"응."

그녀는 주저 없이 바로 대답했다.

"아오이는 대단하니까, 이길 수 없어."

"……맞아."

나는 한숨을 내쉬었다. 타마 양도 그렇게 생각하는구나.

"밈미는 말이지."

"응?"

"이기지 못해도, 포기하지 않아."

타마 양은 그렇게 말하며 쓸쓸한 미소를 지었다.

"그러니까…….''

그녀는 살며시 고개를 숙였다.

나는 그 말의 진정한 의미를 파악하지 못했지만, 왠지 감각적으로 이해가 될 것 같았다.

"아오이와는 싸우지 말아줬으면 좋겠어."

"……그렇구나."

"좀 무섭거든."

"……응."

타마 양은 자신의 솔직한 마음을 입 밖으로 토했다. 나는 그 말의 의미가 알쏭달쏭했지만, 무턱대고 공감한 척을 하는 것도 올바르지 않다는 생각이 들었기에 조용히 맞장구를 치면서 이야기를 듣고 있을 수밖에 없었다. 그게 올바른 행동인지 아닌지는 알 수가 없었다.

하지만 확실한 것은, 아까 미미미가 보여줬던 기운 넘치는 태도는 역시——.

"……아, 미안해! 나만 일방적으로 말을 늘어놨네!"

"아, 괘, 괜찮아!"

사실 내가 암기한 이야깃거리 중에는 이런 분위기에서 나눌 말한 게 없었기에 잘됐다고 생각하고 있었다. 반성 또한 하고 있었다.

"나는 슬슬 부활동을 하러 갈래! 잘 있어, 토모자키!"

"응, 또 봐."

타마 양은 책상에 걸린 가방을 쥐더니, 나를 향해 가볍게 손을 흔들면서 교실을 나섰다.

나는 그 후에도 한동안 교실에서 육상부 연습을 지켜봤다.

달리고 있는 히나미. 달리고 있는 미미미. 폼 확인, 스트레칭, 각 경기별로 개별 연습.

때때로 담소도 나누지만, 잠시도 방심하지 않으며 진지했다.

땀을 흘리며 자기 자신을 갈고닦는 두 사람의 모습은 청춘이라는 찬란한 빛에 휩싸여 있었다.

——그 두 사람만 그런 것은 아니지만 말이다.

더위가 기승을 부리는 계절이 되었는데도…….

다들 매일 몇 시간이나 저러는 거구나. 당연한 거겠지만 말이다.

뭐랄까, 다들 열심히『인생』을 플레이하고 있는 것 같네.

5 키우기 힘든 캐릭터는 보통 육성을 포기하고 만다.

토요일에는 의욕이 솟구친 바람에 일전에 미즈사와가 내 머리카락을 세팅할 때 썼던 왁스를 사러 오미야까지 다녀왔고, 일요일은 오래간만에 히나미와 어패 대결을 마구 펼치며 보냈다. 그리고 맞이한 월요일⋯⋯.

거의 일주일 만에 회의가 시작됐다.

"자아, 우선⋯⋯ 수고했어."

"응. ⋯⋯너도 수고 많았어."

나와 히나미는 서로의 건투를 치하했다. 뭐, 나는 참패했지만 말이다.

"자아, 회의를 하기 전에 확인하고 싶은 게 있는데 말이야."

"뭔데?"

히나미의 표정은 밝았다. 그녀는 게임 이야기를 할 때 같은 표정을 짓고 있었다.

"그때 그 Siri, 미리 준비해둔 트릭 맞지?"

히나미가 눈을 반짝이면서 한 것은 뜻밖에도 게임 이야기가 아니었다. 하지만, 저런 표정으로 연설 이야기를 하는 걸 보면, 역시⋯⋯.

그 연설을 게임으로 여기며 즐긴 것이리라.

뭐, 나도 처음에는 같은 심경이었지만, 미미미에 대한 책임감과 패배한 후의 분함과 미안함 때문에 그런 심경이 전부 사라져 버렸다. 그저 설욕의 불꽃만이 활활 타오르고 있었다.

"뭐, 알람을 중지시킨 것과, 그 후에 Siri에게 질문한 것까지 전부 대본에 있었던 거야."

"아하하하!"

히나미는 드물게도 소리 내어 웃었다.

"그걸로 이길 생각이었는데…… 결국 무리였어."

그런 트릭까지 쓰면서 최선을 다해 봤지만, 더블 스코어 이상 나면서 패배했다.

매일같이 해온 단련이 얼마나 차이가 나는지 드러나는 결과였다. 진짜 분하다.

"확실히 결과적으로는 그렇지만……."

히나미는 나를 향해 몸을 쑥 내밀었다. 그리고 자신의 커다란 눈동자를 보석처럼 반짝이며 이렇게 말했다.

"깜짝 놀랐어. 그리고 엄청 즐거웠다니깐."

"그, 그랬구나."

좀 너무하다고나 할까, 평소와 다르게 얼굴이 예쁘다고나 할까, 그것만이 아니라고나 할까, 아무튼, 그런 히나미를 보고 완전히 당황할 대로 당황한 나는 애매한 대답을 하고 말았다.

유원지에서 돌아오며 즐거운 듯이 감상을 이야기하는 여자애를 연상케 한다고나 할까, 단적으로 말하자면 졌다는 생각이 들 정도로 귀여웠다.

"그야말로 nanashi답다는 느낌이었어. 어패를 화력 게

임에서 콤보 게임으로 바꿔, 게임의 가치관 자체를 뒤집어 버린 전설의 남자는 역시 대단하네."

히나미는 묘한 텐션을 유지한 채 열기 어린 목소리로 나를 칭찬해댔다. 그런 그녀를 보니 좀 부끄러웠다.

그리고 내가 어패에서 한 일을 아는 구나. 뭐, 그럴 만도 했다.

"그, 그래? 하지만 너도 악랄했다고."

"어머. 그게 무슨 소리야?"

히나미는 눈을 동그랗게 뜨더니, 시치미를 떼듯 웃었다.

"우리 작전을 전부 박살 내는 듯한 짓거리를 했잖아."

"후훗."

히나미는 웃음을 터뜨렸다.

"하지만 그건 네 실수야."

"뭐?"

"목요일."

히나미는 검지를 치켜들면서 말을 이었다.

"미미미를 돕는다는 걸 이야기했지? 그래서 경계한 거야. nanashi가 얽혀있다면 방식을 바꿔야겠다고 생각한 거지."

"……그랬구나."

나는 히나미가 한 말의 의미를 이해했다.

"회의를 쉬자고 할 만큼 관여하고 있다면, 묘한 전법을 사용할 거라고 생각했어. 그렇잖아? 상대는 다름 아닌

nanashi야. 그러니까 지지자 확보 면에서 효율적일 것 같은 공약을 전부 박살 내기로 작정한 거야."

히나미는 자신의 보물을 자랑하는 어린애 같은 순수한 표정을 지으며 그렇게 말했다.

그 LINE을 계기로 내 전법을 예상했을 뿐, 철저하게 대책을 세운 건 아니었던 건가.

"……정말 훌륭하십니다."

히나미가 nanashi를 얼마나 높이 평가하는지 알고 약간 멋쩍어하면서도, 나는 순순히 패배를 인정했다.

"아무튼! 이번에는 내가 완벽하게 압승했지만, 가능성은 느꼈어! 깜짝 놀라기도 했어! 엄청 즐거웠다니깐! 그러니까 앞으로도 『인생』을 열심히 플레이해. 알았어?"

평소보다 텐션이 높은 히나미가 나에게 더욱 다가오며 그렇게 말했다. 그런 그녀에게서 느껴지는 압력과 빨려들 것만 같을 만큼 눈부신 눈동자, 그리고 몸에서 흘러나오는 좋은 향기에 완전히 당했지만, 그래도 나는 「네가 그런 소리 안 해도 그럴 작정이었어」 하고 본심을 털어놓았다.

"멋진 대답이야."

히나미는 어험 하고 헛기침을 했다.

"그럼 이제부터 일주일 안에 할 일 말인데……."

그렇게 다시 단련의 나날이 돌아왔다. 반가우면서도 앞으로 시작될 고생길을 상상한 나는 공허한 눈빛을 머금었다.

우선 『여자애와 단둘이서 외출한다』는 작은 목표를 달성하기 위해, 마이클 앤디의 작품을 오늘 안에 한 권 다 읽은 다음, 함께 앤디가 원작인 영화를 보러 가자는 말을 키쿠치 양에게 해라, 라는 지시를 받았다.

히나미의 말에 따르면, 자기가 토요일에 조사해보니 시부야에는 과거에 개봉했던 앤디 작품을 원작으로 한 영화를 아직 상영하고 있는 영화관이 있다고 한다. 아아, 일전에 히나미와 함께 영화를 보면서 했던 레슨을 이번에 활용할 수 있겠군요. 납득했습니다.

"그리고 연설 내용을 생각해보니 어땠어? 그런 대본을 만들었다는 건, 웃음을 유도하는 게 얼마나 중요한지 깨달았다고 봐도 되지?"

"……그래."

애초에 상대방이 들을 준비가 되어 있지 않다면 그 어떤 제안도 통과되지 않는다, 는 것은 내 인생을 통해 이미 증명이 됐다. 그것을 뒤집을 수 있는 것이 바로 『웃음』이라고 생각한다.

"남과 연인 사이가 된다, 는 것은 바꿔 말하자면 『서로를 굳게 신용한다』는 뜻이야. 신뢰관계를 만드는 법은 다양하지만, 첫 걸음을 내딛기 위해, 마음의 문을 열거나 이 사람의 이야기를 들어봐도 되겠다고 생각하게 하는 최고의 무기는 바로 『웃게 하는 것』이라고 할 수 있어."

나는 그 말을 이해했지만, 그와 동시에 어떤 과제를 받게 될지 상상이 되었기에 마음이 무거워졌다.

"뭐…… 하고 싶은 말이 뭔지는 알겠어."

"그러니까 오늘 과제는 『누군가를 웃기는 것』이야."

"……으윽. 역시 그거냐."

히나미, 너는 간단한 것처럼 말했지만, 그건 꽤 난이도가 높지 않아?

***

4교시 직전의 쉬는 시간. 나는 도서실 앞에서 잠시 멈춰 선 채 긴장에 사로잡혀 있었다. 나는 키쿠치 양에게 영화를 같이 보러 가자는 제안을 해야 한다. 오늘 안에 일정까지 잡으라는 지시는 받지 않았지만, 그래도 부담이 되었다. 그것도 그럴 것이, 여자애에게 단둘이서 외출하자는 제안을 하는 건 내 평생 처음 있는 일이다. 게다가 가능하면 웃기기도 해야 하는 것이다.

"토모자키 군……?"

"우왓?!"

등 뒤에서 맑은 샘물이 흐르는 소리 같은 아름다운 목소리가 들려왔다. 고개를 돌려보니, 그곳에는 인간계를 알기 위해 귀를 숨긴 채 이 고등학교에 온 엘프, 가 아니라 키쿠치 양이 서있었다.

"으음, 들어가지 않을 건가요……?"

"드, 들어갈 거야."

회복 마법진이 그려져 있을 듯한 키쿠치 양의 눈동자가 나를 향하자, 나는 얼굴을 붉히면서 도서실에 들어갔다. 오늘 모든 쉬는 시간을 다 투자해서 틈틈이 읽은 앤디 작품을 마저 다 읽었다. 꽤 재미있어서 술술 읽을 수 있었다.

「영차」 하고 말하면서 책을 쥐는 키쿠치 양의 모습이 천사와 헷갈린 나는 또 다른 앤디 작품을 꺼내든 후, 지난번보다 약간만 더 키쿠치 양과 붙어 앉았다.

엘프와 인간과 동물이 공존하는 마법의 숲 같은, 온화하면서도 신비한 분위기가 이곳에 흐르기 시작했다.

이대로 이 분위기에 젖어있고 싶다는 생각이 들었지만, 나는 과제를 수행해야만 한다.

"……키쿠치 양."

"왜 그러세요?"

키쿠치 양은 책에서 눈을 떼더니, 숲의 샘에서 물고기들과 놀고 있는 소녀 같은 상냥한 눈길로 나를 쳐다보았다.

"시, 실은 말이야."

내가 머뭇거리자, 키쿠치 양은 다람쥐처럼 고개를 갸웃거렸다. 나는 그런 키쿠치 양을 쳐다보느라 또 말할 타이밍을 놓쳤다.

"……으음."

나는 겨우 정신을 차린 후, 이렇게 말했다.

"앤디 작품의, 영화를 상영하는 영화관이……."

"시, 시부야!"

키쿠치 양은 자신의 커다란 목소리에 자신이 놀라더니, 얼굴을 붉히면서 책으로 얼굴을 절반가량 숨겼다.

"죄, 죄송해요."

"아, 아냐."

책 밖으로 눈만 쏙 내민 키쿠치 양은 너무 귀여웠다. 게다가 책의 면적이 너무 작아서 얼굴이 새빨개진 걸 훤히 알 수 있었다. 그 모습을 보니 나까지 얼굴이 붉어질 것만 같았다.

"……토모자키 군, 얼굴이, 빨개요."

"그, 그러는 키쿠치 양도 빨갛잖아!"

"……후후."

키쿠치 양은 즐거운 듯한 표정으로 웃음을 흘리더니, 책으로 얼굴을 가린 채 나를 올려다보았다. 약았어. 너무 약았다고.

"으음…… 앤디 작품을 한 권 다 읽었는데, 재미있더라고. 그래서 다른 작품도 읽어보려고 하거든? 그래서 말인데……."

"아…… 예!"

내가 무슨 말을 하려는 건지 눈치챈 키쿠치 양은 긴장한 표정으로 대답했다. 내 긴장이 그녀에게 완전히 옮겨간 것 같았다.

"그, 그 책 다 읽고 나면, 같이 영화…… 보러가지 않을래?"

"······응."

키쿠치 양은 책으로 얼굴을 완전히 가렸지만, 책을 쥔 손등까지 새빨갰다. 뭐랄까, 완전 반칙이잖아.

*　*　*

방과 후. 키쿠치 양과 있었던 일을 히나미에게 전한 후, 「그런 느낌으로 몰아붙여」 하고 간단한 지시만을 받았다. 『누군가를 웃긴다』라는 과제에 관해서는, 일단 키쿠치 양이 웃었다는 걸 전하자 「뭐, 아슬아슬하게 합격이네」 하고 히나미가 말했다. 그리고 우리는 해산하기로 했다. 내 심적 동요에 대해서는 엄청 메마른 반응을 보였다. 한심하다는 듯한 반응이나 다름없었다. 「이번에는 특별히 운이 좋아서 이지 모드였을 뿐이니까, 우쭐하지 마」 하고 히나미는 말했다.

그러고 보니 나는 항상 해산한 후에 그대로 돌아가지만, 히나미는 부활동을 하러 간다. 육상부 활동을 열심히 하네.

그래서 나는 여러모로 생각해보며──── 열심히 해보기로 했다. 키쿠치 양과는 앤디 작품을 몇 개 더 읽고 영화를 보러가기로 했으니, 오늘 가능한 한 읽어두자. 다음 이동교실은 모레니까 말이다. 시간은 유한하다.

나는 도서실에 갔다. 안을 살펴보니, 사서 이외에는 아무도 없었다. 오호라. 어쩌면 키쿠치 양이 있을지도 모

른다고 생각했지만, 아무래도 방과 후에는 그냥 하교하는 것 같았다.

나는 오늘부터 읽기 시작한 작품을 꺼내든 후, 읽기 시작했다.

그건 그렇고, 이 사람의 책은 정말 재미있다. 만약 키쿠치 양과 친분을 쌓지 않았다면 평생 읽지 않았을 법한, 몽환적이면서 화끈한 분위기의 판타지 소설이다. 언뜻 보기에는 문턱이 높아 보이지만 읽어보니 의외로 빠져들었다.

세세하게 만들어진 거짓 세계 안에는 이쪽 세계의 상식과도 대응하듯 묘하게 현실미 있는 디테일이 몇 개나 들어 있었다. 그때마다 이 세계가 진짜로 이 세상에 존재하는 것은 아닐까 하는 생각이 들었다. 법칙성이 느껴지지 않는 불가사의한 언어와 세계의 룰에서 아주 약간의 규칙성을 발견했을 때, 세계가 색깔을 띠고, 냄새를 지닌다.

매우 멋진 책이라는 생각이 들었다. 시간이 순식간에 지나갔고, 페이지가 술술 넘어갔다.

어느새 두꺼운 책을 전부 다 읽고 말았다. 매우 재미있었다.

나는 시계를 보았다. 오오, 세 시간이나 지났다. 벌써 일곱 시가 다 되었다.

나는 도서실을 나서기 전에 별생각 없이 창가로 가서 운동장을 쳐다보았다. 이곳에서도 운동장이 보였다. 그리고 놀랐다.

어둑어둑한 운동장은 해질녘까지의 활기가 완전히 사라졌으며, 대부분의 부활동이 끝난 그 운동장에는 두 개의 그림자만 존재했다.

나는 그 두 사람을 주시했고, 이윽고 누구인지 눈치챘다.

히나미와 미미미였다.

히나미는 몇몇 종목의 연습을 쉴 새 없이 하고 있었고, 미미미는 높이뛰기 도움닫기와 점프 연습을 마찬가지로 쉴 새 없이 하고 있었다.

언뜻 봐도 두 사람 다 동작 하나하나에서 진지함이 묻어나오고 있었다.

그 순간, 미미미가 지었던 덧없으면서도 금세 사라질 듯한 미소가 뇌리에 떠올랐다.

『그러니까, 이기고 싶어.』

그래. 그럴 만도 해. 나도 게이머니까 알아. 지기 싫어하니까 이해해.

계속 지기만 하는 건 싫겠지. 분할 거야.

그러니 어떻게든 따라잡으려고 하는 거야.

나는, 그런 모습을 그저 멀찍이서 쳐다보았다.

두 사람은 때때로 같은 종목을 협력해서, 그리고 때때로 다른 종목을 자유롭게 연습했다.

지기 싫어하는 두 사람은 곧 사이좋게 운동장을 정리하기 시작했다. 나는 그 모습을 지켜본 후, 두 사람에게 들키지 않도록 혼자서 돌아갔다.

***

　"응. 미미미가 그런 시간까지 연습한 건 처음이야."
　다음 날 아침. 히나미에게 어제 연습에 대해 물어봤더니, 그런 대답을 들었다.
　"그렇구나. 나는 그런 일이 자주 있나 했어."
　"아, 나만 끝까지 남아서 하는 게 거의 룰처럼 되었거든."
　"……하하."
　나는 쓴웃음을 지었다. 당연하다는 듯이 저렇게 말하니 정말 무시무시했다.
　"참고로 오늘 아침 훈련은 나보다 빨리 왔었어."
　"어."
　맙소사. 아니, 그것보다…….
　"너, 항상 아침 훈련 후에 여기에 왔던 거야?"
　"맞아. 왜?"
　맙소사. 숨결도 흐트러지지 않았고, 피곤해 보이지도 않는데 말이야.
　그건 그렇고, 진짜로 미미미는 어제부터 선거에서의 패배를 계기 삼아 진심으로 연습을 시작했다. 즉, 그 정도로 지고 싶지 않은 것이다.

내가 그런 생각을 하면서 히나미의 얼굴을 쳐다보니, 그녀는 생각에 잠긴 듯한 표정을 짓고 있었다.

"저기…… 하나, 물어보고 싶은 게 있는데 말이야."

히나미는 평소와 다르게 내 안색을 살피는 듯한 어조로 그렇게 말했다.

"뭐, 뭔데?"

"게임, 특히 어패에 있어서는 너도 그렇게 생각할 것 같은데……."

히나미는 적절한 발언을 머릿속으로 찾는지, 천천히 말을 이었다.

"그러니까, 목표를 정하고, 현재 상황을 분석한 다음, 부족한 부분은 시행착오를 거듭하며 메워. 그렇게 해서 앞으로 나아가는 걸 흔히 『노력』이라고 부르잖아?"

"뭐, 그렇긴 해."

그렇게까지 구체적으로 노력을 정의내린 적은 없지만 말이다.

"그걸 노력이라고 부른다면 말이야. 노력을 반복하며 하염없이, 하염없이 앞으로만 나아가는 걸……."

히나미는 내 눈을 똑바로 쳐다보며 말했다.

"눈곱만큼도 타협하지 않으면서, 앞만 보며, 앞만 보며 나아가는 게──."

히나미는 왠지 평소보다 가라앉은 듯한 눈동자로, 나는

상상조차 할 수 없는 걸 보고 있는 것만 같았다.

"그게, 나쁜 거라고 생각해?"

─────. 나는 히나미가 한 말의 의미를 이해하지 못했다. 정확하게는 무슨 말을 하는 건지는 알겠지만, 저런 질문을 하는 이유를 짐작조차 할 수 없었다.

그것도 그럴 것이, 그런 게 나쁜 것일 리가 없으니까 말이다.

"참고로, 나는 나쁘다고 생각 안 해."

"엉."

그럼 이미 답이 나온 거잖아.

"나도 마찬가지야. 그게 나쁜 걸 리가 없잖아."

"뭐, 그렇기는 해."

"그럼 왜 물어보는 건데?"

이미 답이 나온 질문을 그렇게 의미심장하게 한 건가. 이 녀석, 대체 왜 저러는 거야?

"하지만 그걸 나쁘게 생각하는 사람도 적지 않게 있지 않을까? 『있는 그대로』의 자신이 좋다면서, 변하기보단 변하지 않는 걸 미덕으로 여기는 판타지에 사로잡힌 사람 말이야."

"너는 왜 그렇게 어마어마한 사람들과 싸우려고 드는 거냐고."

너, 대체 목표가 뭐야?

"뭐, 아무튼 꽤 있잖아? 콘노 에리카처럼 노력을 부정하고, 꼴사나운 짓으로 단정 지으며, 노력하는 사람들을 차가운 시선으로 노려보는 인간 말이야."

"으음."

뭐, 확실히 그런 사람들이 있다는 것은 알고 있다.

"그렇다면, 그때 콘노가 노력을 하고 있는 나카무라를 바보 취급한 것은 역시 잘못된 행동이라고 생각해."

"나카무라가 옳았다는 거야?"

"뭐, 그래. 나카무라가 돌아가려는 애들을 붙잡은 건 잘못된 행동이지만 말이야."

히나미는 쓴웃음을 지으며 「그건 그래」 하고 긍정했다.

"그래도 노력하지 않는 녀석이 노력하는 녀석을 바보 취급하는 것은 단순한 질투야. 나는 노력하는 사람들을 지지해. ……물론 그걸 강요하는 건 옳지 않다고 생각하지만 말이야."

남도 노력하라고 하는 것은 가치관의 강요나 다름없다.

"어머. 나를 비판하는 거야?"

"어이, 착각하지 마. 나는 어디까지나 내 의지로 네 의견에 따르고 있을 뿐, 억지로 하고 있는 건 아냐. 인생이 망겜이라는 생각이 들면 바로 때려치울 거라고."

나는 씨익 웃으면서 그렇게 말했다.

"그랬지."

히나미도 덩달아 웃었다.

"——하지만, 그렇게 단순하게 결론지을 수 없는 일이 『인생』에서 노력을 계속하다 보면 일어나. 내 경험에 따르면 말이야. 뭐, 너무 깊이 생각하지는 마. 나도 기본적으로는 너와 같은 생각이야."

"……흐음."

히나미의 경험에 따르면, 이라. 결국 자기가 직접 경험해보지 않으면 이해할 수 없는 것이리라.

"……딱히 상관없는 이야기를 길게 해버렸네. 그럼 오늘 과제를 발표할게. 오늘은 어제에 이어 『누군가를 웃기는 것』, 그리고 『미미미에게 LINE을 물어볼 것』이 과제야."

"으, 응."

"웃기는 것도, 좀 제대로 말이야. 『후후』 정도는 노카운트로 칠거야."

"진담입니까……."

"그래. 하지만 이건 어려울지도 모르니까, 달성 못해도 괜찮은 노력과제로 해줄게. 며칠 안에 해내기만 하면 돼."

"오호라."

며칠 안에 하면 되는 거구나.

"선거기간 동안에 미미미의 LINE을 알아내지 못한 건 엄청난 반성점이니까 빨리 해내도록 해. 솔직히 말해 물어보지 않았을 거라고는 생각도 못했어."

"자, 잘못했습니다……."

나 자신이 너무 한심해서 반론조차 할 수가 없었다.

"저기, 어떤 식으로 물어보면 될까……?"

"뭐? 그 정도는 직접 생각해봐."

"뭐어?! 히나미 양, 요즘 과제를 너무 대충대충 내주는 거 아닙니까? 어떻게 하면 웃길 수 있는지도 짐작조차 되지 않는다고!"

히나미는 한숨을 내쉬었다.

"하아, 이런 말을 하고 싶지 않았지만 어쩔 수 없네. 너는 이미 그 정도 단계는 통과했거든?"

"뭐?"

"지금 이 자리에서 『이런 이유를 대면서 이런 말투로 LINE을 알아내』라는 과제를 받으면 너는 어떨 것 같아? 어떤 느낌이 들 것 같은데?"

"……아."

나는 그제야 눈치챘다. 그래. 이유와 말투에 대한 조언을 받는다면, 나는 아마── 딱히 어렵게 느끼지 않을 것이다. 좀 노력하면 해낼 수 있을 테니까 말이다. 하지만 훈련 초창기의 나라면 그런 조언을 받으면서 LINE을 알아내라는 과제도 무리라고 느꼈을 것이다.

"과제가 어려워졌다는 건 그만큼 네가 성장했다는 거야. 이 몇 주 동안 너는 『행동』을 할 수 있게 됐어. 그러니 지금은 『스스로 생각하는 힘』을 길러야 하는 영역에 들어선 거야. 남이 떠먹여주는 밥만 받아먹으려는 생각에서 이제 그만 졸업하는 게 어때?"

말투는 퉁명하지만, 히나미는 분명 내 성장을 인정해 줬다. 게다가 그것이 『과제의 변화』라는 형태로 나타나고 있다는 것이 나는 왠지 기뻤다.

"히, 히나미……."

내가 감동에 사로잡히자, 히나미는 「기분 나빠」 하고 딱 잘라 말했다. 커억. 그렇게 화요일이 시작됐다.

***

나는 점심시간까지 어떻게 미미미의 LINE을 알아낼지 궁리해봤지만, 좋은 아이디어는 떠오르지 않았다.

그래서 나는 좀 부끄럽지만, 이런 작전을 써보기로 했다.

"……이즈미."

"응?"

그렇다. 모른다면 물어보면 된다. 그것도 리얼충에게 말이다.

"사람들은 보통 어떤 이유로 남의 LINE을 물어보는 거야?"

"뭐? 이유?"

이즈미는 영문을 모르겠다는 표정을 지으며 그렇게 말했다.

"그, 그게 말이야. 자주 이야기를 나누기는 하는데, LINE을 모르는 사람한테는, 어떻게……."

이즈미가 미심쩍은 시선으로 쳐다보자, 내 목소리는 점점 작아졌다.

하지만 이즈미는 내 뚱딴지같은 질문에 대해 진지하게 생각해 보더니…….

"딱히…… 이유는 없어."

……하고 대답했다.

그리고 바로 그때, 내 머릿속에서 전류가 흘렀다.

——딱히, 이유가 없다!

그 발상의 역전에 감동한 나는 「그, 그렇구나! 고마워, 이즈미!」 하고 말하며 감사했다. 그리고 이즈미가 「뭐?」 하면서 당혹스러워하는 가운데, 나는 히나미에게 LINE으로 이 대발견에 대해 뜨거운 열변을 보냈다가 『그런 걸로 흥분하는 건 네가 비 리얼충이라서야』 같은 답장을 받고 정신을 차렸다. 나는 아무래도 어이없는 일 가지고 흥분을 한 것 같다…….

아무튼, 이유가 없어도 된다는 사실을 알았다는 것은 커다란 진보다.

나는 마음을 다잡은 후, 학교식당으로 향하려 하는 미미미에게 말을 걸었다.

"미미미."

"응? 아, 토모자키!"

미미미는 밝은 미소를 지으며 나를 향해 그렇게 말했다. 나, 남이 나한테 환대를 해줘……!

"으음, LINE 가르쳐줘."

"다짜고짜 무슨 소리를 하는 거야?!"

미미미는 안 그래도 커다란 눈동자를 더욱 크게 떴다. 뭐, 저럴 만도 해. 말을 걸자마자 이런 소리를 하는 건 확실히 이상할 거야.

"아, 딱히 이유는 없는데……."

나는 평소 버릇대로 머릿속으로 한 생각을 그대로 말했다.

"아, 그야 그렇겠지! 토모자키는 머리가 좋지만 어벙한 데가 있네."

어벙?! 그런 소리는 처음 들었다고. 그렇지는 않다고 생각하는데 말이야. 머리도 좋지 않다고.

"어, 그래? 나는 잘 모르겠는데……."

"그럴 거야! 뭐랄까, 거짓말 같은 걸 잘 못할 것 같은 느낌이 들어."

"아~."

확실히 거짓말이라는 것은 대화 도중에 기지를 발휘하는 것이라 할 수 있으며, 그렇게 본다면 나는 완전 젬병이다.

"그럴지도 몰라."

"그렇지? 나쁜 여자를 조심해."

미미미는 그렇게 말하더니, 내 귀를 향해 얼굴을 내밀었다.

"나 같은 애 말이야♡"

그리고 미미미는 내 귓구멍을 향해 후우~ 하고 숨결을 토했다.

"우, 우왓?!"

"아, 내 LINE은 이거야!"

내가 과장스러운 반응을 보이자, 미미미는 진심으로 즐거워하며 QR코드가 표시된 자신의 스마트폰을 내밀었다. 이 사람, 연설 이후로 나를 대하는 태도가 너무 흉악해진 것 같은데요?

"으음."

나는 히나미와 이즈미와도 LINE을 교환했던 데다, 단순히 QR코드를 인식하기만 하면 되니, 리얼충이 아니더라도 기계치만 아니라면 누구나 별 무리 없이 해낼 수 있을 거다. 아쉽게 됐구나, 미미미!

"아, 왔네! 땡큐~!"

미미미는 『나나미 미나미』라는 이름으로 등록되어 있었다. 이렇게 글자로 보니 미미미라는 별명이 더 확 와닿았다.

나는 이제 「그럼 가볼게」 하고 말하면서 돌아가도 되지만, 기왕에 말을 걸었으니 좀 더 이야기를 나누면서 경험치를 쌓기로 했다. 새로운 이야깃거리도 늘었으니까 말이다.

"참, 미미미. 너 요즘 부활동에 엄청 힘을 쏟고 있다면서?"

"응? 아, 맞아! 엄청 열심히 하고 있어~! 게, 다, 가! 공부도 엄청 하고 있지! 나는 노력가라니깐! ……선거에서 패배한 만큼, 다른 쪽으로 만회해야 하거든!"

미미미는 교실이라 그런지 『선거에서』라는 부분은 작게 말했다.

"그래. 나도 게이머로서 응원할게."

나는 미미미가 이러는 이유를 알기에 진심을 담아 그렇게 말할 수 있었다.

"그렇구나! 고마워! 게이머 토모자키! 하지만 부활동 이야기를 누구한테 들었어?"

"아, 히나미한테서 들은 거야."

"……흐음, 뜻밖이네!"

"뜻밖?"

"응. 아오이는 어떤 식으로 그런 이야기를 했어?"

어, 어떤 식으로? 나는 그 질문을 듣고 약간 당황했다. 그것도 그럴 것이, 「참고로 오늘 아침 훈련은 나보다 빨리 왔었어」 하고 지나치게 담백한 느낌으로 말했다고 솔직하게 털어놓을 수는 없으니까 말이다. 으, 으음.

"그게…… 평범했어. 평소처럼 말이야."

나는 말끝을 흐리기는 했지만, 딱히 거짓말을 하지 않으며 그렇게 말했다. 내가 보기에는 평소와 다름없어 보이기도 했던 것이다.

"아, 그래? 뭐, 그럴 거야."

미미미는 고개를 끄덕였다. 나는 방금 그녀가 던진 질문의 의도를 알 수가 없었다.

"그럼 나는 밥 먹으러 갈게~! 아, 토모자키는 오늘 학식 먹을 거야?"

"아니, 나는 빵으로 떼울 거야."

"그렇구나. 오케이! 그럼 나중에 봐!"

미미미는 그렇게 말하면서 식당으로 향했다.

어? 방금 같이 밥 먹자는 제안을 받은 건가? 당황한 나머지 원래 일정을 말했지만, 기왕이면 경험치도 쌓을 겸 같이 밥을 먹는 편이 좋았을 거라는 후회가 들었다. 그리고 식당에 가보니, 미미미는 나카무라와 같이 앉아서 밥을 먹고 있었기에 거절하기 잘했다고 생각했다.

방과 후, 히나미에게 미미미의 LINE을 알아냈다는 것과 『누군가를 웃긴다』고 하는 과제는 아직 수행하지 못했다는 걸 보고하면서 회의를 마쳤다. 그 후, 나는 도서실에 가서 다른 앤디 작품을 읽기 시작했다.

작품 하나하나의 세계가 전혀 다른 것 같지만, 실은 어딘가에 공통된 요소가 존재한다는 사실을 눈치챈 나는 이 사람의 작품에 점점 빨려 들어갔다. 아무래도 경험치가 어쩌고를 떠나 평범하게 키쿠치 양과 이 작품에 대해 이야기를 하고 싶었다.

그리고 책을 전부 다 읽은 후, 자리에서 일어난 나는 창가로 가서 운동장을 쳐다보았다.

역시 히나미와 미미미만이 남아서 연습을 하고 있었다.

——열심히 하고 있네.

나는 두 사람을 쳐다보며 고개를 끄덕인 후, 교실로 향했다. 오늘은 학교에 늦게까지 남아있을 생각이라 교실에 가방을 두고 왔다. 나는 인적 없는 학교 안을 홀로 걸었다.

드르륵 소리를 내며 교실 문을 열어보니, 타마 양이 창가에 있었다. 아, 이걸로 두 번째네. 왠지 이 애는 창가에 있을 때가 많은 것 같네. 타마 양은 놀란 표정으로 나를 쳐다보았다.

"……토모자키?"

"아, 미안해."

나는 그녀를 놀라게 한 걸 사과했다.

"사과 안 해도 돼!"

타마 양은 평소와 마찬가지로 딱 잘라서 그렇게 말했다.

"으, 응."

나는 무심코 당황했다.

타마 양은 「이 시간까지 뭐한 거야?」 하고 말하면서 또 옆으로 비켜섰다.

"으음, 도서실에서 책을 읽었어."

나는 마음속으로 긴장했지만 아무렇지 않은 척 하면서

타마 양의 옆에 섰다.

"책을 좋아하는 구나."

"으음~, 요즘 들어 좀 보기 시작했다고나 할까……."

"흐음?"

타마 양은 영문을 모르겠다는 반응을 보였다. 뭐, 나도 「키쿠치 양과 영화를 보러가기 위해 책을 읽는 거야」 하고 말할 수는 없으니 어쩔 수 없다.

나는 「타마 양은?」 하고 말한 후에 눈치챘다.

"……연습을 쳐다보고 있는 거지?"

"응."

타마 양은 일전에 때때로 쳐다본다고 했었다.

"……잠깐만."

나는 놀라면서 시계를 쳐다보았다.

"어? 이런 시간까지?"

"아, 아냐! 부활동을 마치고 교실에 잠시 들린 것뿐이야."

"아, 그렇구나."

오호라. 배구부 활동을 마치고, 교실에 들렀다가, 연습 중인 미미미를 쳐다보고 있는 건가.

"응."

그리고 우리의 대화는 중단됐다. 아, 어떻게 하지. 무슨 말을 하면 좋을지 모르겠다──는 생각이 들지 않는 것은 히나미 양 스타일 암기력 덕분이다! 나는 지금까지 타마 양 대비용 이야깃거리는 거의 암기하지 않았다. 하지만 일전에 단둘이서 이야기를 할 때 타마 양만 계속 이야기를 했던 점을 반성해서, 타마 양 용 이야깃거리도 암기해둔 것이다! 그 성과를 보여주마!

"미미미, 열심히 하네."

"응."

어이쿠, 대화가 끊겼다. 탄환을 더 쏴야겠다.

"오늘 아침 훈련 때도 히나미보다 일찍 왔대."

"뭐?! 그렇구나……. 그거 누구한테서 들었어? 아오이?"

"응. 히나미가 말해줬어."

"역시 선거 이후부터 저러는 거지?"

타마 양은 표정을 굳혔다.

"맞아. 미미미, 진짜로 이기고 싶었나 봐. 분했을 거야. 실은 나도 분했어."

"응…… 그랬구나."

으윽! 탄환 추가 장전, 발사!

"일전에 미미미가 했던『손가락 마법』……."

"정말 끈질기네! 정 신경 쓰이면 본인에게 물어봐!"

실수했다! 이제 타마 양에게 이걸 묻지는 말아야겠다. 으음, 아직 탄환은 남았어!

"타마 양은 미미미와 사이가 좋지?"

타마 양은 「응」 하고 말하며 고개를 끄덕였다.

"언제부터 사이가 좋았어?"

"으음……."

타마 양은 잠시 생각에 잠긴 후, 대답했다.

"1학년…… 2학기부터일걸?"

"아, 1학기 때는 사이가 좋지 않았구나."

"그렇다기보다…… 나는 친구가 적어서, 1학기에는 밈미와 거의 이야기를 나누지 않았어."

"그, 그랬구나……."

또 어떤 반응을 보이면 좋을지 감이 안 오는 소리를 하는구나. 으음, 이 이야기와 관련이 있을 법한 화제를 말해보자!

"그럼 왜 지금은 그렇게 사이가 좋은 거야?"

"그게 말이야."

타마 양은 운동장 쪽을 살짝 쳐다본 후, 다시 나를 향해 고개를 돌리면서 장난기 섞인 미소를 지었다.

"밈미가 바보라서?"

"……무슨 소리야?"

내가 되묻자, 타마 양은 말을 이었다.

"1학기에는 제대로 이야기를 나눈 적도 없는데, 2학기 들어서부터 나한테 엄청 들러붙는 거야."

"흐음, 느닷없이 말이야?"

타마 양은 먼 곳을 쳐다보는 듯한 눈빛을 머금으며 이렇게 말했다.

"응. ……매일같이 내 볼을 손가락으로 찔러댔어."

"왜, 왠지 상상이 되네."

나는 쓴웃음을 지었다.

"하지만 나는 그런 행동에 익숙하지 않아서, 싫증을 냈어."

"아하하."

그 모습도 상상이 됐다.

"내 볼을 찔러도 아무런 반응을 보이지 않거나, 노려보기도 했는데, 전혀 관두지 않는 거야. ——밈미 말이 「싫증을 내는 모습을 보니 더 하고 싶어졌어!」래."

"하하하! 미미미라면 그런 소리를 할 것 같아."

나는 무심코 큰 소리로 웃었다.

"바보라고 생각하기는 했지만, 덕분에 점점 친구가 늘었고, 교실에서 지내기 편해졌어."

"……흐음."

뭐랄까, 좋은 이야기다.

"그래서, 나는 남과 친분을 쌓는 걸 잘하는 사람이 대단하다고 생각했어. 자연스럽게 나 같은 애와도 친해지는구나~ 하고 생각하며 좀 동경했는데, 그 즈음에 아오이가…….."

왜 그 녀석이 이름이 나오는 걸까. 내가 「히나미?」 하고 말하자, 타마 양은 고개를 끄덕였다.

"갑자기 나한테 말을 걸어온 거야. 아, 반이 달라서 그때 처음 이야기를 나눴던 거야. 아무튼 평범하게 이야기를 나누다가 「밈미가 신경 쓰는 사람이 하나비 양 맞지?」 하고 느닷없이 말하지 뭐야."

히나미는 미미미를 밈미라고 부르지 않을 것 같지만, 나는 일단 아무 말도 하지 않았다.

"갑작스럽네."

"아오이 말이, 밈미가 나를 신경 쓰기 전에 자기와 상의를 했었대."

"상의?"

"응. 「아직 반에 익숙해지지 않은 애가 있는데, 어쩌면 좋을까?」 하고 물어봤다지 뭐야."

"호오……."

나는 놀랐다.

"그래서 아오이는 「하지만 남들과 얽히고 싶지 않은 걸지도 모르잖아?」 하고 대답했대."

"뭐, 그랬겠지."

억지로 남을 반이라는 굴레 안으로 끌어들이는 것이 정의라고는 생각하지 않는다.

"하지만 밈미는 「저 애는 다르다고 생각해」 하고 말했대. 「굴레 안에 들어가고 싶지만, 어떻게 해야 하는 건지 모르는 것뿐일 거야」 하고 말했다는 것 같아."

"그래?"

실제로는 어땠던 걸까.

"나…… 그 말이 옳다고 생각했어. 남과 부딪칠 때가 많으니까, 가능하면 남과 얽히지 않으려 했다고나 할까…… 무서워서 피한 것 같아. 하지만 친구가 필요 없다고 생각한 건 아니라, 어쩌면 좋을지 몰랐을 뿐이야. 그러니 그 말이 맞아."

"흐음…… 미미미는 어떻게 안 걸까?"

"글쎄? 나도 모르겠어. 하지만 아오이는 그때, 미미에게 「그럼 매일 슬며시 말을 걸어보면 될 것 같아!」 하고 말해 줬대."

타마 양은 어이없음과 기쁨이 반반 섞인 듯한 어조로 그 렇게 말했다.

"그럼……."

"그 말을 듣고 매일같이 내 볼을 찔러댄 거야~! 정말 이 상한 애라니깐~!"

타마 양은 운동장에 있는 미미미를 손가락으로 가리키 면서 그렇게 말했다.

"하하하하. 미미미답네. 일단 저지르고 보는 것 같다고 나 할까, 매사에 대충이라고나 할까……."

"맞아! 바보라니깐!"

타마 양은 즐거운 듯한 어조로 그렇게 말했다.

"하지만 아오이는 「내가 이 말을 해준 걸 미미에게는 절 대 말하지 마」 하고 말했어."

"어, 그랬구나. 왜일까?"

"멋쩍어할 거래. 미미에게 폼 잡게 해주라고 아오이가 말했어."

"오오. 뭐랄까, 멋진걸."

나는 무심코 감동했다. 히나미답지 않게 인정미가 넘치는걸.

"하지만 아오이는 밈미가 그렇게 매일같이 내 볼을 찔러댄 게 전부 나를 생각해서 한 행동이라는 걸 내가 알아줬으면 했대. 밈미는 바보니까, 라면서 말이야."

"그랬……구나."

히나미 녀석, 괜찮은 구석도 있네.

"그리고 이건 그 일이 있고 얼마 후에, 나는 미미미에게 물어봤어. 「왜 그때, 나한테 그렇게 매일같이 말을 걸었던 거야?」하고 말이야."

"그래?"

미미미는 뭐라고 대답했을까.

"그랬더니, 「나는 귀여운 걸 엄청 좋아하거든!」, 「너의 그 부드러운 볼을 하루라도 안 만지면 금단증상이……!」같은 말을 했어. 실은 나를 도와주려고 그랬던 거면서 말이야."

"……응."

"그 덕분에 지금은 내 귓볼을 맛볼 수 있어서 완전 만족! 같은 소리도 했다니깐. 푸하~ 하고 웃으면서 말이야."

"……그랬구나."

나는 가슴에서 샘솟아 오르는 감정을 느끼면서 맞장구를 쳤다.

"이렇게 전부 나한테 들켰는데도 시치미만 떼. 밝게 행동하는 척 하지만, 항상 나를 도와줘. 그러니까 나는 전부 모르는 척 해주는 거야."

나는 그녀의 말에 삼켜진 채 침묵에 잠겼다. 그래. 그런 일이 있었구나.

이윽고 타마 양은 앳된 외모와는 갭이 느껴질 듯한, 모성이 감도는 푸근한 미소를 지으며 이렇게 말했다.

"어때? 밈미는 바보지?"

* * *

"오늘 타마는 평소보다 시큼해!"

"멋대로 남을 맛보면서 비교하지 마!"

그 후, 나와 타마 양은 두 사람이 연습을 마치고 운동장을 정리하고 있을 때 합류해서, 뒷정리를 도왔다. 그리고 그대로 넷이서 하교하기로 했다.

"혁……! 즉, 평소에는 부활 직후라 갓 땀을 흘렸지만, 지금은 시간이 좀 지나서 염분이 응축되어서……!"

"기분 나쁘니까 이상한 추리하지 마!"

두 사람은 평소처럼 장난을 치고 있었다.

눈앞에서 백합 신이 펼쳐지고 있는 가운데, 히나미는 내 옆에 서서 말을 걸었다.

"토모자키 군은 이런 시간까지 뭘 한 거야? 혹시 부활동이라도 시작한 거야?"

히나미는 「뭔가 상황이 달라졌으면 보고해」라고 은연중

에 이야기하고 있었다.

"읽고 싶은 책이 있어서 도서실에 있었어. 책 다 읽고 교실에 갔더니 타마 양이 있어서, 이런저런 질문을 하다 보니 이렇게 된 거야."

나는 『키쿠치 양 쪽 과제를 수행하고 있었습니다. 그리고 교실에 가보니 타마 양이 있어서 이야깃거리 암기의 실전편을 시도한 결과, 어느 정도 이야기를 나누는데 성공했습니다』라고 대답했다.

"그랬구나~!"

히나미는 『수고했어. 오늘도 인상이 참 더럽네』 하고 말했다. 아니, 말하지 않았다. 나는 왜 자기 자신에게 혹독한 느낌으로 번역을 하는 걸까.

"타마 양, 알았어요. 사과할게요. 그럼 오늘이야말로 팔꿈치 쪽 피부를 냠냠하게 해주……."

"거 되게 끈질기네! 그리고 무슨 소리를 하는 건지 모르겠거든?!"

히나미는 그 영문 모를 요구를 듣더니, 미미미의 머리에 꿀밤을 날렸다.

"자, 미미미. 이제 그만 좀 해."

"옛썰! 대령님!"

미미미는 경례를 하며 그렇게 말했다.

"정말~……. 밈미는 언제쯤 좀 얌전해질 거야?!"

"으음~."

미미미는 진지한 표정을 지었다.

"취직할 때쯤?"

"의외로 견실하네?!"

히나미가 바로 딴죽을 날렸다.

……호흡이 척척 맞네. 뭐, 당연한가.

이 세 사람은 타마 양이 이야기해줬던 것처럼 강한 유대
로 이어져 있다.

항상 이렇게 지내줬으면 좋겠다. 사이좋게 지내는 여자
애들은 정말 멋지네, 같은 생각을 하면서 나는 그 광경을
쳐다보았다. 같이 하교하고 있는데도, 나는 완전 없는 사
람 취급을 당하고 있었다. 이런 게 문제라니깐.

"그럼 이런 건 어때?! 우선 내가 무릎 뒤편을 제공할 테
니까……."

"흥미 없어!"

미미미는 타마 양에게 한 소리 듣더니, 평소보다 크게
입을 벌리면서 행복한 듯이 웃었다. 내 눈에는 그런 미미
미가 한 점의 거짓도 어리지 않은 순수한 미소를 짓고 있
는 것처럼 보였다. 미미미는 즐겁게 웃을 수 있는 장소를
지키기 위해, 최선을 다하는 거라고 멋대로 생각했다.

──하지만 다음 날, 미미미는 어딘가 좀 이상해 보
였다.

"아, 으음, 죄송합니다! 잠은 안 잤는데, 필름이 뚝 끊겨 버렸어요! 진짜로 잠은 안 잤어요!"

교실 전체가 가벼운 웃음소리에 휩싸였다.

"뭐, 알았다, 알았어! 그럼 다음~. 으음……."

"죄송합니다!"

3교시. 선생님이 미미미에게 문제의 답을 물어봤지만, 그녀는 꾸벅꾸벅 졸고 있었다. 나는 그녀와 같은 반이 되고 석 달 밖에 지나지 않았지만, 미미미가 조는 모습을 처음 보았다. 게다가 오늘 들어 벌써 세 번째인 것이다.

그게 뭐 어쨌냐고 생각할 수도 있겠지만, 나는 다른 생각이 들었다.

"……휴우."

고개를 돌려보니, 미미미는 표정을 굳힌 채 기합을 넣듯 숨을 내쉬고 있었다.

수업이 끝난 후, 타마 양이 미미미에게 말을 걸었다.

"밈미, 괜찮아?"

미미미는 가볍게 웃으면서 가슴을 두드렸다.

"이야~! 어제 버라이어티 방송 DVD를 보다 완전 꽂혀서 말이야~! 거의 밤새버렸어! 솔직히 졸려! 엄청 졸려! 나나미, 아웃~!"

"저기, 진짜로 괜찮은 거야?"

타마 양은 평소보다 더 엄격한 어조로 그렇게 말했다.

듣는 사람이 무서울 정도였다.

"하나도 괜찮지 않아! 엉덩이 때려서 졸음 좀 쫓아줬으면 좋겠어!"

"밈미?"

타마 양은 미미미를 노려보았다.

"……그 외에는 괜찮아."

"그래. 괜찮은 거지?"

타마 양은 그렇게 말하면서 교실을 나갔다. 그러자 미미미는 난처하다는 듯이 웃었다.

미미미는 한사코 『괜찮다』고 주장했다. 내가 물어봐도 같은 대답만 할 것이다.

하지만 타마 양이 교실을 나서면서 지었던 불안한 표정이, 역시 마음에 걸렸다.

***

"나나미 양……. 무슨 일 있는 걸까요."

4교시 직전의 쉬는 시간. 오늘은 수요일이라 평소처럼 도서실에 들렀더니, 웬일로 키쿠치 양이 나에게 적극적으로 말을 건넸다. 이 애는 이런 걸 눈치채는 애였지.

"으음…… 좀, 안 좋아 보이긴 했어."

"드문, 일이네요."

학생들이 조는 건 흔한 일이지만, 그래도 미미미는 왠지 이상해 보였다.

그리고 나는 짐작 가는 구석이 있었다.

"요즘 들어 부활동을 열심히 하는 것 같거든."

이틀 연속으로 마지막까지 남아 있었고, 사흘 연속으로 누구보다 일찍 아침 연습을 하러 왔다.

"……그렇군요."

키쿠치 양은 걱정스러운 눈빛을 머금었다.

"피로가 쌓인…… 거라고 생각해."

오늘 아침 회의 때 들은 이야기에 따르면, 미미미는 오늘도 히나미보다 일찍 아침 연습을 하러 왔다고 한다.

운동장에 남아있는 연습 흔적으로 볼 때, 꼭두새벽부터 온 것은 아니라고 한다. 아마 몇 십 분 정도 일찍 온 것이리라.

참고로 오늘 아침에 히나미가 내준 과제는 키쿠치 양과 영화를 보러 가는 날을 정하는 것이다. 하지만 그런 이야기를 할 분위기가 아니네.

"……학생회 선거, 때문이죠?"

"으음~."

나는 잠시 고민했다.

"……아마 그게 계기인 것 같아."

키쿠치 양은 책상을 쳐다보며 말을 이었다.

"히나미 양은…… ."

"뭐?"

키쿠치 양의 입에서 히나미의 이름이 나오는 건 드문 일이다. 그것도 이런 타이밍에 말이다.

미미미와 선거에서 대결을 펼친 사람이기 때문일까.

"히나미 양은…… 어떤 사람, 인가요?"

"으음, 어떤 사람, 이라니?"

나는 말문이 막혔다. 학생회 선거 이야기의 연장선일지라도, 어떤 사람인지는 왜 물어보는 걸까?

"아, 죄송해요……. 전부터 대단한 사람이라 신경이 쓰여서……. 전에 단둘이서 가게에 온 적이 있으니까, 사이가 좋은가 싶어서요."

"아."

그래. 그런 일이 있었지.

"어떤 사람, 이라. 내가 아는 건……."

나는 자신이 알고 있는 히나미에 관한 정보를 정리하려 했다.

완벽주의자이고, 게이머이며, 지는 걸 싫어하고, 말투가 거칠며, 노력가이고, 항상 자신감이 넘치며…….

그중에서 딱 하나, 꼭 집어서 말할 수 있는 것은…….

"으음, 완벽주의자이자, 노력가라는 걸까."

"그렇군요……."

키쿠치 양은 또 고민했다.

"그럼……."

"그럼?"

키쿠치 양은 나를 똑바로 쳐다보았다.

"――왜, 완벽주의자이자 노력가인 걸까요?"

나는 한순간, 말문이 막혔다.

"으, 으음……."

나는 그 질문에 대한 답을 가지고 있지 않았다.

"아, 죄, 죄송해요! 모르……죠? 하긴, 모르는 게 당연해요."

"으, 응."

키쿠치 양은 가볍게 숨을 돌린 후, 말을 이었다.

"나나미 양은 히나미 양과 경쟁하고…… 있는 거죠?"

"으음, 얼추 맞기는 한데, 대체 그걸 어떻게 안 거야?"

내가 그렇게 말하자, 키쿠치 양은 책상 위에 덮여 있는
책을 쳐다보며 난처한 듯한 목소리로 대답했다.

"알았다기보다…… 상상을 해봤더니……."

"상상?"

소설을 읽듯 등장인물의 마음을 상상해봤다는 걸까.

"이 사람은 왜 이러는 걸까, 엄청 궁금하지 뭐예요."

"으음, 그런 행동을 한 이유나, 동기 같은 게 말이야?"

"예."

키쿠치 양은 고개를 끄덕였다.

"저는 문득 그런 걸 상상하곤 해요. 물론 대부분 틀렸을
거라고 생각해요. ……즉, 망상이죠."

키쿠치 양은 겸연쩍은 미소를 지으며 그렇게 말했다.

"왜 그러는 건데?"

"그, 그게…… 저는, 소설, 을 쓰잖아요……."

키쿠치 양은 얼굴을 붉히며 고개를 숙였다.

"아, 그, 그랬지! 마, 맞아! 그런 게 중요할 거야!"

나는 필사적인 목소리로 그렇게 외쳤다. 그러자 키쿠치 양은 표정을 굳혔다.

"……하지만, 히나미 양의 동기는 모르겠어요."

"히나미의…… 동기."

키쿠치 양은 거북한 것처럼 고개를 살며시 숙이며 그렇게 말했다.

하지만 나도 그건 알지 못했다. 히나미 아오이는 항상 최고를 추구한다. 그런 인간이라고 전제조건처럼 생각하고 있었던 것이다. ──그녀가 그러는, 이유…….

"동기를 모르는 사람과 경쟁하는 것은 쉬운 일이 아닐 거라고 생각해요. 골이 보이지 않으니까요."

"골이 보이지 않는다……."

나는 그렇게 중얼거리면서 상상해보았다.

골이 보이지 않는 경쟁. 확실히 그것은 체력이 얼마나 되는지 알 수 없는 몬스터와 지구전을 벌이는 것이나 다름없다. 대체 얼마나 노력하면 되는지, 상대의 한계는 어느 정도인지, 그걸 모르기에 무시무시한 것이다.

"그러니, 나나미 양도……."

"힘들 거다……는 거구나."

나는 평소보다 인간미가 진하게 느껴지는 키쿠치 양의

말을 듣고, 여러모로 생각에 잠겼다.

***

"미안해. 과제를 수행하지 못했어."

그날 방과 후. 내가 그렇게 말하자, 히나미는 눈썹을 찌푸렸다.

"……딱히 어려운 과제는 아니었을 거라고 생각하는데 말이야."

히나미는 노골적으로 언짢은 표정을 지으며 그렇게 말했다. 확실히 과제 자체는 마음만 먹으면 얼마든지 수행할 수 있었으리라. 하지만 나는 자초지종을 설명했다. 미미미에 대한 이야기를 하느라 과제를 수행할 『분위기』가 아니었다고 말한 것이다. 물론 히나미에 관해서도 이야기했다는 것은 숨겼다.

"그랬구나. ……확실히 상황이 좋지 않게 흐르고 있긴 해."

"맞아. 미미미, 좀 무리하고 있어."

나는 그 후로 여러모로 생각을 해봤다. 아마 미미미는 부활동만 무리하고 있는 게 아닐 것이다.

부활동을 하는 시간이 늘어난 만큼 공부를 하는 시간에 영향이 갔을 테니, 공부 쪽으로도 무리를 하고 있으리라.

"응. 하지만…… 아냐. 아무튼 미미미가 이대로 내 연습에 맞춘다면 문제가 될지도 몰라. 하지만 관둔다면 그걸로 해결될 문제니까…….”

“뭐…… 그렇기는 해.”

확실히 아직은 미미미가 조금 무리를 하는 바람에 평소와 다르게 수업시간에 졸았을 뿐이다. 겨우 그 정도로 사태를 너무 심각하게 받아들이는 것도 좀 그럴 것이다.

“나도 은근슬쩍 타일러볼게. ……내가 할 수 있는 건 얼마 없겠지만 말이야.”

히나미는 고개를 살며시 숙였다.

“응…….”

“어찌 보면── 내가 원인인걸.”

“꼭 그렇지는…….”

역시 히나미도 알고 있었다. 미미미가 요즘 들어 무리를 하는 이유 말이다. 뭐, 다른 사람도 아니고 히나미가 모를 리가 없다.

“……이렇게 여러 가지 생각에 휩싸이다 보면, 그게『졸음』이라는 나쁜 결과를 초래하기도 한다, 정도로 생각하며 상황을 지켜보는 게 최선일 거야.”

“뭐…… 나도, 그렇게 생각해.”

“아무튼, 우리가 할 수 있는 일을 하면서, 뒷일은 본인에게 맡겨두자.”

“그래.”

음울한 공기가 우리 주위를 가득 채웠다.

“하지만…….”

히나미는 그런 공기를 찢듯 이렇게 말했다.

"너라면, 상담 상대가 되어줄 수 있을지도 몰라."

"뭐?"

히나미는 진지한 표정으로 나를 쳐다보았다.

"그 점에 대해 제대로 생각해보는 것도, 과제 중 하나일지도 몰라."

그리고 회의 후, 나는 도서실에서 앤디 작품을 읽으면서, 아니, 읽는 척을 하면서 이런저런 생각에 잠겨 있었다.

미미미에 관해서, 타마 양에 관해서, 그리고 히나미가 한 말에 관해서…….

현재 내가 안고 있는 불안은, 무엇에 대해 어떤 점부터 생각하면 좋을지 모를 만큼 막연했다. 내일이 되면 미미미가 멀쩡한 표정으로 나타난 바람에 다 말끔히 해결될 가능성조차 있는 가벼운 사태다. 그러니 너무 깊이 생각하는 것도 좋지 않다는 생각이 들었다. 하지만 나는 생각했다. 히나미는 내가 상담 상대가 되어줄 수 있을 거라고 말했다. 그 말이 이 문제를 해결한다는 의미에서도, 경험치적인 의미에서도, 도움이 될 거라는 생각이 들었다. 게다가, 그녀는 그게 과제라고도 말했다. 그러니 단순히 참견을 하고 싶어서가 아니라, 나는 이 일에 대해 진지하게 생각해볼 이유가 있다.

이윽고 시간이 흘러, 슬슬 히나미와 미미미 이외의 다른 사람들이 부활동을 마칠 즈음, 나는 타마 양이 있을 교실로 향했다.

"……토모자키, 오늘도 학교에 남아있었구나."

나보다 먼저 교실에 와있던 타마 양이 교실 문을 연 나에게 말을 걸었다.

"그래."

타마 양은 창밖을 쳐다보았다.

"밈미, 좀 무리하고 있어."

"역시 그렇지?"

"지고 싶지 않은 걸까. ……아오이는 우리 학교 육상부의 거의 모든 종목에서 1위거든."

"아하하……."

정말 무시무시한 녀석이라니깐.

"이럴 때는 어쩌면 좋을까?"

타마 양은 망설임에 찬 어조로 나에게 물었다.

"글쎄, 어쩌면 좋을까?"

나도 답을 모르기에, 앵무새가 그녀가 한 말을 흉내 내듯 그렇게 말할 수밖에 없었다.

"말리는 편이 좋을까? 아니면 말리지 않는 편이 좋을까?"

"아……."

나는 그제야 눈치챘다.

"무리하지 않게 하는 편이 좋을까? 아니면 한계에 도달할 때까지 노력하게 두는 편이 좋을까?"

"……글쎄. 어느 쪽이 나을까?"

그것은 인생 초심자인 나는 답을 짐작조차 할 수 없을 만큼 어려운 문제였다.

"아까 수업시간에 존 건, 연습을 무리하게 한 탓이겠지?"

"응. 틀림없어. 지금도 무리하고 있는 게 한 눈에 보여."

"그렇구나……."

나와 타마 양은 그런 대화를 나누면서 창밖을 쳐다보았다.

오늘도 미미미는 히나미가 연습을 마칠 때까지 자기도 연습을 했다.

착실하게 체력이 줄고 있지만, 노력 귀신인 히나미 아오이의 스케줄에 맞추고 있었다. 그것은 존경받아 마땅한 일이며, 존경스럽다고 생각한다.

하지만 지금은 괜찮을지 몰라도 언젠가는 톱니바퀴가 어긋날 것만 같은, 그런 막연한 불안감도 느껴졌다.

그리고 나와 타마 양은 운동장에 가서 뒷정리를 도운 후, 넷이서 함께 하교했다.

그런 우리 사이에서는 평소와 마찬가지로 밝은 분위기가 흘렀다.

학교 인근의 역에서 우리는 둘로 나눠졌다. 히나미만 다른 방향인 것이다. 미미미는 우리 셋뿐인데도 즐겁게 이야기를 하고 있었다. 그리고 나와 미미미는 기타요노 역에서 함께 내렸다.

　"이야~! 밤이 되니 시원하네!"
　낮이 꽤 길어졌는데도, 주위는 어둠에 휩싸여 있었다. 너희 둘은 이런 시간까지 계속 연습을 한 거냐.
　"그래."
　나는 대충 맞장구를 쳤다.
　"왜 그래~? 혹시 변비야~?"
　미미미는 평소와 다름없어 보였다. 타마 양이나 히나미에게서 이야기를 듣지 못했다면, 나는 그녀가 억지로 기운이 있는 척 하고 있다고는 생각도 못했을 것이다.
　하지만, 나는 지금 물어보기로 결심했다.
　"저기 말이야."
　"……응?"
　미미미는 내가 진지하다는 걸 민감하게 눈치채더니, 약간 긴장한 듯한 반응을 보였다.
　"하나만……."
　"뭐?"
　나는 숨을 들이마신 후, 결의를 다지면서 말을 토했다.

"히나미에게 이기고 싶다는 일념으로 너와 함께 싸웠던 동료로서, 하나만 물어봐도 될까?"

이 한 마디야말로, 내가 히나미의 말을 참고해 방과 후에 몇 시간 동안 생각하고 생각한 끝에 찾아낸 비장의 카드다.

이게 통하지 않는다면, 내가 이 문제에 간섭하는 건 불가능할 것이다.

"……뭔데?"

미미미는 평소보다 진지한 어조로 그렇게 말했다.

나는 미미미의 얼굴을 똑바로 쳐다보면서 입을 열었다.

"역시, 지금도…… 히나미에게 이기고 싶어서, 무리하고 있는 거야?"

미미미는 표정을 굳혔다. 그리고 곧 분하다는 듯한 표정을 지으며 한숨을 내쉬었다.

"함께 싸운 동료 같은 말은 좀 약았어~. 토모자키! 네가 그런 소리를 하면 거짓말을 할 수가 없잖아."

미미미는 슬픔이 어린 듯한 어조로 웃음을 터뜨렸다.

"그럼, 역시……."

"으음~."

미미미는 난처한 듯이 웃으면서 잠시 동안 망설였다.

"무리하는 건 아냐. 아니, 하고 있기는 해. 그래도 생각이 있어서 이런다고나 할까?"

"생각이 있어서?"

그 말은 대체 어떤 의미인 걸까.

"뭐, 확실히 힘들기는 해. 신체적으로도, 정신적으로도 말이야. 하지만 뭐랄까~. ……토모자키라면 이해해줄 것 같아서 말하는 건데 말이야."

"……응."

나는 그 말을 듣고 「어이어이, 나는 평범한 비 리얼충에 불과하다고요」 라는 말이 목까지 올라왔지만 꾹 참으면서 조용히 고개를 끄덕였다.

"지금 바로 관두고 싶을 만큼 힘들지만, 아마 관두면 더 힘들 거야."

나는 숨을 삼켰다.

미미미는 각오를 다진 듯한 강렬한 시선으로 나를 쳐다보고 있었다.

"──그렇구나."

나는 더 이상 아무 말도 하지 못했다.

그것은, 타마 양에게도 숨기고 있는 진심이다.

미미미는 이미 관두고 싶을 정도로 어마어마하게 괴로운 것이다.

하지만 그것보다── 이대로 포기해서 지는 것이 더 괴롭다.

미미미는, 그렇게 말하는 것이다.

"응……. 그렇, 구나."

그렇다면 내가 할 수 있는 말은 없다.

도중에 노력을 관둬서 졌을 때 얼마나 괴로운지 나도 안다.

그러니 나는 그저 입을 다물고 있을 수밖에 없다.

내가, nanashi가, 노력을 부정할 수는 없는 것이다.

"그렇다면……."

나는, 2위 자리에 안주한 미미미의 심정을 이미 들었다.

도중에 관두는 게 얼마나 괴로운지도 아는 데다, 그녀의 금방이라도 사라질 듯한 미소도 보고 말았다.

특별한 존재를 동경하며, 자신도 특별해지기 위해 노력하고 싶다는 심정도, 알고 말았다.

그렇다면 나는 그 모든 것을, 지기 싫어하는 게이머로서, 존중할 수밖에 없다고 생각했다.

"그럼, ……힘내."

위로 올라가기 위해 노력을 거듭하고 있는 이를 말릴 만큼, 나는 물러터지지 않았다.

무리를 못하게 하는 편이 나을까. 아니면 한계까지 노력하게 하는 편이 좋을까.

게이머가 게이머로서, 지기 싫어하는 자에게 해줄 수 있는 말은 단 하나뿐이다.

나보다 먼저, 선거에서의 패배를, 설욕하라고.

***

목요일. 제2피복실.

"어제보다 더…… 지쳐 보였어."

히나미는 아침 연습 때 미미미가 어땠는지 알려줬다.

"그랬구나……."

하지만 나는 미미미의 마음을 알고, 그녀를 응원하기로 결심했다. 미미미는 진심이다. 관두는 게 더 힘든 것이다. 그렇다면 할 수 있는 데까지 해줬으면 한다. 물론 무리는 하지 않았으면 좋겠지만…….

"아마…… 잠을 거의 안 자는 걸 거야. 집에 돌아가서도 자율 훈련 같은 걸 하고 있는 게 아닐까? 이대로 가다간…… 머지않아 한계에 부딪칠 거야."

"뭐, 그 정도는…… 할지도 몰라."

나는 고개를 끄덕였다. 어렴풋이 눈치는 채고 있었다. 부활동만이 아니다. 미미미는 학업으로도 히나미에게 이기고 싶어 한다. 어쩌면 부활동 자율 훈련과, 히나미를 타도하기 위한 공부, 그 둘을 다 하고 있을지도 모른다. 아니, 어제 미미미가 보여준 각오라면, 그 정도는 하고도 남을 것이다.

"가능하면 쓰러지기 전에 설득하고 싶지만, 내가 말을 해봤자 역효과만 날 거야……."

"그래."

이기고 싶은 상대에게 쉬라는 말을 듣는 거니까 말이다.

히나미는 손으로 이마를 짚었다.

"너, 미미미가 관두게 설득할 자신이 있어?"

히나미는 내 눈을 쳐다보면서 그렇게 말했다. 가능하다면 그렇게 해줬으면 하는 걸까.

나는 한순간 어떻게 할지 고민한 후, 결국 솔직하게 말하기로 했다.

"나는—— 미미미의 노력하려는 마음을, 존중해주고 싶어."

히나미는 눈을 동그랗게 뜨며 몇 초 동안 굳어 있더니,「……그렇구나」 하고 짧막하게 말하며 고개를 돌렸다.

나는 이 결단이 『게이머』로서 올바르다는 자신이 있었다.

하지만 그게 인생이라는 게임에 있어서도 올바른지에 대해서는, 솔직히 불안했다.

키쿠치 양이 말했던 『동기』. 그것을 모르는 한, 대답을 내놓지 못할 것 같은 느낌이 들었다.

"저기, 히나미."

"……왜?"

히나미는 뭔가를 경계하는 듯한 어조로 그렇게 말했다.

"미미미는 왜 너한테 이기는 것에 이렇게 집착하는 거야?"

히나미는 내 말을 듣더니 허공을 쳐다보며 잠시 생각에

잠긴 후, 이윽고 입을 열었다.

"······중학생 때, 현(縣) 대회에서 미미미가 속한 중학교를 내가 쓰러뜨렸어."

"뭐?"

그게 사실이라면, 미미미를 둘러싼 문제와 관련이 있는 키포인트인 것 같은 느낌이 들었다.

"하지만 이건 내가 할 이야기가 아냐. 그러니까 정 궁금하다면······ 다른 사람한테 들어."

히나미는 그렇게 말하면서 이야기를 끝내더니, 입을 꾹 다물었다.

하지만 나를 쳐다보는 그녀의 눈동자에는 나를 거절하려는 의미가 아니라, 나에게 뭔가를 기대하는 듯한 빛이 어려 있는 것처럼 보였다. 그렇다면── 내가 나서야 한다고 생각했다.

**

교실에 온 나는 자기 자신에게 직접 내린 『과제』를 수행하기 위해 분투했다.

미미미는 왜 히나미에게 집착하는가. 왜 그렇게까지 노력하는가. 나는 그게 알고 싶었다.

그래서 우선 미미미에 대해 잘 알 듯한 타마 양에게 물어봤더니, 「중학교 때 이야기는 거의 안 했어」 라는 대답을 들었다. 타마 양이 모른다면, 미미미가 고등학교에 와서 사귄 친구들 중에는 아는 사람이 없다고 생각해도 될 것이다.

그 후, 나는 타마 양에게 「미미미와 같은 중학교에 다녔던 사람 알아? 가능하면 같은 부였던 사람이면 좋겠는데 말이야」 하고 물어봤다. 그러자 타마 양은 「같은 부였는지는 모르겠지만, 같은 중학교였던 사람은⋯⋯」 하고 몇 명의 이름을 말해줬다. 남자와 여자 몇 명이다. 당연하다면 당연한 거지만, 그 안에 내 친구는 없었다. 왜냐하면 나는 애초부터 친구가 몇 명 안 되는 것이다.

그리고 나는 의외의 정보를 접했다.

"밈미 말인데, 중학교 때는 농구부였대."

"어, 그렇구나."

타마 양은 별것 아니라는 듯이 그런 정보를 제공했다. 뭐, 큰 진전은 없지만, 신경 쓰이는 정보를 접했다. 그렇다면 히나미도 농구부였던 걸까. 좀 의외다.

이렇게 되면, 미미미의 중학생 시절 부활동에 관한 이야기를 듣기 위해서는 그녀가 다닌 중학교의 여자 농구부에 속해 있었던 사람을 찾아야만 한다.

⋯⋯이렇게 되면 물어보는 수밖에 없겠네.

자아, 탐문수사다! 긴장되기는 하지만, 지금까지 해왔던 스파르타 교육에 비하면 이 정도는 아무것도 아니라고!

점심시간.

나는 가능한 한 엉덩이에 힘을 주고, 가슴을 펴면서, 한 여자애를 향해 걸어갔다.

"저, 저기~, 마츠시타 양."

"……으음, 토모, 자키 군?"

클래스메이트인 마츠시타 양은 고민 끝에 내 이름을 입에 담았다. 검은색 단발머리와 청순한 느낌이 감도는 눈을 지닌 그녀는 의자에 앉아서 공책과 문구류를 정리하고 있었다. 타마 양의 이야기에 따르면 마츠시타 양은 미미미와 같은 중학교에 다녔다고 한다. 그러고 보니 미미미와 이야기를 나누는 모습도 자주 본 듯한 느낌이 들었다.

"저기, 물어볼 게 있는데……."

가능한 한 자연스럽게 입가를 추켜올린 나는 시원시원한 어조를 유지하려 하면서 이렇게 말했다.

"응? 뭔데?"

상대방이 기분나빠하지 않도록 유의하면서 말을 건 덕분인지, 마츠시타 양은 평범한 반응을 보였다. 상대방이 평범한 반응을 보였을 뿐인데 기뻐할 정도로 나 자신을 낮게 평가하는 건 어제오늘 일이 아니니 개의치 말아줬으면 한다.

"으음, 마츠시타 양은 미미미와 같은 중학교에 다녔지?"

"……응? 그래. 맞아."

"아, 그럼 미미미와 같은 농구부였던 사람, 혹시 알아?"

나는 미리 생각해뒀던 말을 어찌어찌 혀가 꼬이지 않으면서 말한 후, 상대방의 반응을 살폈다.

"으음…… 그런 애가 있었나?"

"아, 모르는 거야?"

이렇게 되면 이 과제는 벽에 부딪치고 마는데 말이다.

"아, 잠깐만 있어봐! 그러고 보니…… 후배 중에 한 명 있어! 미미미와 사이가 좋은…….."

후배? 미미미와 사이가 좋다고? 나는 바로 그때, 한 사람을 떠올렸다.

"으음, 혹시…… 야마시타 양, 말이야?"

"아, 그래! 그 애야! 야마시타 양! 연설을 했던 애 말이야! 중학교 때, 미미미의 농구부 따까리였어!"

"따까리…….."

현대에서 듣기 힘든 단어이기에 좀 놀랐지만, 미미미라면 「너는 오늘부터 내 따까리야!」 같은 소리를 장난스럽게 하고도 남을 것 같았기에 납득했다. 그리고 나는 떠올렸다. 그리고 보니 미미미는 야마시타 양과 알던 사이라고 말했었다.

"그렇구나! 고마워!"

"어, 물어볼 건 그게 다야? 뭐, 알았어."

나는 이즈미의 가벼운 어조를 흉내 내며 고맙다고 말한 후, 교실을 나섰다.

"아, 일전에는 신세졌어요! 토모자키 씨, 맞죠?!"

1학년 교실 앞. 내가 불러낸 야마시타 양은 힘찬 목소리로 그렇게 말했다. 한 번 인사를 나눴을 뿐인데, 나를 기억하고 있는 것만 봐도 성격이 얼마나 성실한지 짐작할 수 있었다. 참고로 1학년 교실 앞 복도를 걸어 다니면서 야마시타 양이 있는 교실을 찾은 후, 그녀에게 말을 거는 데 5분 넘게 걸린 것은 잊고 싶은 추억이다. 모르는 하급생 애한테「저, 저기, 야마시타 양 좀 불러줄래요?」하고 존댓말로 말했습니다.

"아, 으음, 선거 때는 수고 많았어."

나는 일단 적당히 인사말을 건넸다. 남들이 이럴 때 하던 말을 똑같이 입에 담은 것이다.

"토모자키 씨야말로 수고 많으셨어요! 미미미 선배, 정말 엄청났다니까요!"

"아, 으음, 그래!"

야마시타 양의 말을 들어보니, 아무래도 그때 그 애드리브가 엄청났다는 의미 같았다. 나는 애매하게 말끝을 흐리면서 긍정했다.

"그런데, 무슨 일로 저를 찾아오신 거죠?"

야마시타 양은「제가 도울 일이 있다면 뭐든 할게요!」하고 말하는 듯한 미소를 지었다.

나는 그 호의를 받아들이기로 했다.

"저기…… 중학교 때, 미미미와 히나미가 어떤 사이였

는지 알고 싶어서 말이야."

야마시타 양은 「흐음」 하고 약간 얼이 나간 듯한 반응을 보이더니, 「저기, 그게 무슨 소리인가요?」 하고 말했다.

아, 맞다. 깜빡했다. 이런 질문을 한 이유를 묻는 것이다. 이런 반응을 보이는 게 당연하지만, 적당한 이유를 준비하는 걸 깜빡했다. 하지만 반사적으로 적당한 이유가 생각나지도 않았기에, 나는 대충 둘러댔다.

"아, 딱히 이유는 없는데……."

야마시타 양은 한순간 어안이 벙벙한 표정을 짓더니, 납득했다는 것처럼 히죽 웃었다.

"아아——! 아하! 그렇게 된 거군요! 하긴, 선거 때도 도와주셨잖아요! 저한테 맡겨주세요! 농구부 시절의 선배에 대한 건 제가 누구보다 잘 알거든요!"

"뭐? 아, 그래? 응. 고마워."

야마시타 양이 연신 고개를 끄덕이며 히죽거리는 이유는 짐작이 되지 않았지만, 『누구보다 잘 안다』고 자부하는 후배에게 자초지종을 들을 수 있게 됐다.

"미미미 선배와 히나미 선배는 말이죠……."

그리고 야마시타 양이 해준 이야기를 정리하면 이렇다.

미미미는 중학생 시절, 1학년 때부터 농구부 주전이자 에이스로서 부를 매년 현 대회로 견인했다. 하지만 농구부는 미미미의 원맨팀이었으며, 솔직히 말해 다른 주전들과 미미미는 노력량에서 누가 봐도 한 눈에 알 수 있을 만큼 차이가 났다. 참고로 야마시타 양은 미미미를 동경했지만, 공을 다루는 데는 자신이 없었기에 매니저로서 입부했다고 한다.

"하지만 미미미 선배는 좀…… 고립되어 있었다고나 할까요. 혼자만 너무 필사적으로 연습을 했거든요……."

그것은 집단 괴롭힘이나 무시는 아니지만 「쟤, 뭐야? 분위기 파악 정말 못하네」, 「우리한테 자기 실력을 과시하는 거야, 뭐야?」 같은 험담을 들었다고 한다.

"이렇게 노력하는 내가 이상한 걸까, 하고 말하면서 슬픈 미소를 짓던 시기도 있었어요."

대회에서 진 후에도 다른 이들은 『현 대회까지 갔으니 됐다』며 서로의 건투를 치하했고, 미미미도 남들에게 맞춰 웃기는 했지만, 마음속으로는 분통을 터뜨렸다고 한다.

미미미는 그런 자신의 심정을 야마시타 양에게만은 털어놓았던 것 같았다.

『목표의 차이』는 부활동에 있어서 가치관의 명백한 차이를 자아내며, 미미미만 부 안에서 온도차를 느끼고 있었던 것이다.

겉으로는 아하하~ 하고 웃으면서 남들에게 맞춰주고, 남들 몰래 노력하는 미미미의 모습이 눈앞에 어른거렸다.

"하지만 미미미 선배는 3학년 때 대회에서 히나미 선배를 보고 노력하기로 마음을 먹은 것 같아요."

그럴 때, 히나미와 만난 것이다.

어찌된 영문인지 1, 2학년 때는 주전이 되지 못했던 히나미는 3학년 때에 드디어 주전이 되었다. 그녀는 팀의 슈퍼 에이스로서 엄청난 활약을 했고, 작년까지만 해도 거의 무명이나 다름없었던 학교를 단숨에 전국 2위로 이끌었다고 한다. '아, 1위는 아니었구나' 하고 생각이 들게 하는 건, 그만큼 그 녀석이 대단하기 때문이리라.

"그리고 히나미 씨의 팀도…… 뭐, 원맨팀이었어요."

원맨팀을 이끄는 에이스. 그런 의미에서 본다면, 히나미는 미미미와 비슷한 처지였다.

그리고 두 팀은 현 대회에 진출했으며, 히나미가 말했던 것처럼 미미미는 운 나쁘게…….

"미미미 선배는 3학년 때의 현 대회에서…… 히나미 선배의 학교에게 졌어요. 중학생 최후의 대회가 그렇게 끝나고 만 거죠. 실질적으로 에이스 대결이었는데, 점수도 꽤 차이가 났었죠……. 미미미 선배는 아마 엄청 분했을 테지만, 그것보다……."

히나미의 팀에게 졌을 때, 마지막 대회가 작년과 마찬가지로『현 대회 진출』로 끝나버렸을 때…….

미미미 이외의 멤버들은 또「올해도 현 대회에 진출해서 다행이야!」,「최선을 다했네!」같은 말을 했다고 말했다고 한다.

그리고 미미미는 그 말에 맞춰주지 못한 것 같았다.

"아까 시합에서 느끼지 못한 걸까. 방금 우리를 쓰러뜨린 동갑내기 여자애가 얼마나 노력해온 건지 모르는 걸까…… 미미미 선배는 그렇게 생각한 것 같아요."

그리고 미미미는 자신의 생각을 처음으로 같은 팀 동료들에게 밝혔다고 한다. 「뭐가 다행이라는 거야. 또 고작 현 대회에서 탈락했잖아」 하고 말이다. 지고 싶지 않다는 진심을 드러낸 것이다.

하지만 팀 동료들은 그 본심을 듣고 「미나미가 최선을 다한 건 알지만, 현 대회에 나간 것도 충분히 잘한 거야」, 「좋은 결과를 냈잖아. 3연속 현 대회 진출이야!」 하고 말했다고 한다.

"……미미미 선배는 그 말을 듣고 무슨 말을 하든 소용없다는 걸 깨달은 것 같아요. 그래서 「응, 그래~. 잘한 거야~!」 하고 대충 맞춰준 것 같아요."

무슨 말을 하든 이해해주지 않는다. 그래서 기대하는 것을 관둔 것이다.

미미미는 그런 식으로 말했다고 한다.

"하지만 그 후, 히나미 선배와 우연히 같은 고등학교에 다니게 된 거예요. 히나미 선배만은 이 마음을 알아줄 거라고 생각하는 것 같아요. 저도 같은 생각이고요!"

"그렇구나……."

나는 생각에 잠긴 채 고개를 끄덕였다.

"응. 참고가 됐어. 고마워."

나는 가능한 한 야마시타 양의 눈을 쳐다보려고 노력하

면서 그렇게 말했다.

미미미는 중학생 시절, 고독과 싸워왔다. 하지만 고등학교에 들어온 후, 자신의 가치관을 이해해줄 상대가 생겼다. 경쟁할 상대가 생겼다. 그래서 지고 싶지 않은 걸까. 나는 어렴풋이 그런 생각이 들었다.

그래서 이 문제를 어떤 식으로 생각해야 하는지 아주 약간이지만 알 것 같은 느낌이 들었다.

"부끄러우니까 그렇게 쳐다보지 마세요! 그리고 미미미 선배를 잘 부탁드릴게요! 제 이야기에 귀를 기울여 주셔서 감사합니다!"

"뭐? 하하…… 응. 나야말로 고마워."

상대가 부끄럽다는 건지는 모르겠지만, 나는 일단 고맙다고 말하면서 교실을 나섰다.

그리고 방과 후. 나는 도서실에서 생각했다. 미미미의 심정을 전부 이해했다는 주제넘은 소리를 할 생각은 없지만, 그래도 나는 미미미를 응원하고 싶었다.

그리고 해가 질 즈음, 창밖을 쳐다보니 평소와 마찬가지로 히나미와 미미미만 밤늦게까지 연습을 하고 있었다.

──그렇게 미미미가 히나미에게 맞춰 연습을 하고, 휴일인 토요일에는 자율 연습을 하며, 일주일이 흘렀다.

***

미미미의 일이 마음에 걸려 키쿠치 양과 영화를 같이 보러 갈 약속을 잡지 못한 채 월요일과 수요일이 지나가고, 다시 목요일이 되었다.

히나미는 일주일 전에 『누군가를 웃긴다』라는 과제를 나에게 내준 후로 새로운 과제를 내주지 않았다. 아마 미미미 문제의 추이에 따라서는 과제를 하지 않아도 된다는 『분위기』인 것 같았다.

그리고 미미미는 꽤나 심각한 상태에 처해 있었다.

몸을 제대로 가누지 못했으며, 말투도 어눌했다. 그리고 여전히 툭하면 졸았다.

지금까지는 「괜찮다」며 우겼지만, 타마 양이 「저기, 솔직하게 말해. 피곤하지?」 하고 추궁하자 「뭐, 좀 지친 것 같아」 하고 문뜩 말하기도 했다. 평소처럼 바보 같은 행동을 했지만, 왠지 명백하게 피곤해 보였다.

나는 미미미를 응원하고 싶지만, 역시 걱정이 됐다. 그러니 타마 양은 나보다 더 그녀가 걱정될 것이다.

하지만 그날 방과 후, 생각지도 못한 일이 발생했다.

방과 후, 히나미와의 회의를 미미미의 오늘 상태를 확인하는 선에서 마치고 교실에 돌아가서 앞으로 어떻게 할지 생각하고 있을 때였다.

"올해는 장마가 기네~."

이즈미가 가방을 들고 부활동을 하러 갈 준비를 하다, 문득 나를 향해 그렇게 말했다.

"어."

나는 창밖을 쳐다보았다.

"……아, 비 온다."

"기분이 가라앉네~. 헤어스타일도 흐트러져. 하교할 때까지는 그치면 좋겠는데 말이야. 아, 그럼 내일 봐!"

이즈미는 밝은 어조로 손을 흔들면서 체육관으로 향했다.

──비.

7월도 하순에 접어들었지만, 아직 장마는 끝나지 않았다. 타마 양이 말려도 소용이 없으니 그 무엇도 미미미의 연습을 막을 수 없다고 생각했지만, 날씨라는 변수가 존재했다.

창가에 다가가 보니, 장대비는 아니지만 비가 꽤 본격적으로 내리고 있었다. 그리고 운동장을 둘러보니, 연습을 하고 있는 운동부는 없었다.

잠시 동안 밖을 둘러본 다음, 교실을 살펴보니 미미미는 없었다. 회의 직후인지라 히나미도 물론 없었다. 타마 양은── 있었다. 베란다에 나가서 날씨를 확인하고 있었다.

"비, 오네."

내가 말을 걸자, 타마 양은 복잡한 표정을 지으며 나를 돌아보았다.

"잘된, 걸까?"

그녀는 자신의 감정을 어찌 해야 할지 모르는 눈치였다.

"글쎄. 하지만 날씨가 이래서야 히나미도 연습을 못할 테니…… 그럼 미미미가 연습을 쉬더라도 차이가 나지는 않을 거야."

"아, 그렇구나. 맞아! 차이가 나지 않는다면 밈미가 쉴 수 있을 테니 러키라고 생각해도 되겠지?"

"……그래."

사실 정말 좋은 타이밍에 비가 내렸다고 생각한다. 미미미도 슬슬 한계일 테니, 연습을 못하게 되어서 잘 됐다고 생각하고 있을 때…….

"저기…… 저쪽 좀 봐."

타마 양은 초조한 목소리로 그렇게 말했다. 그녀는 운동장을 손가락으로 가리키고 있었다.

나는 그쪽을 쳐다보았다.

"……맙소사."

운동장에는 비옷을 입은 여성이 있었다.

그리고 그 여성은 육상 연습을 시작했다. 그럼…….

"설마……."

타마 양은 걱정 섞인 목소리로 그렇게 말했다.

하지만 상대방의 얼굴이 보이지 않았다. 상대가 누구인지 알 수가 없었다. 미미미일까, 아니면 히나미일까. 히나미일 가능성도 충분히 있다. 노력 귀신인 그 녀석이라면 이 정도 비라면 비옷을 입고 뛰면 된다고 생각하고도 남았다. 오히려 악천후 상황을 경험할 귀중한 기회라고 여길지도 모른다. 그러고도 남을 녀석인 것이다.

하지만, 만약 미미미라면…….

어제부터 몸도 제대로 가누지 못하던 미미미는 오늘은 상태가 더 나빴다.

그런 미미미가 저렇게 빗속에서 연습을 하고 있다면…….

그건 정말 위험하지 않을까.

그걸 직감적으로 이해한 듯한 타마 양이「나, 가볼게!」하고 말하며 서둘러 교실로 돌아가더니, 운동장을 향해 뛰어가려 했다.

하지만 바로 그때, 보였다.

"기, 기다려!"

나는 타마 양을 말렸다.

"……왜?!"

타마 양은 약간 언성을 높이면서 나에게 이유를 물었다.

"──아냐."

"뭐?"

나는 안심인지 불안인지 종잡을 수 없는 감정을 느끼면서 타마 양에게 말했다.

"쟤는 히나미야."

타마 양은 베란다 쪽으로 걸어오더니, 그 사람을 응시했다. 그리고…….

"……정말이네."

그제야 눈치챈 것처럼 그렇게 말했다.

안심한 건지, 놀란 건지, 종잡을 수 없을 만큼 힘없는 어조로 말이다.

"응…… 히나미, 야."

나는 감정을 정리하지 못한 채, 그렇게 말했다.

"밈미는, 돌아간 걸까?"

"글쎄……."

그 후, 나와 타마 양은 때때로 이야기를 나누면서 운동장을 쳐다보았다. 미미미가 나타나지 않는 가운데, 히나미는 비 때문에 질퍽질퍽한 운동장을 몇 십 분 동안 꾸준히 계속 달렸다.

"안 오네."

타마 양은 무미건조한 어조로 그렇게 말했다.

"뭐, 비가 이렇게 내리잖아."

나는 그 말이 전혀 위안이 안 된다는 걸 알면서도 입에 담았다.

"다행……이야."

타마 양의 그 말에서는 평소와 다르게 진지함이 느껴지지 않는다고 할까, 자기가 지금 어떤 감정을 느끼고 있는지 이해하지 못한 것 같았다.

"그래……."

나도 얼이 나간 듯한 어조로 그렇게 말했다. 그리고 우리는 둘 다 할 말을 잃었다.

히나미는 이 빗속에서 몇 십 분 동안 혼자서, 그야말로 바보처럼 연습을 했다.

그 모습을 멍하니 쳐다보던 와중에, 나는 서서히 자신의 감정이 정리되는 것을 느꼈다.

나는, 미미미가 그런 몸 상태로 비를 맞으며 연습하는 게 위험하니 하지 말았으면 좋겠다고 생각하면서도…….

한 명의 게이머로서, 그녀와 힘을 합쳐 싸웠던 동료로서, 미미미를 응원하고 있었다.

그러니 언젠가 히나미에게 이겨서, 설욕을 해줬으면 좋겠다고 진심으로 바랐다.

하지만 지금 내가 보고 만 것은 미미미가 지닌 『노력의 한계』나 다름없었다.

미미미가 『비』라고 하는 『노력을 하지 않을 이유』에 굴한, 평범한 현실이다.

즉── 나는 이 순간, 마음 한편으로 확신하고 말았다.

미미미가 앞으로 제아무리 노력한들, 히나미 아오이라는 몬스터에게 절대 이길 수 없다는 것을 말이다.

시간이 지나면서 빗줄기가 거세지자, 히나미도 돌아
갔다.

타마 양은 그 모습을 보고 부활동을 하러 갔고, 나는 그
대로 집으로 돌아갔다.

6 저레벨 캐릭터만으로는 해결할 수 없는 이벤트도 있다.

다음 날, 금요일.

회의를 하러온 히나미의 말에 따르면, 그녀는 오늘도 평소와 같은 시간에 학교에 와서 방과 후까지 운동장이 정비되도록 아침 연습 삼아 운동장을 정리했지만, 미미미는 오지 않았다고 한다. 하지만 그건 아마도 아침 연습 삼아 운동장을 정리한다는 생각을 하지 못했기 때문이리라.

그날, 미미미는 기운이 있는 것 같지만, 기운이 없어 보였다.

졸지는 않았다. 몸도 제대로 가눴다. 어제 방과 후에 비가 내려서 연습을 쉬었기 때문에, 다소 체력이 회복된 것이리라.

하지만 바보 같은 짓을 하는 횟수가 줄었다. 타마 양을 놀리거나, 성희롱을 하지도 않았다. 그리고 선거 이후로는 나에게 서슴없이 말을 걸었지만, 오늘은 그러지 않았다.

미미미는 피곤한 상태에서도 무리해서 바보짓을 했지만, 체력이 회복됐는데도 그러는 횟수는 오히려 줄었다.

하지만, 어쩌면 나는 색안경을 끼고 멋대로 그렇게 생각하는 걸지도 모른다. 어쩌면 미미미가 우리에게 흐르는 거북한 분위기를 감지하고 자제한 걸지도 모른다.

그런 미미미의 변화는 겉으로 확연하게 드러나지 않았기에, 남들이 본다면 평소와 다름없어 보일 만큼 미미했다.

그래서 그런지, 타마 양도 머뭇거리고 있는 것처럼 보였다.

방과 후. 오후 여섯 시 즈음.

"토모자키. ……밈미가, 오늘은 하고 있어."

내가 평소처럼 도서실에서 시간을 보낸 다음 타마 양이 이미 와있을지도 모른다고 생각하며 교실에 돌아와 보니, 내 예상대로 그녀는 이미 와있었다. 타마 양은 당연한 듯이 옆으로 비켜섰다.

"운동장 정리……를 하고 있는 거야?"

"그런 것 같아."

운동장에는 작업을 하고 있는 히나미와 미미미가 있었다.

"내일부터 토요일인데? 그냥 내버려 두면 마를 거잖아."

"밈미, 지난 주 토요일에 자율 연습을 했었대. 아마 그래서 저러는 걸 거야."

"어, 겨우 그것 때문에 저러는 거야?"

토요일에 방치해두면 월요일에는 운동장이 말랐을 것이다. 하지만 일부러 이런 시간까지 운동장 정리를…….

솔직히 말해 대체 무슨 생각으로 저러는 건지 물어보고 싶을 정도의 행동이다.

운동장에는 두 사람밖에 없었다. 스펀지 같은 걸로 운동

장에 고인 물을 빨아들인 후, 양동이에 짰다. 두 사람은 그
것을 반복하고 있었다. 보는 사람도 지겨울 정도의 작업이
이다.

"어, 다른 부원들은?"

"오늘은 교정이 아니라 다른 데서 연습한 것 같아. 그때
는 아오이와 밈미도 연습을 했어. 체육관 주위를 뛰던걸."

"아, 그랬구나."

타마 양은 배구부이니 그 광경을 본 것이다.

"그 연습이 끝난 후, 단둘이서 운동장에 와서 저 작업을
하고 있는 것 같아."

"그렇, 구나."

나와 타마 양은 한동안 두 사람을 지켜봤다.

바로 그때, 이변이 발생했다.

"저기, 밈미가…… 계속 앉아 있어."

"……정말이네."

고개를 돌려보니, 히나미는 스펀지와 양동이를 들고 물
웅덩이를 하나하나 없애고 있었다. 하지만 미미미는 운동
장 한편에 주저앉은 채 꼼짝도 하지 않았다. 히나미가 때
때로 다가가서 말을 걸었지만, 대화는 길게 이어지지 않
았다.

곧 미미미는 몸을 일으키더니, 히나미에게 다가가서 대
화를 나눈 후, 교실에서는 보이지 않는 곳을 향해 걸어
갔다.

타마 양은 걱정스러운 표정으로 내 얼굴을 쳐다보았다.

"무슨 일일까?"

"…모르겠어."

그 후로 몇 분 동안 운동장을 쳐다보았지만 미미미는 돌아오지 않았다. 나와 타마 양은 서로를 쳐다본 후, 결국 히나미를 찾아가기로 했다.

"아오이!"

운동장에 도착한 타마 양이 히나미에게 말을 걸었다.

"하나비와, 토모자키 군?"

히나미는 우리를 보더니 놀란 듯한 표정을 지었다. 히나미는 손과 신발이 진흙으로 범벅이 되어 있었으며, 손톱에도 흙이 잔뜩 끼어 있었다. 이렇게 보니 그녀의 노력이 여실하게 느껴졌다.

"밈미는 어디 갔어?"

타마 양은 자신의 초췌한 심정을 숨기듯 그렇게 말했다.

"미미미는…… 아까 돌아갔어. 집에 가서 할일이 있대."

히나미는 거북한 표정을 지으며 가라앉은 어조로 그렇게 말했다.

"……괜찮을까?"

타마 양은 히나미를 똑바로 쳐다보며 그렇게 말했다.

"괜찮……지는 않을 것 같아. 하지만 이야기를 해주지 않아."

타마 양은 히나미의 말을 듣더니 표정을 굳히면서 교문을 향해 뛰어갔다.

"기다려!"

히나미가 타마 양을 불러 세웠다.

"왜?"

"미미미가 이야기를 해줄 리가 없어. 「괜찮아~!」 하고 말하며 웃기만 할 게 뻔해. 또 혼자 끙끙 앓기만 할 거야."

"하지만……."

히나미는 갑자기 나를 쳐다보았다.

"토모자키 군."

"응?"

나는 당황했다.

"미미미한테서 우리가 모르는 이야기를 들었지?"

히나미는 「회의 때 보고하지 않았지만, 나와 하나비가 모르는 미미미의 본심을, 너는 들었다는 걸 알고 있어」 하고 말하고 있었다.

"으음. 뭐, 맞아."

나는 「들통이 났던 겁니까. 죄송합니다. 살려만 주세요」라는 의미를 말속에 담으며 대답했다.

"토모자키 군만이 할 수 있는 게 있을 거라고 생각해."

히나미는 「너 혼자 가서 경험치를……」 하고 말하는 것 같았지만, 그렇지 않은 것처럼도 들렸다.

"나는 아무것도 할 수 없어."

나는 평소의 히나미라면 저 말을 어떤 식으로 했을지 짐작할 수가 없었다.

하지만 그녀는 진지한 표정으로 저런 말을 했다.

그리고 나는 『인생』이 갓겜인지 아닌지 알 때까지, 이 녀석의 말에 따르기로 결심했었다.

"알았어."

나는 타마 양에게도 시선을 보내서 그녀가 고개를 끄덕이는 모습을 본 후, 내달렸다.

"미미미가 학교를 나선 시간과 열차 시각을 고려해볼 때, 뛰어가면 미미미를 역에서 잡을 수 있을 거야! 미미미는 27분에 출발하는 열차를 탈 게 틀림없어!"

"으, 응!"

나는 히나미의 적절한 조언을 들으면서 교문을 나섰다.

나는 얼마 달리지도 않았는데 바닥난 체력 때문에 절망했지만, 그래도 숨을 헐떡이며 역에 겨우겨우 도착했다. 그리고 미미미를 찾아보았다. 아직 15분이니 그녀는 분명이 역에 있을 것이다.

"……토모자키?"

목소리가 들린 쪽을 돌아보니, 화장실에서 나온 미미미가 뜻밖이라는 눈길로 나를 쳐다보고 있었다.

"미…… 미미, 미……!"

나는 숨을 헐떡이면서 대답했다.

"뭐하는 거야?"

미미미는 쓴웃음을 지으면서 내 얼굴을 쳐다보았다. 평소 포니테일 스타일로 묶고 있던 머리카락을 풀어서 그런지 어른스러운 느낌이 감돌았다.

"아……! 그게……!"

"땀이 비처럼 쏟아지잖아! 대체 얼마나 뛴 거야?"

미미미는 평소보다 기운이 없어 보이는 난처한 미소를 지으며 그렇게 말했다.

"아니, 그렇게 오래…… 뛰지는 않았는데…… 체력이 없어서……."

"정말?!"

미미미는 밝은 어조로 그렇게 말했다.

"……뭐 하러 온 거야?"

미미미는 내가 뛰어온 이유를 물었다. 뭐 하러 왔냐고? 글쎄?

나는 단도직입적으로 말했다.

"몰라."

"뭐?"

나는 자신만만한 목소리로 대답했다.

"뭐, 미미미가…… 돌아가기에, 어떻게 된 건지 이야기를 들어보고 싶기도 했지만……!"

나는 숨을 고르면서 말을 이었다.

"딱히 물어볼 건……."

미미미는 나를 지그시 쳐다보았다.

"물어볼 건?"

"……딱히 없어!"

미미미는 잠시 동안 눈을 깜빡이더니, 쓴웃음을 지으면서 내 눈동자를 들여다보았다.

"역시 토모자키는…… 어벙하네."

"아, 그렇지는…… 않다고 생각하는데 말이야."

"뭐, 좋아! 일단 앉자!"

나와 미미미는 플랫폼에 설치된 의자에 나란히 앉았다.

*　*　*

"이제 땀이 그친 것 같네~!"

미미미는 미소를 지었다. 표정은 평소와 다름없어 보이지만, 그렇게 열심히 연습을 하다 도중에 관두고 돌아간다는 행동을 취한 후에 저런 표정을 짓는 건 이상했다. 그래서 더 이상했다.

나는 대화의 실마리를 찾기 위해 미미미를 쳐다보았다. 머리카락을 푼 미미미는 왠지 색기가 있었고, 어른스러워 보였기에, 가방에 달린 괴상한 스트랩이 언밸런스해 보였다.

아, 그러고 보니 대화의 실마리가 없을 때는 『상대에 관한 것』을 이야깃거리로 삼으면 된다고 배운 적이 있었다. 그럼 오늘도 미즈사와 메서드로 가볼까.

"아직도 그 괴상한 스트랩을 달고 다니는구나."

미미미는「어이!」하고 외치면서 웃음을 흘렸다.

"그~러~니~까~! 완전 귀엽단 말이야!"

미미미는 즉시 딴죽을 날렸다.

"그, 그래?"

"정말~. 토모자키도 할 말 안 할 말 안 가리고 다 하게 됐네~."

하지만 목소리는 밝아 보였다. 아무래도 방금 내가 한 말이 역효과를 낳지는 않은 것 같았다. 다행이다. 미즈사 와 메서드가 또 활약했네. 뭐, 진짜로 저 스트랩은 귀엽지 않지만 말이야.

자아, 하지만 화제가 없어졌다. 아아, 정말. 단도직입적 으로 물어볼 수밖에 없는 건가.

나는 일단 가장 신경 쓰이는 점에 대해서 물어보기로 했다.

"미미미가 이렇게 무리하는 건, 역시 상대가 히나미…… 라서지?"

"……앗!"

미미미는 그 말을 듣더니, 문뜩 뭔가가 생각난 듯한 말 투로 이렇게 말했다.

"유미한테서 이것저것 물어봤다면서~?!"

"아, 그게, 으음, 맞아."

어느새 본인에게도 알려졌군요.

"저기저기~. 뭘 물어봤어?! 유미가 그건 가르쳐주지 않았거든~."

미미미는 그렇게 말하면서 내 옆구리를 팔꿈치로 찔렀다. 그만해.

"으음, 그게 말이야."

나는 그렇게 운을 뗀 후, 뭘 물어봤는지 얼추 설명했다.

──설명을 마치자, 미미미는 멋쩍은 듯이 웃었다.

"이야, 결국 들통 나 버렸네~!"

미미미는 아하하~ 하고 웃었다.

"그럼 이제 숨길 필요도 없겠는걸! 으음, 상대가 아오이라서 무리하냐고 물었지?"

나는 고개를 끄덕였다.

"으음, 글쎄~? 아마 상대가 아오이가 아니더라도, 1위가 되고 싶었을 거야. 뭐, 아오이처럼 전국구 수준으로 생각하지는 않았겠지만 말이야."

"히나미가 상대가 아니더라도?"

그럼 왜 1위에 그렇게 집착하는 걸까.

미미미는 내 말을 듣더니 「어째서일까?」 하고 중얼거리면서 체념 섞인 미소를 지었다.

"뭐랄까~. 나는 결국 반짝반짝하지는 않아~."

"반짝반짝?"

"응. 아오이를 보고 그걸 실감했거든. 그래서 1위가 되고 싶다고나 할까?"

"……그게 무슨 소리야?"

"으음~. ……나, 중학교 마지막 대회에서 아오이한테 졌잖아?"

"……그래."

"나, 그래서 전국대회를 보러 갔어. 혼자 말이야. 그때 싸웠던 그 애를 응원하자! 하고 생각하면서 말이야. 하다 못해 나를 대신해 우승해줘, 같은 생각을 멋대로 했었다니깐. ……하지만, 너도 알다시피 결과는 2위였어. 뭐, 그것도 엄청 잘한 거지만 말이야."

"그래. 원맨팀으로 거기까지 올라가는 건 쉽지 않아."

"맞아~! 하지만 그 표창식 때 말이야. 『준우승은, 어디어디 중학교입니다!』라고 사회자가 말했을 때, 아오이 이외의 멤버들은 다들 그 정도면 충분히 잘했다는 듯이 웃으며 기뻐했어. 하지만…… 아오이는 분해 죽겠다는 듯이 입술을 깨문 채 눈앞에 있는 사회자를 노려봤어."

"아……."

그건…….

"왠지…… 나와 처지가 비슷하다는 생각이 들었어. 나도 혼자서 열심히 해왔고, 주위 애들이 현 대회에서 탈락하고도 그만하면 잘했다고 떠들어댔을 때 엄청 분했거든. 저 애도 나와 같은 처지라는 생각이 드니까, 갑자기 친근감이 샘솟는 거야. 뭐, 나는 현 대회에서 탈락했지만 말이야.」

나는 「아…… 비슷할 지도 몰라」 하고 나는 말하면서 고개를 끄덕였다.

"다들 서로의 어깨를 두드려주며 격려하거나, 기쁨의 눈물을 흘리고 있는데, 아오이는 미동도 하지 않았어. 쭉, 입술을 꾹 깨문 채, 앞만 쳐다보는 거야."

"뭐랄까, 대단하네……."

나는 공포마저 느꼈다. 중학교 3학년이, 그 정도로 어마어마한 각오를 품다니…….

"하지만 진짜 놀랄 일은 이 다음에 일어났어."

"뭐? 이 다음?"

"다음에 『우승은, 어디어디 중학교입니다!』 하고 발표됐는데……."

미미미는 숨을 들이마셨다.

"**우승**이라는 말을 들은 순간, 지금까지 앞만 쳐다보며 굳은 표정을 계속 짓고 있던 아오이가 눈물을 펑펑 흘리기 시작한 거야."

"……뭐?"

나는 말문이 막혔다.

"자기 중학교가 준우승이라고 발표됐을 때도 울지 않았던 애가, 다른 학교가 우승했다는 게 발표되었을 때 운 거야. 이 애는 우승 생각밖에 없었구나, 하고 그때 생각했어. 정말 엄청나지?"

"그건……."

엄청나긴 했다. 나는 그저 솔직하게 고개를 끄덕일 수밖에 없었다.

"나는 그 모습을 보고──'그래. 졌을 때 분한 게 당연하구나. 다행이야. 내가 옳았어' 하고 생각했어."

"……그랬구나."

"하지만 그와 동시에, 아오이만큼 최선을 다하지 않은 게 부끄러웠다고나 할까…… 마음이 꺾이지 않으며 자기 자신을 관철해서, 저런 식으로 울어보고 싶다는 생각이 들었어. 이 애는 우승을 놓쳤지만, 그래도 이미 특별하다는 느낌이 드는 거 있지? 눈치나 살피면서 남들에게 맞춘 나와는 달랐어."

미미미는 또 체념 섞인 웃음을 흘렸다.

"그래서, 나는 하나도 특별하지 않은 평범한 인간이라는 걸 실감했다고나 할까……. 그렇기 때문에…… 나는 아오이처럼 특별해지고 싶었어. 나한테 있어서 아오이는 가장 고마운 존재이자, 가장 동경하는 존재이며, ──그렇기 때문에, 가장 지고 싶지 않은 존재야."

나는 지금 내가 어떤 표정을 짓고 있는지 알 수 없지만, 그래도 맞장구를 쳤다.

"하지만……."

나는 또 미미미의 눈을 지그시 쳐다보았다.

"1위가 아니면 안 되는 거야?"

"응? 그게 무슨 소리야?"

"자기 기록이 더 좋아진다든가, 그런 것만으로는 부족한 건가 싶어서 말이야."

내가 단도직입적으로 그렇게 말하자, 미미미는 약간 망설인 끝에 입을 열었다.

"하지만 토모자키도 게이머로서 아오이에게 이기고 싶다고 하지 않았어?"

아, 그렇구나. 하지만 그것과 이건 경우가 조금 다르다.

"뭐랄까, 나도 지기 싫어하니까 이런 말을 할 자격이 없을지도 모르지만, 나는 딱히 1위가 되고 싶은 건 아냐. 굳이 따지자면 『자기 자신에게 지기 싫다』는 쪽에 가까워."

"……자기 자신에게? 남한테가 아니라?"

미미미는 어리둥절한 표정을 지으며 나를 쳐다보았다.

"아, 그런 생각도 하지만, 결국은 자기 자신과의 싸움이나 다름없다고 생각하거든. 1위를 고집하기만 했다간 한도 끝도 없고, 그 정도로 1위 자리에 집착하고 있지는 않다고나 할까……. 물론 시합에서 이기고 싶지만, 시합에서 이기는 게 최종목적은 아냐. 아, 어패에서 말이야."

미미미는 어안이 벙벙한 표정으로 나를 계속 쳐다보았다.

"즉, 내가 하고 싶은 말은 말이지. 1위가 되지 못하더라도, 노력한 성과가 있다면 괜찮다는 거야. 1위 이외에는 아무 소용없다면, 이 세상에 존재하는 것들 중 99퍼센트가 아무 소용없다는 거잖아. 그러니까…… 이기지 못하더라도, 자기가 성과를 냈다는 실감이 든다면 그걸로 충분하다고 생각해."

나는 자신의 게임 론(論)을 미미미에게 말했다.

미미미는 「으음~」 하고 신음을 흘리며 고민한 후, 입을 열었다.

"저기~, 나는 말이야~."

"응."

미미미는 나한테서 눈을 떼더니, 이상하게 생긴 키홀더를 만지작거리면서 말했다.

"토모자키한테서의 어패처럼, 엄청 하고 싶은 게 있지는 않아. ……육상부에 들어간 것도, 아오이를 따라서 들어간 거야."

"전에 들었어."

"나, 입학식 때 아오이를 보고 깜짝 놀랐어. 와아, 저 애도 이 학교를 다니는구나. 하지만 시합도 한 번밖에 안 한데다, 상대는 전국 2위를 한 엄청난 애니까 말을 걸지 말지 엄청 고민됐어."

"아…… 뭐, 그럴 거야."

미미미 같은 리얼충이라도 남에게 말을 거는 것을 주저할 때가 있구나.

"하지만 입학식이 끝난 후, 아오이가 복도에서 나한테 말을 걸어왔어."

미미미는 소중한 앨범을 펼치듯, 천천히 말을 토했다.

"흐음."

"게다가 「현 대회 2회전에서 나와 붙었던 애 맞지?!」 하고 말하는 거야."

"히나미도 미미미를 기억했구나."

미미미는 기쁜 표정을 지으며 고개를 끄덕였다.

"그리고, 「시합을 한 후로 계속 신경이 쓰였어」 하고 말했어. 내가 「정말? 고마워」 하고 말하면서 웃었더니, 아오이는 진지한 표정으로 「그리고」 하고 말하지 뭐야."

"그리고?"

미미미는 또 미소를 지으며 고개를 끄덕였다.

"무슨 소리를 하나 했더니—— 약간 톤을 낮추면서 「시합을 해보고 안 건데, 엄청 연습 했었지?」 하고 말하는 거 있지? 나, 그 말을 듣고 깜짝 놀랐어. 그리고 아오이는 살며시 웃더니, 「나, 나나미 양과 같은 팀이 되고 싶었어」 하고 말하는 거야."

미미미의 말에는 감사의 뜻이 어려 있는 것처럼 느껴졌다.

"그래……. 히나미가 그런 말을 했구나."

"나, 왠지 그 말을 듣고 구원받은 듯한 기분이 들었어. 내 마음을 이해해준 아오이에게 너무 고마웠다니깐."

"……그랬을 거야."

나는 그 심정을 조금은 이해할 수 있었다.

아무도 이해해주지 않더라도 상관없다며, 자기 자신만을 위한 거라 여기면서 해온 노력의 가치를⋯⋯.

자신과 마찬가지로 노력을 해온 누군가가, 자신이 진심으로 존경할 수 있는 누군가가, 긍정해준 것이다.

그것이 자신의 마음을 얼마나 가볍게 해주는지⋯⋯.

나 또한, 알고 있다.

"그 후로 친해진 우리는 함께 육상부에 들어갔어. 뭐, 그리고 육상부에서도 꽤 노력하긴 했거든? 하지만 1학년 2학기부터였나? 아오이는 단거리 전문인데도 내 주력 종목인 높이뛰기에서도 부내 1위가 됐어."

"흐, 흐음."

"뭐, 나도 각오는 하고 있었지만 그래도 충격을 받았어. 나는 원래 운동신경이 꽤 좋은 편이고, 남들보다 노력하는 편이거든. 저는 그런 편이라고요. 어때요? 대단하죠?! ⋯⋯하지만 순식간에 추월을 당했어."

나는 고개를 살며시 숙이면서 「그렇구나⋯⋯」 하고 맞장구를 쳤다.

"그래서 다시 한 번 실감한 거야. 나는 역시 특별하지 않다는 걸 말이야."

"특별⋯⋯."

"반짝반짝 빛나기 위해서는 1위가 될 수밖에 없는데⋯⋯ 그것도 무리구나, 하고 생각한 거야! 뭐, 아이돌도 아니면서 반짝반짝 빛나서 뭐하겠냐고 생각할 수도 있지만 말이야! 뭐, 아무튼 그렇게 된 거야! 우울한 이야기만 해서 미안해!"

미미미는 다시 밝은 어조를 띠더니, 허겁지겁 이야기를 끝냈다.

"아, 괜찮아."

"뭐~, 아무튼 그렇게 된 거야! 역시 사람마다 그릇이 다른 것 같다니깐! 나는 아오이에게 이길 그릇이 아니었던 것 뿐이야! 아무튼 그렇게 된 거야! 고마워! 전부 이야기하고 나니 속이 다 후련하네! 아, 열차가 왔네."

그 말을 듣고 고개를 돌려보니, 열차가 와있었다. 미미미는 의자에 앉은 채 그 열차를 멍하니 쳐다보았다. 자리에서 일어서려는 기색은 없었다.

나는 지금까지 배운 테크닉과 타인의 마음, 그리고 자신의 경험을 떠올리면서 주머니 속에 넣어둔 손을 말아 쥐었다.

"……하지만 말이야."

"응?"

미미미는 자연스러운 미소를 지으면서 나를 쳐다보았다.

방금 그 이야기를 듣고 내가 할 수 있는 말은 이것뿐이다.

나는 용기를 쥐어짜내면서, 미미미에게 본심을 털어놓았다.

"하지만…… 내가 보기에는, 미미미도 충분히 반짝반짝 빛나고 있어."

내가 가능한 한 목소리가 떨리지 않도록 유의하며 진지한 톤으로 그렇게 말하자…….

미미미는 깜짝 놀란 것처럼 눈을 동그랗게 뜨더니, 이윽고…….

"……아하하. 고마워."

……하고 말하며 쓸쓸히 웃었다. 나는 그 표정을 보고, 내 말이 그녀의 마음 깊은 곳에 닿지 않았다는 걸 깨달았다.

이런 말을 내가 해봤자 아무런 소용이 없다. 그저 약캐의 헛소리에 지나지 않는 것이다. 나는 자기 자신이 얼마나 무력한지 실감했다.

"하지만 이제 전부 떨쳐냈으니까 걱정하지 마! 아, 미안한데 오늘은 혼자서 갈래!"

"미……."

내가 무슨 말을 하기도 전에, 미미미는 자리에서 일어나더니, 열차에 탔다.

그리고 내가 쫓아가기도 전에 문이 닫히더니, 미미미의 조그마한 뒷모습이 점점 멀어져갔다.

***

그리고 주말이 흐른 후, 월요일 아침 회의 시간⋯⋯.

"안⋯⋯ 왔어. 토요일 자율 연습 때도, 오늘 아침 연습 때도 말이야."

"그랬, 구나⋯⋯."

나는 머리를 감싸 쥐었다.

"으음, 금요일에 미미미는⋯⋯."

"으음, 이런저런 이야기를 나누기는 했지만──."

나는 히나미에 관한 부분을 가능한 한 생략하면서, 개요를 설명했다.

"그래⋯⋯."

히나미는 슬픈 눈빛을 띠면서 고개를 살며시 숙였다.

"그런데, 너⋯⋯."

히나미의 말에서 나를 탓하는 듯한 느낌이 묻어났다.

"으, 응⋯⋯?"

나는 미안한 마음이 들었지만, 뭐라고 변명하면 좋을지 짐작조차 되지 않았다.

그러나 히나미는 내 실패를 탓하지 않았다.

"마음에도 없는 말을 했네."

"뭐?"

나는 엉겁결에 당황했다. 나는 미미미에게 이런저런 말을 하기는 했지만, 전부 진심에서 우러난 말이었다.

"안 그래? 너는 그런 쪽의 감각은 나와 같잖아. 어패 실력을 그 만큼이나 갈고닦았으니까 말이야."

히나미는 언짢다는 듯이, 그리고 나를 탓하는 듯한 어조로, 그렇게 말했다.

"같다니…… 무슨 소리야? 마음에도 없는 말, 은 또 뭐고?"

히나미는 한순간 침묵하더니, 다시 입을 열었다.

"진짜로 모르겠어?"

"그래."

내가 긍정하자, 히나미는 입술을 살며시 깨물었다.

"하지만『1위가 되지 못해도 괜찮다』고, nanashi가 생각할 리가 없어."

히나미는 확신에 찬 표정을 지으면서 그렇게 말했다. 그 말은 나를 놀라게 하기에 충분했다.

"……무슨 소리야? 나는 진심으로 그렇게 생각해. 어패는 자신과의 싸움이라고."

"뭐…… 정말이야?"

"그래."

내가 고개를 끄덕이자, 히나미는 깜짝 놀란 것처럼 살며시 입을 벌리더니…….

"그렇구나."

……하고 작게 중얼거렸다.

"왜 그래? 그게 그렇게 중요한 거야?"

"아냐. 그것보다 미미미에 관한 이야기나 계속하자. 뜻대로 풀리지 않았던 거네……."

히나미는 화제를 바꾸더니, 비통한 표정을 지었다. 하지만 방금 왜 저런 걸까.

신경이 쓰이지만, 지금은 그것보다 중요한 게 있다.

"그래……. 미안해."

"미안해 할 필요 없어. 나는 아무것도 하지 못했는걸. 그저 너한테 책임을 전가하기만 했어."

히나미는 분하다는 듯한 어조로 그렇게 말했다.

이미 익숙해진 공간에서, 거북한 침묵이 흘렀다.

"아, 으음, 맞다. 오늘 과제는 뭐야?"

나는 분위기를 바꾸기 위해 그렇게 말했다. 그러자……

"오늘 과제는……."

히나미는 또 진지한 표정을 지었다.

"네가 지금 나한테 숨기고 있는 미미미의 본심을 통해, 너만이 할 수 있는 일을 생각하는 거야."

"……히나미."

역시, 꿰뚫어 보고 있는 건가.

그리고 그 후로 별 말을 나누지도 않은 채, 회의는 끝났다.

그리고 그날 점심시간, 드디어 결정적인 일이 벌어졌다.

"어, 뭐……?"

교실. 타마 양이 미미미의 말을 듣고 깜짝 놀랐다.

"아~, 뭐, 그러니까, 이런저런 일이 있어서 말이죠!"

미미미는 자기 자리 근처에서 가벼운 어조로 타마 양을 향해 그렇게 말했다.

표정이 밝은 미미미는 왠지 개운한 듯한 어조로 그렇게 말했다.

하지만 클래스메이트들은 그 두 사람의 대화를 듣고 말문이 막혀 버렸다.

나도 미미미의 말을 듣고 충격을 받았다.

그것도 그럴 것이, 미미미는 방금…….

"밈미, 진짜로 관둘 거야?"

육상부 퇴부서를 냈다고 말한 것이다.

미미미는 고개를 끄덕였다.

"응. 주말에 생각해봤는데, 이러는 게 최선일 것 같단 말이지~."

"하지만……."

나는 두 사람의 대화가 들렸지만, 아무 말도 하지 못했다.

바로 그때, 히나미가 두 사람에게 다가가는 모습이 보였다.

"그 말, 진짜야?"

미미미는 히나미를 보더니 약간 슬픈 표정을 지었지만,

곧 다시 웃었다.

"응, 진짜야! 미안해, 아오이! 여러모로 생각해봤지만! 역시 체력적으로, 한계야!"

미미미는 옛날 개그를 흉내 내는 듯한 어조로 그렇게 말했다.

"······나는 미미미와 계속 함께 육상이 하고 싶었어."

히나미는 분하다고 말하는 듯한 표정을 지었다. 나는 미미미의 본심을 알기에, 그 말이 너무나도 잔혹하게 들렸다.

"······미안해, 아오이."

"괜찮아! 사과할 일이 아닌걸!"

"아하하."

클래스메이트들이 그런 대화를 나누는 두 사람을 쳐다보며 수군댔다.

"······토모자키."

고개를 돌려보니, 이즈미가 작은 목소리로 나에게 말을 걸었다.

"응?"

"저기, 큰일 난 것 같지 않아?"

이즈미는 걱정스러운 표정을 짓고 있었다. 나는 그런 그녀에게 솔직하게 대답했다.

"그래······. 큰일 난 것 같네."

"무슨 일일까? 혹시 다퉜나?"

"······아냐."

다툰 게 아니다.

"뭐랄까, 엇갈렸다고나 할까······."

"엇갈림······. 화해는 할 수 없는 걸까?"

"화해······."

나는 망설여졌다.

"하지만······."

"하지만?"

나는 이 문제의 가장 큰 문제점을 눈치챘다.

"아무도, 잘못하지 않았거든."

그 날, 미미미는 누가 봐도 알 수 있을 만큼 기운이 없었다. 남이 말을 걸면 아무렇지 않게 받아주기는 했지만, 바보 같은 짓은 단 한 번도 하지 않았다.

***

방과 후, 미미미는 연습복으로 갈아입지 않고 하교할 준비를 하고 있었다. 진짜로 관두려는 거구나.

"타마~! 미안한데, 오늘은 먼저 돌아갈게!"

미미미는 타마 양에게 힘찬 목소리로 말을 걸었다. 미미미는 같이 하교할 리얼충 친구 네 사람에게 둘러싸여 있었다. 와우, 역시 미미미는 대단한걸.

"으음……."

타마 양은 복잡한 표정을 짓고 있었다. 그리고 뭔가 할 말이 있지만 하지 못한다는 것처럼 묘하게 뜸을 들였다. 타마 양의 앞에는 육상부를 관둔 것에 대해 이런저런 말을 듣는 것을 방지하기 위해 미미미가 설치한 듯한 리얼충으로 된 벽이 존재했다.

타마 양은 한 걸음 앞으로 내디뎠지만, 이윽고 물러섰다.

"그럼 타마! 내일 봐!"

미미미가 돌아서면서 교실을 나서려던 순간…….

──어떤 생각이 내 머릿속에 떠올랐다.

히나미가 내준 과제. 『나만이 할 수 있는 일을 생각해 본다』.

나 같은 약캐가 미미미를 구원할 수 있을 리가 없다. 내 말은 미미미에게 닿지 않았다. 그러니 더는 손쓸 방법이 없다고 멋대로 생각했다.

하지만, 이거라면 할 수 있다.

『이 몇 주 동안, 너는「행동」을 할 수 있게 됐어.』

히나미 또한 그렇게 말하며 인정해줬던 것이다.

그러니 보여주자! 행동을 통한, 나 나름의 해결법을 말이다!

"미, 미미미!"

"응?"

나는 리얼충들과 함께 걸음을 옮기는 미미미에게 다가
간 후, 흐트러진 목소리로 말을 걸었다.

　리얼충들이 의아한 눈길로 나를 쳐다보았다. 거북하다.
가시방석에 앉은 기분이다. 하지만 내 알 바 아니다.

　나는 기합으로 고통을 참으면서, 입을 열었다.

　"――같이 하교하지 않을래?"

　머엉～.

　내 말은 그 자리에 있던 모든 리얼충들이 입을 쩍 벌리
게 하기에 충분했다.

　"……뭐?"

　미미미도 입을 쩍 벌렸다. 다른 네 명의 리얼충은 미미
미보다 다섯 배는 더 크게 입을 벌리고 있었다.

　이윽고 「토모자키, 무슨 소리를 하는 거야?!」 하고 한 명
이 딴죽을 날려준 덕분에, 나는 무사히 웃음거리가 됐다.

　그 광경은 미미미의 주위에 있는 리얼충 네 명만이 아니
라 교실에 남아있던 많은 학생들―― 종례가 방금 끝났기
에 전원이 교실에 남아 있었다――이 목격했다.

　콘노 에리카는 또 절묘한 음량의 목소리로 나를 향해
「기분 나빠」 하고 말했다.

　음, 역시 나는 이렇게 괴롭힘을 당하는 포지션이 딱이라
니깐. 요즘 들어 이상한 짓거리를 해대던 음침 캐릭터가
또 기분 나쁜 짓을 하고 있다는 듯한 분위기다. 작은 목소
리로 나를 험담하는 목소리도 들렸다. 기합을 주고 있는데

도 위가 매우 쓰렸다.

나는 그걸 전부 무시하면서, 또 숨을 들이마셨다.

"같이 하교 안 할래? ──타마 양까지 해서, 셋이 함께 말이야."

내가 그렇게 말하자, 타마 양은 약간 놀란 표정으로 나를 쳐다보더니, 곧 다가왔다.

"나, 오늘은 부활동 빼먹을래."

타마 양은 진지한 표정으로 그렇게 말했다. 역시 타마 양. 주저 없이 「빼먹을래」 하고 말하시는 군요.

이 묘한 사태 때문에 교실 전체가 침묵에 휩싸였다. 미미미는 잠시 동안 어안이 벙벙한 표정을 지으며 얼어붙어 있더니, 곧 다시 미소를 지으며 주위에 있는 리얼충들에게 이렇게 말했다.

"……미안한데, 토모자키의 용기를 봐서라도, 저 두 사람과 같이 하교해야할 것 같아!"

미미미가 별일 아니라는 듯이 그렇게 말한 후, 우리 세 사람은 함께 하교하기로 했다.

히나미는 기도하는 듯한, 그리고 심각한 듯한 표정을 지으며 입을 꾹 다문 채 우리를 쳐다보고 있었다. 히나미가 무슨 생각을 하는 건지는 짐작조차 할 수가 없었다. 하지만 나는 나름대로 결론을 내놨다.

『너만이 할 수 있는 일을 생각해 보는 거야』. 히나미는 오늘 아침에 나에게 그런 과제를 내줬다.

생각해보면 그 과제는 단순하기 그지없었다. 답이 딱 하나뿐인 것이다.

『체면 같은 건 내던져버리며 남에게 의지한다』. 타마 양, 뒷일을 부탁해!

***

"그때 하마 씨가……."

하굣길. 미미미는 침묵을 거부하듯, 뭔가를 멀리하듯, 버라이어티 방송이나 요즘 아이돌에 대한 이야기처럼 별 것 아닌 이야기를 계속 늘어놓았다.

그 탓에 다른 이야깃거리를 꺼낼 수가 없었다. 『새로운 이야깃거리를 내놓는 사람』으로서의 미미미의 능력이 유감없이 발휘되고 있었던 것이다. 이래서야 화제를 돌리고 싶어도 돌릴 수가 없다.

"장난 아니지? 그때 얼굴을 무심코 폰으로 찍었는데……."

"밈미. 그것보다 물어볼 게 있는데 말이야."

타마 양이 주저 없이 돌격을 감행했다. 역시 대단한 애다.

"……뭔데?"

미미미는 겸연쩍은 미소를 지었다.

타마 양은 몇 초 동안 무슨 말을 할지 고민하더니, 이윽고 입을 열었다.

"——아오이를 싫어하게 된 거야?"

"뭐……."

미미미는 당황한 듯한 목소리로 그렇게 말했다. 나도 말문이 막히고 말았다.

내 상상을 가볍게 뛰어넘는 발언이었다.

정말 간이 배밖에 나온 애네.

"밈미는 육상부를 관뒀잖아. 아오이가 싫어져서 관둔 거지?"

미미미는 당황했는지 시선이 흔들렸다.

"아, 아냐!"

"……정말이야?"

"그래! 아오이는 엄청 좋은 애인데다, 못하는 게 없잖아."

미미미의 얼굴에 어려 있던 가면 같은 미소가 서서히 벗겨졌다.

"존경하기도 하고, 엄청 믿음직한데다, 나를 이해해줘."

미미미의 목소리는 점점 잦아들었다.

"반짝반짝 빛나고, 특별, 하잖아……."

나는 그 말을 조용히 듣고 있을 수밖에 없었다.

미미미의 걸음이 서서히 느려지더니, 그녀는 고개를 숙였다.

"……그럼 왜 육상부를 관두는 거야?"

하지만 타마 양은 공격의 끈을 늦추지 않았다.

"그건, 내가……."

"밈미가……?"

타마 양은 상냥하게 맞장구를 쳤다.

그러자 미미미는 될 대로 되라는 투로 웃었다.

"나도 결국은 성격이 더러운 걸까?"

"뭐?"

타마 양은 당혹스러운 듯한 목소리로 그렇게 말했다. 그러자 미미미는 서서히 감정적으로 변했다.

"뭐랄까…… 평범하게 생각해보면, 아오이를 싫어할 수 있을 리가 없잖아."

"……응."

미미미는 슬픈 듯이 웃었다.

"싫어할 수, 있을 리가 없는데도 말이야."

나는 미미미의 눈동자 깊숙한 곳에 어린 눈물을 보고, 숨을 삼켰다.

타마 양은 미미미를 감싸주듯 그저 이야기를 듣고만 있었다.

"응."

"그런데도, 나는……."

그 눈물이 모이더니, 방울지기 시작했다.

"나는, 최악이야."

"최악, 이라니?"

미미미는 걸음을 멈췄다. 나도 타마 양도 덩달아 멈춰 섰다.

"그렇잖아? 그러면 안 되잖아. 같은 학교에 다니게 됐을 뿐, 아오이에게는 아무런 잘못도 없어. 하지만 아오이에게 이기지 못하는 게 너무 분하다고, 그런 식으로 생각하면 안 되잖아……! 그래서야, 딴 애들이나, 마찬가지야…….”

미미미는 분하다는 듯한 표정을 지으며 눈물을 닦았다.

“그런, 식?”

“아오이는! ……아오이는 엄청 좋은 애이고, 친구를 챙길 뿐만 아니라, 항상 노력해. 하지만 그걸로 으스대지도 않고, 항상 나를 신경써줘. 내 마음도, 전부, 전부 이해해 준단 말이야. 그래서 나, 아오이를 정말 좋아해.”

타마 양은 지그시 미미미를 응시했다.

“……정말, 좋아하는데!”

미미미의 눈에서 커다란 눈물이 흘러내렸다.

“그런데! 공부로도 지고, 부활동으로도 졌어! 그 탓에 어느새, 나는 아오이를 시기하게 됐단 말이야! 좀 싫다든가, 거슬린다든가…… 사라졌으면…… 좋겠다든가!! 그런 식으로 생각하는 내가…… 내가, 정말…….”

미미미는 울면서 코를 훌쩍이더니, 자신의 마음을 고백했다.

“……그렇구나.”

“완전 최악이잖아……. 최악이란 말이야. 하지만 육상부에 계속 있다간, 나, 지는 걸 싫어하니까, 또, 그런 식으로 생각할 거야……. 그런 식으로 생각하는 게 너무 싫어서…….”

“……응.”

"함께 방과 후에 연습을 할 때도 말이야. 나, 문득 이렇게 생각했어. 왜 이 애는 연습을 관두지 않는 거냐고 말이야. 나를 생각해준다면, 빨리 관두면 좋을 텐데, 같은 생각도 했어. 분위기…… 분위기 파악 좀 해!! 하고 생각했어! 나는! ……그러니까 나는 이제 아오이를 그런 식으로 생각하고 싶지 않아……."

"그렇, 구나."

"그래서, 관두는 거야."

"……응."

미미미는 자신의 마음을 털어놔서 그런지, 점점 진정하는 것 같았다.

"……나 말이지. 어렴풋이 알고 있었어. 아오이가 대단하다는 건 분하지만…… 아오이가 대단한 건…… 나보다 아오이가 노력하고 있기 때문이야. 애초부터 그랬던 거야."

그래도 타마 양은 미미미를 똑바로 쳐다보고 있었다.

"뭐랄까, 똑같이 노력하거나 내가 더 노력하는데도 뒤처진다면 질투해도…… 될지도 모르지만……."

나는 그 말을 듣고 마음이 복잡해졌다.

"결국—— 아오이가 더 노력하는 거야."

미미미는 자조적인 웃음을 흘렸다.

"그러니까, 질투할 권리조차 없다고나 할까…… 저 애는 어째서 그렇게 노력하는 걸까?"

미미미의 얼굴에 커다란 그림자가 드리워진 바로 그

때…….

오물.

"꺄앗?!"

타마 양이 배구부다운 도약력을 선보이며 미미미에게 달려들더니, 그대로 그녀의 귀를 입술로 꼭 깨물었다.

아, 갑자기 뭐하는 거지?

"앗, 타마……! 뭘…… 앗! 간지럽…… 하앙!"

미미미는 타마 양의 부드러운 머리카락과 치맛자락을 움켜잡았다. 그리고 타마 양의 입술이 움직일 때마다 몸에 경련이 일어난 것처럼 부르르 떨었다.

타마 양은 진지하기 그지없는 표정으로 미미미의 귀를 계속 깨물다. 목덜미를 손가락으로 매만지기도 했고, 그때마다 미미미는 「하앙?!」 하고 요염한 숨결을 토했다. 나는 너무 갑작스러운 상황이 벌어졌기에 그저 망연자실한 표정만 짓고 있었다.

"밈미는…….”

"응?"

타마 양은 이윽고 미미미의 귀에서 입술을 떼더니, 그녀의 머리를 두 팔로 꼭 끌어안았다.

"밈미는, 그렇게, 1등이 되고 싶어?"

"그, 그게, 나는…… 아무것도 없잖아…….”

"아무것도 없다니?"

"아오이처럼 반짝반짝 빛나지도 않고, 토모자키처럼 누

구한테도 지지 않을 특기를 가지고 있지도 않은데다, 타마처럼 확고한 자기 자신을 가지고 있지도 않아……. 나만, 아무것도 없어…….”

타마 양은 미미미를 더욱 세게 끌어안았다.

“……밈미는…….”

타마 양은 진심 어린 감사의 마음이 담긴 목소리로, 말했다.

“밈미는, 내 히어로야.”

“……뭐?”

미미미는 타마 양의 품속에서 고개를 들었다. 타마 양은 미미미한테서 떨어지더니, 그녀를 응시하며 말했다.

“항상 괜찮다면서, 웃고, 무리하며, 노력해. 하지만 그걸 겉으로 드러내지 않으며…… 나를 도와줘. 나는 말이야. 아오이도, 다른 애들도 좋아하지만…… 내 히어로는 밈미뿐이야.”

“하지만…….”

“그래도! 꼭 1등이 되고 싶다면!”

그리고 타마 양은 미미미의 얼굴을 손가락으로 가리키면서, 소중한 것을 가르쳐주듯 필사적인 목소리로 이렇게 외쳤다.

“나한테 있어서, 밈미는 세계제일의 바보야! 그걸로 만족해!”

미미미는 커다랗게 뜬 눈을 몇 번이나 깜빡였다.

그리고 자신의 얼굴을 가리키고 있는 타마 양의 검지를 응시했다. 그리고──.

"에잇."

──눈물이 맺힌 채, 그 손가락을 빨았다.

"꺄앗?!"

타마 양은 팔을 힘차게 뺐다.

"뭐, 뭐하는 거야?!"

미미미는 가는 손가락으로 눈물을 닦더니, 히히히 하고 장난기 섞인 미소를 지었다.

"어, 그게 말이야."

"으, 응?"

타마 양은 경계하듯 뒷걸음질을 치면서 그렇게 말했다.

미미미는 행복하게 웃으면서 말했다.

"이래야 바보 아니겠어?"

"……밈미."

"타~마~!"

미미미는 모든 체중이 실린 듯한 기세로 타마 양의 목을 끌어안았다.

"바보! 무거워! 빨리 떨어져!"

"어~? 누가 바보라고~? 더 말해줘♡"

"시끄러워! 바보!"

두 사람은 평소처럼, 아니, 평소보다 더 백합백합한 세계를 만들어냈다. 어이어이, 여기는 밖이라고요. 적당히 좀 하세요. 뭐, 눈 호강은 제대로 했지만요. 뭐, 아무튼 이런저런 문제가 해결되어서 다행이다. 역시 여자애들의 우정은 아름다운걸.

하지만…….

나는 눈치챘다.

『타마 양에게 기댄다』라는 행동을 취하기는 했지만, 결국 남에게 의지하기만 했을 뿐이다. 즉, 나는 히나미에게 보고할 만한 성과를 내지 못한 것이다.

"토모자키~! 가자~!"

"으, 응."

나는 빙글빙글 돌면서 앞으로 나아가는 두 사람과 합류한 후, 어떻게 할지 생각했다.

이대로 가다간 다음 회의 때 「너, 이번에는 아무것도 안 했네」 같은 소리를 히나미에게 듣고 말 것이다. 그 녀석이 히죽거리면서 복수하듯 내가 전에 그 녀석에게 한 말을 똑같이 하는 모습이 훤히 상상이 되었다.

위기감을 느낀 나는 이 자리에서 성과를 내기 위해 이 두 사람에게 공통적으로 써먹을 수 있는 이야깃거리가 없는지 머릿속을 뒤졌다.

그리고 나는 떠올렸다.

애초에 미미미에게 물어볼 예정이었으며, 타마 양과도 관련이 있는, 지금 써먹기 딱 좋은 이야깃거리가 생각난 것이다.

"저기, 미미미."

"응? 왜~?"

미미미는 개운한 표정을 지으며 나를 쳐다보았다. 나는 그런 미미미를 향해 이렇게 말했다.

"——결국, 그『손가락 마법』은 대체 뭐야?"

내가 그렇게 묻자, 미미미는 웃음을 터뜨렸고, 타마 양은 얼굴을 붉히면서 나를 손가락으로 가리켰다.

"내가 전에 말했지?! 그런 걸 여자애에게 묻지 말란 말이야!!"

그건 또 무슨 소리야?! 타마 양이 본인에게 물어보라고 했잖아!

"지금 그런 걸 묻는 거야?! 역시 토모자키는 어벙하네!"

"그, 그게 무슨……."

"하지만, 나이스!"

미미미는 그렇게 말하면서 팔을 치켜들었다. 아, 그거다. 또 어깨가 떨어져나가게 생겼네.

나는 바로 눈치챘다.

하지만 나는—— 그걸 피하지 않고, 그냥 맞기로 했다.

"아야앗!!"

그것은 이제까지 중에서 가장 셌고, 물론 가장 아팠다.

"아하하하하하하하하하!"

아, 히나미. 『누군가 한 명을 웃긴다』, 달성했어. 우연히 달성했지만, 내가 아무것도 안 한 건 아냐.

7 액세서리만은 전 캐릭터가 자유롭게 장비할 수 있다.

그 후의 전개는 그야말로 이상적이라고 해도 과언이 아니었다.

우선 그렇게 난리를 피워놓고 금방 복귀하기로 한 미미미를 비판적으로 여기는 육상부 부원도 있었지만, 그녀는 고개를 숙이며 육상부로 다시 돌아갔다. 자초지종을 모르는 이들이 대부분이기에 혼란이 발생했다지만, 퇴부서를 낸 다음 날에 다시 입부를 했고, 제대로 사과를 했다고 한다. 게다가 「신입부원인 나나미예요! 잘 부탁드립니다!」 하고 인사를 해서 다들 어이없어하면서도 환영 무드를 자아내게 하는데 성공했다고 한다. 역시 대단했다.

그리고 히나미를 향한 미미미의 마음, 즉 감사와 존경이 뒤섞인 질투심과 승부욕도, 타마 양 덕분에 꽤 경감되었다고 한다. 그 대신 타마 양에게 성희롱을 하는 빈도가 세 배 정도로 늘어난 듯한 느낌이 들었지만, 그것은 눈보신이라는 의미에서 잘 됐다고 여겨도 될 거라고 생각한다. 더 하라고.

이런저런 일이 있었던 월요일, 그것이 정리된 화요일이 지나고 맞이한 수요일. 오늘은 진학고답게 다른 학교보다 늦게 방학식이 열렸다. 즉, 내일부터는 고대했던 여름방학, 이지만——.

나는 그 전에 지금까지 경험했던 것 중에서 가장 어려운 문제에 맞닥뜨렸다.

"고, 고마워……."

"시, 신세진데 대한 답례야."

"으, 응."

1학기 마지막 종례가 끝난 후…….

이즈미가 드라마의 한 장면처럼 「나, 가야만 해!」 하고 말하더니, 나카무라에게 다가가서 「저, 저기!」 하고 말하면서 귀엽게 포장된 조그마한 물건을 건네주는 일이 방금 벌어졌다. 그리고 두 사람은 얼굴을 붉힌 채 눈을 마주치지 못하면서 아까 같은 대사를 나누는 일이 방금 벌어졌다. 어이, 너희 둘. 그냥 확 사귀라고.

그렇다. 오늘은 나카무라의 생일이다.

유감이겠지만 너희 둘만의 시간은 이제 끝났다. 왜냐면 히나미가 오늘 나에게 준 과제는 바로 『나카무라에게 선물을 건네고, 3분 이상 이야기하는 것』이니까 말이다!

뭐 이딴 게 다 있어! 그 녀석, 재미 삼아 이딴 과제를 나한테 주는 거 아냐?!

하지만 결심을 했다하면 끝까지 지키는 사나이 nanashi 는 우직하게 그녀의 지시에 따를 수밖에 없다.

"나, 나카무라."

나는 단둘만의 세계에 필요 없는 방해꾼으로서, 나카무

라에게 말을 걸었다.

"아, 토모자키."

이 녀석, 평소보다 태도가 부드러웠다. 어이, 잠깐만. 이즈미한테 선물을 받았다고 이런 거냐?

"저기…… 네 생일 선물을 준비했어."

"……뭐?"

나카무라는 입을 쩍 벌리면서 영문을 모르겠다는 표정을 지었다.

"아니, 그러니까, 그냥 받아줘!"

나는 그렇게 말하면서 종이봉투에서 포장도 되지 않은 것을 꺼내 나카무라에게 퉁명하게 건넸다. 나카무라는 깜짝 놀란 표정으로 그것을 쳐다보았다.

"……컨트롤러?"

나는 고개를 끄덕였다. 구교장실에서 어패를 플레이했을 때 썼던 게임기는 아마 나카무라의 것일 텐데, 스틱 부분이 꽤 닳았다.

어패에서 스틱의 마모도는 꽤 중요한 문제다. 조작하기 어려워지는 것보다, 『아까와 똑같은 조작을 했는데, 다른 움직임을 한다』라는 현상이 일어나는 것이 문제인 것이다. 그 점은 시합뿐만 아니라 실력 향상에도 방해가 된다.

그렇기 때문에 연습을 해서 실력을 쌓으려 하는 사람에게는 컨트롤러가 중요하다. 큰 대회에서도 컨트롤러는 각자가 지참할 정도다.

나는 나카무라의 무시무시한 시선을 받으면서 그런 점들을 설명했다. 즉, 머릿속의 생각과 어패에 관한 이야기라면 술술 할 수 있으니 그걸로 시간벌기, 작전이다. 과제는 3분 동안 이야기를 나누기, 거든.

"흐음……."

나카무라는 고개를 끄덕이며 말을 이었다.

"뭐야. 하수에게 자비를 베푸는 거야?"

나카무라는 인상을 썼다. 히익, 무섭다고.

하지만 나는 그런 와중에도 솔직한 생각을 말했다.

"아, 그런 게 아니라……."

"그럼 뭔데?"

"지기 싫어서 노력하는 녀석을 싫어하지 않는다고나 할까, 남처럼 느껴지지 않거든……. 어패를 사랑하는 게이머로서, 페어플레이 정신에 입각한 행동……이야."

나카무라가 뿜는 위압감 때문에 말끝을 흐렸지만, 나는 끝까지 설명했다.

"흥, 그래?"

나카무라는 한심하다는 듯이 그렇게 말했다.

"……받아는 주지."

"……그래."

나카무라는 컨트롤러를 가방에 넣었다.

바로 그때, 시야 한편에서 무언가가 움직이는 게 보였다. 그쪽을 쳐다보니, 이즈미가 손을 몰래 흔들고 있었다. 그녀의 얼굴을 쳐다보니, 『해냈구나☆』하고 말하듯 윙크를 했다.

아, 그러고 보니 이건 화해 대작전이었지.

그럼 일단 작전 성공! ……이라고 여겨도 되려나?

"아."

하지만 시계를 보니 아직 3분이 지나지 않았다. 큰일 났다. 어떻게 하지. 히나미도 아직 근처에 있으니, 아직 3분이 지나지 않았다는 걸 알고 있을 것이다. 뭐, 들키지 않았더라도 기왕 노력했으니까 과제를 완벽하게 수행하고 싶다.

그래서 나는 나카무라에게 먹힐 만한 이야깃거리를 머릿속으로 생각해본 후, 가장 먼저 떠오른 것을 그대로 입에 담았다.

"그, 그러고 보니, 히나미와 미즈사와가 사귄다는 건 진짜야?"

***

"아하하하하하하하하하!"

이렇게 미미미가 폭소를 터뜨리고 있는 곳은 하굣길에 있는 패밀리 레스토랑이다. 나는 미미미의 제안으로 그녀와 히나미, 타마 양과 함께 점심을 먹고 있었다. 세 사람은 부활동을 하고 왔으며, 나는 도서실에서 앤디 작품을 읽고 합류했다. 우와, 완전 리얼충스러운 상황이네.

"토모자키, 아까는 정말 걸작이었어!"

"아~, 이제 그만 좀 해!"

나는 아까 나카무라에게 했던 말을 가지고, 미미미에게 마구 놀림을 당하고 있었다.

"그, 그러고 보니, 히나미와 미즈사와가 사귄다는 건 진짜야?"

"풉……. 밈미, 너무 비슷해……!"

"미, 미안해, 토모자키 군…… 아하하하하!"

"으으, 너, 너희 정말……."

미미미는 나를 멋지게 흉내 냈고, 두 사람은 그 모습을 보고 웃음을 터뜨렸다. 그 웃음소리를 듣고, 나는 마음에 상처를 입었다. 너무해. 타임머신으로 과거를 바꾸고 싶어.

내 리액션을 본 미미미는 즐거운 듯한 어조로 이렇게 말했다.

"하지만 토모자키, 용케도 물어봤네! 실은 다들 궁금해하고 있었을걸?"

"아, 예. 그런가요……."

"그럼 아오이 양! 진실을 가르쳐주시죠! 예?!"

미미미는 특기인 인터뷰 공격으로 히나미를 압박했다.

히나미는 천장을 향해 고개를 돌리더니, 얼버무리듯 미소 지었다.

"으음~."

히나미는 절묘하게 귀여운 목소리를 냈다.

"어느 쪽일 것 같아?"

그녀의 시선은 나를 향했다. 그런 히나미의 얼굴에는 소악마 같은 미소가 어려 있었다. 뭐, 뭐야. 평소의 히나미라면 절대 짓지 않을 것 같은 표정이네. 솔직히 말해 너무 귀여워. 나는 무심코 눈을 돌렸다.

"어이쿠! 얼굴이 빨개졌군요~? 역시 토모자키는…… 아오이를 좋아——."

"말도 안 되는 소리 하지 마!"

나는 미미미가 불길한 소리를 하기 전에 맞장구와 톤 연습을 통해 단련한 목소리를 쥐어짜냈다.

"토모자키, 시끄러워! 여기는 패밀리 레스토랑이야!"

타마 양이 손가락으로 나를 가리키며 주의를 줬다.

"미, 미안해."

나는 그 말을 듣고 위축되고 말았다.

"그, 것, 보, 다! 나도 실은 그게 궁금했거든?! 가르쳐줘, 아오이~. 응~?"

미미미는 히나미의 가슴에 얼굴을 비비면서 그렇게 말했다.

"하아……. 뭐, 솔직하게 말하자면……."

꿀꺽.

나는 무의식적으로 마른 침을 삼켰다.

"사귀고 있어."

"뭐?!"

나는 무심코 그렇게 외치고 말았다.

게다가 이 자리에 있는 이들 중 가장 먼저 반응했다.

미미미와 타마 양이 내 목소리에 놀란 나머지 반응을 보이지 못하자…….

"……라고 말하면, 어떻게 할 거야?"

"어이."

히나미는 쿡쿡 웃으면서 그렇게 말했다. 그리고 가볍게 숨을 내쉬더니, 어찌된 영문인지 내 눈을 쳐다보며…….

"사귈 리가 없잖아."

……하고 딱 잘라 말했다.

마치 나한테만 하는 듯한 말과, 자신만만을 그림으로 그려놓은 것처럼 묘하게 매력적인 표정 때문에, 나는 아무런 생각을 할 수가 없었다.

"……우와~. 아오이, 방금 완전 소악마 같았어!"

"나도 교실에서 너 때문에 창피를 당했거든? 그 복수야~."

"……으, 응."

히나미를 손으로 입을 가리더니, 나를 쳐다보며 즐거운 듯이 웃었다. 히나미 양, 오늘 너무 귀여우신데요. 너무 귀여워서 짜증이 날 지경이다.

"그럼 토모자키 선수! 진상을 들은 감상을 말씀해주시죠!"

"그, 그게······ 아, 아무렇지도 않아."

내가 그렇게 말하자, 히나미는 도끼눈으로 나를 쳐다보았다.

"뭐~? 일부러 물어놓고 그런 소리를 하는 거야?"

히나미의 시험하는 듯한 눈길이 또 나를 꿰뚫었다. 내가 아름답고 매력적인 눈동자와, 가학적이면서도 사람을 빨아들이는 듯한 표정을 보며 오들오들 떨고 있을 때, 히나미는 즐겁다는 듯이 웃음을 터뜨렸다. 이 녀석은 사디스틱한 면은 여전하다니깐.

"뭐, 이제 됐어."

그리고 히나미의 시선이 내 머리로 향했다.

"아, 그것보다 말이야!"

"응?"

"왁스 샀어?"

"그, 그래."

그러고 보니, 나는 일전에 미즈사와가 내 머리에 발라줬던 왁스를 혼자서 사러 갔었다.

미미미 문제로 정신이 없을 때는 바를 생각이 들지 않았지만, 일단 전부 해결이 되었기에 한 번 발라봤다. ──실은 매일같이 학교에 가지고 왔었고, 오늘은 나카무라와 3분 이상 이야기를 해야 한다는 과제를 받았기에, 무장을 한다는 생각으로 점심시간에 발라봤다.

"이걸 샀어."

나는 그렇게 말하면서 가방 안에 있던 왁스를 꺼냈다.

"흐음~! 아침에는 안 발랐었지?"

"그, 그래."

히나미는 방긋 웃으면서 내 머리카락을 뚫어져라 쳐다보았다. 그리고 엄지를 치켜들었다.

"나쁘지 않아!"

"어, 정말이야?"

나는 놀랐다. 미즈사와가 해줬던 말을 유념하면서 발랐기 때문일까.

"응. 괜찮은 것 같아."

"나도 꽤 괜찮아 보여, 토모자키! 앞으로는 매일 그리고 다닐 거야?! ……아, 내일부터는 여름방학이지!"

어, 뭐야. 타마 양과 미미미도 괜찮다고 말해줬다.

"하지만…… 그저 비기너즈 럭일지도 몰라."

"어이, 잘 됐으면 솔직하게 칭찬해줘도 되잖아."

나는 딴죽을 날리면서 왁스를 가방에 넣었다. 그러자, 미미미는 웃음을 터뜨렸다.

"아하하하하! 뭐야, 묘하게 호흡이 맞는 것 같네?"

"뭐?"

그리고 보니 본성을 숨긴 히나미가 처음으로 독설다운 독설을 뱉은 것 같은 느낌이 들었다.

"역시 아오이와 토모자키는 사이가 좋네!"

"그, 그래?"

미미미는 예전에 했던 말을 또 입에 담았다. 아아, 하지만 방금은 꽤 사이가 좋은 것처럼 보였을지도 모른다. 미즈사와 히나미가 자주하던 것처럼 말이다. 독설을 뱉기는 했지만, 그게 부정적인 의미로 들리지는 않는 것이다. 내가 멋대로 미즈사와 메서드라 부르는 그것과 확실히 비슷했다.

그럼 역시 이걸 하면 미미미나 다른 애들이 보기에도 나와 히나미가 친한 것처럼 보이는 거구나. 오호라. 그럼 앞으로는 적극적으로 써먹어야겠다.

"자아, 진상이 밝혀졌으니 이제 그만 본론으로 들어가 볼까……. 사실 오늘 여러분을 이렇게 소집한 건 말이죠."

미미미는 갑자기 존댓말을 하더니, 가방을 펼쳤다.

"응? 밈미, 왜 그래?"

타마 양은 약간 경계하는 듯한 표정을 지으며 미미미를 쳐다보았다.

"저기…… 일전에 난리법석을 떨어서 미안하다고나 할까…… 잘못했습니다!!"

미미미는 그렇게 말하면서 가방에서 종이봉투 하나를 꺼냈다.

"그게 뭐야?"

히나미는 그렇게 말했다.

"이건 너희한테 사과의 마음을 담아 선물하는 거야. 우정의 증표라고도 할 수 있어!"

미미미는 그렇게 말하면서 종이봉투 안에서 손바닥만 한 사이즈의 무언가를 꺼내서 우리에게 나눠졌다. ……하지만 말이야.

"저기~. 이건 혹시……."

나는 물었다. 아니, 혹시도 어쩌고도 없다. 이건 그게 틀림없다.

줄무늬 색상의 하니와처럼 생긴, 그것 말이다.

미미미의 가방에 달려 있는, 귀여운 구석이라고는 눈곱만큼도 없는, 그 큼직한 스트랩이다.

"너희한테 폐를 끼쳤고, 도움도 받았고…… 아무튼, 이런 저런 일이 있었지만 전부 원래대로 되돌아왔잖아? 내가 가장 마음에 들어 하는 이 녀석! 이 녀석의 다른 색깔 버전을 여러분에게 선물하겠습니다!"

미미미는 우리가 이걸 받고 진심으로 기뻐할 거라고 생각하는 듯한 표정을 지으며 우리에게 그렇게 말했다.

그 말을 듣고 보니, 스트랩은 하나같이 색깔이 달랐으며, 전부 하니와 같은 눈과 입을 지녔다. 즉, 단적으로 말해 하나같이 귀엽지 않았다.

"고, 고마워……."

히나미는 스트랩을 뚫어져라 쳐다보며 그렇게 말했다. 그럴 만도 했다. 이런 디자인의 물건을 느닷없이 건네받으면 이렇게 쳐다보는 게 당연할 것이다.

"……고마워."

타마 양도 작은 목소리로 그렇게 말했다. 나도 두 사람의 뒤를 이어「고마워……」하고 말했다.

다들 그 키홀더를 쳐다보는 가운데, 시간이 흘러갔다. 뭐가 어떻게 되고 있는 거야?

……뭐, 그래도 정말 잘 됐다.

아무도 잘못하지 않았는데, 엇갈리기만 하면서, 상처 입을 필요가 없는 사람이 상처 입었다. 하지만 이렇게 최종적으로는 자신이 가장 마음에 들어하는 것을 다른 이들에게 선물하기로 결심한 것이다. 이걸 선물하는 센스 자체는 이해가 안 되지만, 이것은 감사의 마음이 담긴 우정의 증표일 것이다. 게다가 나한테도 이걸 줄 줄이야. 약캐인 나도 조금은 도움이 된 걸까. 정말 기쁘다.

아무튼, 소중한 인연이 소중히 이어져 가는 것이 정말 기쁘다는 생각이 들었다.

"…………."

그건 그렇고, 침묵의 시간이 너무 길다. 슬슬 히나미가 이 침묵을 찢는 한 마디, 예를 들자면『독설』을 통해 도리어 사이좋게 보인다고 하는 그 미즈사와 메서드를 사용해서 이 공간을 밝은 분위기로 물들일 것이다! 나는 그렇게 생각하며 히나미를 향해 고개를 돌렸다. 그러자…….

어.

히나미는 넋을 잃은 듯한 눈빛으로 그 키홀더를 응시하고 있었다. 그러고 보니 타마 양 또한 같은 표정으로 그것을 쳐다보고 있었다. 어, 왜 저러는 거지? 이윽고 히나미가 입을 열었다.

"이 키홀더, 미미미가 가방에 달고 다닌 모습을 봤을 때부터 생각했던 건데……."

타마 양도 그 말에 동조하듯 고개를 끄덕였다.

"응……."

그리고 다음 순간, 두 사람은 한 목소리로 당치도 않은 말을 했다.

""……귀여워.""

"뭐어?!"

나는 이렇게 뜻밖의 고독을 맛보며, 내가 아직 리얼충의 감성을 이해하지 못한다는 사실을 실감했다.

저기, 그게 진짜로 귀여운 거야? 응?

후기

오래간만에 뵙습니다. 야쿠 유우키입니다.

《약캐 토모자키 군》도 여러분의 응원 덕분에 무사히 2권이 발매되었습니다. 감사합니다.

이 시리즈를 통해 작가다운 일을 하게 되었고, 많은 어른들이 제가 쓴 작품을 더 좋은 형태로 세상에 내놓기 위해 노력하고 있다는 사실을 알게 되었습니다. 그렇다면 어떤 형태로든 거기에 보답하고 싶기에, 후기도 신경을 쓰게 되었습니다. 게다가 일전에 허벅지에 대해 다루는 후기를 썼더니, 담당 편집자님께서「객관적인 관점에서의 후기를 기대하고 있습니다」라고 말씀하셨죠. 충고가 아니었을까 싶습니다.

그런 점을 고려해볼 때, 이번에 제가 여기서 이야기할 것은 딱 하나 뿐이라는 생각이 듭니다.

그것은 바로 이번 작품의 두 번째 컬러 일러스트인『미미미의 체육복 매듭』입니다.

저는 그 매듭을 본 순간, 미미미가 이 세상에 실제로 존재하지 않을까 하는 느낌을 받았습니다. 그것은 착각이나 다름 없을지도 모르지만, 그래도 명확한 감각이기도 했습니다.

언뜻 보이는 배꼽과 허리, 그리고 매듭을 만든 덕분에 드러난 몸매── 그런 부분도 매력적이지만, 더 중요한 게 있다고 생각합니다.

그것은 바로『매듭을 만들었다』고 하는 사실입니다.

매듭이 있다는 것은 미미미가 저 복장으로 갈아입은 후, 자신의 의지도 끝자락을 묶었다는 것을 뜻하며, 즉 그 안에는『미미미의 확고한 의지』가 있다는 것을 가리킵니다.

그 매듭은 저희가 아는 현실의『체육복을 끝자락을 묶은 여고생』, 미미미가 그런 여고생 중 한 명인 듯한 느낌이 들면서 강렬한 존재감이 생겨났습니다. 이 일러스트에 관해서만 말하자면, 이『매듭』이야말로『미미미』라고 말할 수 있지 않을까요.

분량 문제로, 짤막하게 설명할 수밖에 없습니다만, 제 마음이 조금이라도 독자 여러분에게 전해졌으면 합니다.

그럼 감사 인사를 드릴까 합니다.

일러스트를 맡아주신 플라이 씨. 귀엽고 예쁠 뿐만 아니라 멋지며 집착마저 느껴지는 최고의 일러스트로 작품을 꾸며주셔서 감사합니다. 저, 플라이 씨 팬입니다.

담당 편집자이신 이와아사 씨. 세세한 부분에 묘하게 집착하는 저에게 1권 때「성가셔」하고 딱 잘라 말해주셨죠. 하지만 저의 그런 성가신 면에 조금씩 익숙해지신 듯한 느낌이 듭니다. 그런 식으로 익숙해지시는 겁니다. 감사합니다.

그리고 독자 여러분. 어디서 굴러먹던 말 뼈다귀인지도 모르는 신인의 첫 작품을 응원해 주셔서 감사합니다. 다음 분도 읽어주시면 정말 감사하겠습니다.

야쿠 유우키

역자 후기

안녕하십니까. 근로청년 번역가 이승원입니다.

《약캐 토모자키 군》Lv.2을 구매해주셔서 진심으로 감사드립니다.

7월 중순이 되니 날이 본격적으로 더워지기 시작했습니다.

작년에도 더위가 맹위를 떨쳤습니다만, 올해는 더하네요.

아침에 일어나 보니 몸이 땀으로 범벅이 되어 있는 건 예사이고, 선풍기를 켜놨더니 더 덥다고 느껴질 지경이군요. 뜨거운 바람이 뿜어져 나옵니다. ㅠㅠ

어머니 방에 에어컨을 설치해둬서 피난처는 생겼습니다만…… 그래도 여러모로 불편한지라. ^^

내년 목표는 제 작업방에 에어컨을 설치하는 걸로 정하며, 오늘도 열심히 일하고 있습니다! 땀범벅이 되어가면서 말이죠!

그럼 본편에 대한 이야기를 좀 해볼까 합니다.

스포일러가 포함되어 있을 수 있으니 아직 본편을 읽지 않으신 분들은 유의해주시길!

이번 2권의 메인 캐릭터는 나나미 미나미, 즉, '미미미'

라고 생각합니다.

　항상 밝고 명랑한 무드메이커이며, 남들을 잘 챙겨주는 좋은 친구인 미미미.

　하지만 그런 그녀에게도 지고 싶지 않다는 마음이 존재했으며, 그 대상은 바로 히나미였습니다.

　슈퍼 메인 히로인, 히나미 아오이. 히나미와 중학생 때부터 여러 인연으로 얽혀 있었던 미미미는 그녀에게 이기고 싶다는 마음을 품고 있었습니다. 그리고 자기 자신에게 혹독한 히나미 또한 한 치도 물러서지 않으며 경쟁을 벌입니다.

　그 누구도 잘못하지 않았지만, 서로 엇갈리고 만 두 사람. 강캐지만 돌이킬 수 없는 지경을 향해 치닫는 그녀들을 본 약캐 토모자키 군이 결국 나섭니다.

　인생이 굿겜이라는 사실을 안 약캐가 강캐를 구원하기 위해 동분서주하는 이번 이야기도 즐겨주시길!

　그럼 이만 줄이겠습니다.

　이 작품을 저에게 맡겨주신 소미미디어 편집부 여러분. 이번에 작업이 늦어져 죄송합니다. 앞으로도 잘 부탁드립니다.

　국밥 마니아를 자처하는 악우여. 네가 오래간만에 부산 돌아와서 국밥에 굶주린 건 알거든? 그래도 하루 세 끼 국밥을 먹고, 야참과 브런치(?)로도 국밥은 좀 너무하지 않아?! 지금은 여름이라고! 브런치는 밀면 좀 먹자!

　마지막으로 언제나 제게 버팀목이 되어주시는 어머니와 『약캐 토모자키 군』을 읽어주신 모든 분들에게 진심으로 감사드립니다.

　숲속의 요정님께서 표지를 장식하는 3권 역자 후기 코너에서 다시 뵙겠습니다!

2017년 7월 중순
역자 이승원 올림

JYAKU CHARA TOMOZAKI-KUN Lv.2
by Yuki YAKU
ⓒ2016 Yuki YAKU Illustrated by FLY
All rights reserved.
Original Japanese edition published by SHOGAKUKAN.
Korean translation rights in Korea arranged with SHOGAKUKAN
through Shinwon Agency Co.

약캐 토모자키군 Lv.2

2020년 12월 30일 1판 5쇄 발행

저　　　자 야쿠 유우키
일 러 스 트 플라이
옮 긴 이 이승원
발 행 인 유재옥
본 부 장 조병권
담당편집자 정영길
편 집 부 김다솜 김민지 김혜주 이문영 정영길 조찬희
라이츠담당 김슬비 한주원
디 지 털 박상섭 이성호 최서윤
발 행 처 ㈜소미미디어
등　　　록 제2012-000365호
주　　　소 서울시 마포구 토정로 222, 403호(신수동, 한국출판콘텐츠센터)
판　　　매 ㈜소미미디어
마 케 팅 한민지 우희선 이주희
전　　　화 편집부 (070)4164-3962, 3963 기획실 (02)567-3388
　　　　　　판매 및 마케팅 (070)4165-6688, Fax (02)322-7665

ISBN 979-11-6190-016-2 04830
　　　 979-11-5710-883-1 (세트)

소미미디어 S 노벨 시리즈

애니메이션 인기리 방영중!!! 5권 특별 박스판 발매!!!

어서 오세요 실력지상주의 교실에
5

키누가사 쇼고　　지음
토모세 슌사쿠　　일러스트
조민정　　옮김

체력도 실력이다!
궁극의 실력 승부 체육대회 개시──!!

◆초판한정◆
책갈피
쇼트 스토리 리플릿
어나더커버
증정

**"오랜만이네, 아야노코지.
8년 하고도 243일만이야."**

기나긴 여름방학이 끝난 D반을 기다리는 것은 체육대회. 하지만 고도 육성 고등학교의 행사가 어설프게 진행될 리는 없다. 전 학년이 홍팀과 백팀으로 나뉘어 승패를 겨루는 체육대회에서 D반은 A반과 한 팀이 되어 B&C반 연합과 싸우게 된다. 그리고 모든 경기에 순위가 매겨져, 순위별로 포인트가 지급되는데, 지금까지 반의 걸림돌 같은 존재였던 스도가 D반에서 비장의 카드로 급부상하고, 그밖에도 운동에 자신 있는 아이들이 눈부신 활약을 펼친다. 한편 자신의 방식을 고집하여 주위와 마찰을 빚는 호리키타. 그 틈을 C반의 우두머리 류엔, 그리고 정체를 숨긴 배신자가 놓칠 리 없는데──?!

전생했더니
슬라임이었던 건에 대하여
10

후세
미츠바
도영명

지음
일러스트
옮김

대인기 몬스터 전생 판타지!
일본 현지 시리즈 누계 200만부 돌파!!!

어나더커버

증정

© 2017 by Fuse / Mitz Vah

"네 욕망은 내가
확실히 이어받을 테니까"

둘러쳐진 탐욕의 덫을 부서라!
개국제도 무사히 끝나고,
리무루가 다음으로 노리는 건 카운실 오브
웨스트(서방열국 평의회)에 가입하는 것!
그것을 계기로 한 새로운 경계권의 확장이
다.
하지만 카운실 오브 웨스트의 숨은 지배자
이자 '탐욕의 스킬'을 가진 마리아베르는
리무루의 강력한 힘을 경계하여
감당이 안 되기 전에 부서뜨려야겠다고 강
하게 결심한다.
의도가 교차하는 와중에 리무루 말살 계획
이 조심스럽게 시작된다.

약캐 토모자키 군
Lv.2

야쿠 유우키 지음
플라이 일러스트
이승원 옮김

'인생=망겜'이 좌우명인 오타쿠의
리얼충 인생 공략기 2주차!

◆ 초판한정 ◆
책갈피
스티커
일러스트카드
증정

"……잘 만든 게임인 것 같네."

인생은 망겜이 아닐지도 모르겠다. 적어도 굿겜은 되는 것 같다. 최강 플레이어 히나미와의 만남은 나, 토모자키 후미야의 가치관을 바꾸어 놓았다. 그 후, 나는 스파르타 지도를 받으며 하루하루를 살고 있다.

여름. 학생회 선거가 열리는 시기다. 히나미가 회장에 입후보하는 거야 당연한 일이지만…… 어, 미미미도 나가는 거야?! 미미미를 서포트하게 된 나는 이제까지의 경험을 살려 히나미에게 도전하는데──? 저기, 이 보스 캐릭터 너무 센 거 아니에요? 개미 눈물만큼 레벨업한 약캐가 도전하는 인생 공략 러브코미디 제2탄!

JYAKU CHARA TOMOZAKI-KUN Lv.2
©2016 Yuki YAKU / SHOGAKUKAN Illustrated by FLY

나이츠&매직

5

아마자케노 히사고   지음
쿠로긴   일러스트
강동욱   옮김

이번 적은 용!
갑옷 무사와 거대 병기 '비브르'가 만난다!

◆ 초판한정 ◆
책갈피
포스터
일러스트카드
증정

**"염려 마십시오. 이카루가와 제 능력의
전부를 걸고, 상대해드리고 말고요!"**

잘로우데크 왕국에 의한 침략 행위로 시작
된 웨스턴 그랜드 스톰. 서전에서 멸망의 쓰
라림을 맛본 쿠세페르카 왕국이었지만, 은빛
봉황 기사단의 도움으로 재건을 이루어냈다.
한편, 잘로우데크 왕국에서는 전투 중에 쓰
러진 제2왕자 크리스토발의 원수를 갚기 위
해 노병 도로테오가 움직이기 시작했다. 그
는 미증유의 거대병기 '비브르'를 몰고 신생
쿠세페르카 왕국으로 쳐들어간다. 서방에서
는 이미 멸종된 용의 모습을 본뜬 거대 병기
는 맹위를 떨치며 신생 왕국을 다시 궁지로
몰아넣는다. 거듭되는 위협 앞에서 여왕 엘
레오노라의 뜻을 받은 은빛 봉황 기사단 단
장 에르네스티는 기사단을 이끌고 전장으로
향한다. 그들을 기다리고 있는 것은 대체—?!

Illustration Kurogin
Hisago Amazake-no / SHUFUNOTOMO CO., LTD